デスマーチからはじまる
異世界狂想曲29

ルル
クボォーク王国出身。
アリサの姉
アリサ
クボォーク王国の元王女。
前世は日本人。
金髪のカツラで変装中
勇者の聖地
サガ帝国旧都で観光！

ナナ
無表情なホムンクルス
ミーア
無口な音楽好きのエルフ
タマ
猫耳族の少女
ポチ
犬耳族の少女

サガ帝国の「勇者召喚の儀式」によって召喚された新勇者達の報告

セイギ

●正義心眼《しんじつはいつもひとつ》　悪意ある嘘を見抜くことができる。また、その者が悪か否かも判別できるようだ。

●邪悪探索《わるものはどこだ》　非常に広い範囲で悪人を発見できる。魔王のような大きな悪ほど、遠くからでも探知できる模様。

●断罪の剣《せいぎはかつ》　罪深い者に対して攻撃を増幅させる力。対象が限定的な分、比肩しうるもののない威力を誇る。

▽神殿からの報告

規格外の探知能力を持ち、魔王探索に大きな貢献を果たせると思われる。戦闘能力は他の勇者と比べると控えめではあるが、従者との連携で補える見込み。頭の回転も速く参謀の才があるものの、勇者ユウキと行動させると調子に乗りやすい点には注意が必要か。

▽従者ワァトソーからの報告

物事をよく考える点は素晴らしい。しかし、まだまだ視野が狭い。ここは私が助手として支えるべきところでしょう。

ユウキ

●浪漫爆裂《えいこうはわがなとともに》　魔法の威力を向上させる増幅能力。現状の魔法体系でこれを超えるものは見当たらない。

●無限射程《どこまでもとおくへ》　使用魔力を増やすことで、攻撃の射程距離を延ばせる。上限はないものと思われる。

●眷属同調《みんなのちからをぼくに》　従者の持つ魔力を、自身のものとして使うことができる。

▽神殿からの報告

局地戦闘および広域殲滅どちらにも適した能力を持つ魔法剣士。火力、射程ともに申し分なく、能力を全て駆使すれば一国の軍隊に匹敵する。やや単純なところはあるものの、前向きな精神性は勇者としての適性もあり、御しやすい。

▽従者ミューカからの報告

一言で言うと子供です。ですが、その真っ直ぐさに見合った聡明さを身につければ、勇者の名に恥じない傑物になるでしょう。

メイコ

●最強の刀《きれぬものなし》　あらゆるものを断つ剣撃を放つことができる。斬れないものがあるかは不明。

●無敵の機動《あたることなし》　あらゆる攻撃を回避することができる。まるで矢や魔法のほうが逸れるかのようだ。

●無限武器庫《はてなきつるぎ》　自らが望む武器を作り出すことができる。驚くべきことにその全てが聖剣に匹敵する。

●先見の明《さきよみ》　相手の未来位置が見える。限定的な未来予知と思われる。

▽神殿からの報告

近接に特化した能力を持ち、全てが噛み合っているため非常に強力な剣士と言える。能力面だけで言うなら、先代勇者であるハヤト・マサキに匹敵する逸材。ただし、精神面で幼さが見られるため、帝国の剣とするには従者による制御が必須か。

▽従者ロレンスからの報告

幼さと言うより、不安の発露なのではないでしょうか。見知らぬ土地で、強大な力と使命を背負わされたのですから、無理からぬことでは……。

フウ

在未定

自身への攻撃を無効化す
が、他者への干渉もでき
くなる。移動にも使えるよ
だが……。

鳴

弱い魔物を弱体化
程度の能力。暴動鎮
有用かもしれない。

▽従者ゴーガンからの報告

なぜこのような「勇者もどき」の従者などせねばならんのだ。自分であれば、他の勇者の元でより多くの功績を上げられるというのに……。

デスマーチから
はじまる
異世界狂想曲
29

★★★

愛七ひろ

Death Marching to the
Parallel World Rhapsody

Presented by Hiro Ainana

口絵イラスト
shri

本文イラスト
長浜めぐみ

装丁
coil

C O N T E N T S

Death Marching to the Parallel World Rhapsody 29

才能開花

〝サトゥーです。嗜好《しこう》と需要と適性が重なった時、人は大きく成長する気がします。趣味の世界で急激に伸びるのはそんな時だと思うのです。〟

「――眩《まぶ》しい」

長く地下にいたせいか、南国の日差しが目に痛い。

すぐに光量調整スキルが発動して、目に優しい光量に補正された。

「サトゥーさん！」

「マスター・サトゥー、こっちこっち！」

海岸に向かうと、水着姿のレイ――ララキエ最後の女王レイアーネとレイの義妹でホムンクルスのユーネイアの二人が出迎えてくれた。

今日のレイはいつもの幼女スタイルや爆乳美女モードではなく、高校生くらいのほどよい中間モードだ。

彼女達がいる事で分かるように、ここは南洋に浮かぶラクエン島――「神の浮島」ララキエの一部だけ海上に出た山の一角だ。

この島にはララキエの資料を調べに来ていた。

「ご用はすみましたか?」

「ああ、レイが中央制御核《セントラル・コア》に言いつけておいてくれたから、効率的に調べられたよ」

ここには対神魔法のヒントと神石を探しに来ていた。

前者は見つからなかったものの、後者は「神の浮島」ララキエの心臓部に填《は》まっているのが分かったが、さすがにそんなモノを奪うわけにはいかない。

「もう行ってしまうのですか?」

「また遊びにくるさ」

寂しそうなレイにそう約束する。

今度来る時はオレ一人じゃなく、他《ほか》の子達も連れてこよう。

オレはレイとユーネイアに別れを告げ、「帰還転移《リターン》」でシガ王国の王都へと向かった。

◆

王都邸に帰還した途端、部屋のドアが開いた。

「おかり~」

「サトゥー、おか」

入ってきたのは白いショートヘアに猫耳猫尻尾《しっぽ》の幼女タマと淡い青緑色の髪をツインテールに結ったエルフのミーアの二人だ。

抱きついてきた二人を受け止め、抱え上げてリビングに向かう。

「ポチは出遅れちゃったのです」

廊下で「が～ん」と顔に書いてありそうな表情をしていたのは、茶髪をボブカットにした犬耳犬尻尾の幼女ポチだ。

――LYURYU。

その肩に座る白い幼竜のリュリュが、ポチの頭をよしよしと撫《な》でる。

「別に出遅れてないよ。ただいま、ポチ」

「おかえりまさいいなせ、なのです！」

三人を連れてリビングに戻る。

「おかえりなさい、ご主人様」

寛《くつろ》いだ様子で魔法書を読んでいるのは、シガ王国で不吉と忌み嫌われる淡い紫色の髪をした幼女アリサだ。

「マスターの帰還を歓迎すると告げます」

「ご主人様、おかえりなさいませ」

庭に面したガラス戸が開いて、組み手をしていたナナとリザの二人が入ってくる。

今日のリザは薄着だからか、橙鱗《とうりん》族の特徴である橙 色《だいだいいろ》の鱗《うろこ》が、首元や手首で日差しを受けてキラキラと光っている。巨乳美女のナナが薄着だと目のやり場に困る。高校生くらいに見えるナナだが、実年齢一歳のホムンクルスなので、行動が無防備すぎるのだ。

「レイとユーネイアは元気にしてた？」

「ああ、今度皆で遊びに行こう」

アリサに答えながらソファーにタマとミーアを下ろす。

「それで、ララキエで何か収穫あった？」

「対神魔法のヒントくらいかな？」

「そっかー、エピド対策は他で探さないといけないわね」

アリサがそう言って難しい顔をする。

神託を受けて訪れた「雪の国」キウォーク王国で、オレ達はエピドロメアス――「まつろわぬもの」と死闘を繰り広げた。

聖剣や竜槍《りゅうそう》や魔法では嫌がらせ程度の効果しかなく、神剣や使徒の持つ神器くらいでしか大ダメージを与える事ができないほどの強敵だった。

幸いにして、事前に用意していた対神魔法の試作品と仲間達の協力でエピドロメアスを排除する事ができたが、あんなギリギリの戦いをしていては、いずれ誰《だれ》かが犠牲になってしまう。

それを避ける為《ため》にも、対神兵装の開発に必要な神石と対神魔法の開発に必要な知識を得ようと行動を始めたわけだ。

「皆、おやつよ――おかえりなさい、ご主人様」

ガラス容器が載ったワゴンを押して入ってきたのは、黒髪ロングの和風超絶美少女のルルだ。

傾城《けいせい》という表現さえ控えめな彼女が、不美人に思えるこの世界の人族は見る目がない。

「おやつ～」

「今日のおやつは何なのです？」

「今日はミーアちゃんのリクエストで『ところてん』よ」

「わたしは黒蜜《くろみつ》！　ご主人様はどっちにする？」

「オレは三杯酢でいいよ」

甘いところてんも好きだけど、今日はさっぱりとした三杯酢を選んだ。

「黒蜜」

「ポチは黒蜜なのです」

「タマも甘いの～」

年少組は黒蜜を選んだ。

「蜂蜜《はちみつ》が合うのではないかと提案します」

「バーベキューソースも合うかもしれませんね」

ナナとリザは「ところてん」の魔改造を提案している。

「この後は王様と謁見だっけ？」

「そうだよ。謁見は皆一緒だけど、オレはその後で宰相閣下と話があるから、皆は先に屋敷に戻ってくれていいよ」

この謁見があるので、ラクエン島を早々にお暇《いとま》したのだ。

◆

「魔王珠について私が知るのは報告書に書いた事が全《すべ》てです」

国王との謁見を無難に終え、オレは国王の執務室で、セーリュー市の門前宿で偶然見つけた「魔王珠」について話していた。

ちなみに、謁見では前回の「魔王殺し」の時と同じ勲章が、オレと仲間達にもう一つずつ与えられ、その後にサガ帝国からの感状と招待状を渡された感じだ。

「人間を魔王に変える呪具《じゅぐ》か……」

「魔王信奉者どもは碌《ろく》でもないものを作り出すものよ」

同席していたオーユゴック公爵とビスタール公爵が苦々しい顔になる。

「その呪具がシガ王国で使われなかった幸運を神に感謝せねばなりませんな」

セーリュー伯爵の名代であるベルトン子爵が、敬虔《けいけん》な信徒のような顔でパリオン神の聖印を指で描いた。

ここにいるのは、国の重鎮と当事者の五名以外では、護衛としてシガ八剣のジュレバーグ卿《きょう》だけだ。メイドや侍従さえも室外に出されている。

「その魔王珠とやらを送らせた、賢者の弟子の目的は分からぬままか？」

「はい、残念ながら」

国王の質問に答える。

賢者の弟子パサ・イスコが石化して死亡していた事、彼が東方諸国に派遣した孫弟子が使徒に塩像化させられていた事を告げる。

その弟子の行方を追いかけて訪れた「掃き溜《だ》めの街」ヨルスカで、神様からクエストを受けたんだけど、それはシガ王国には無関係の話なので省略した。

「何か隠しているのではないか？」

胡乱《うろん》な声でそう言ったのはビスタール公爵だ。

「いえ、何も隠していませんが？」

少なくとも魔王珠関係で知り得た事はだいたい話したと思う。

「止《や》めよ、ビスタール公。ペンドラゴン卿がそのような事をする意味がなかろう」

「分からぬぞ。さらなる武勲の為に、魔王珠を隠し持っているやもしれん」

オーユゴック公爵が取りなしてくれたけど、ビスタール公爵はオレへの疑いを固持する。

「私にはこれ以上の武勲は必要ありませんが……」

「そうかな？　王祖様のような英雄となり、シガ王国をその掌中に収めようというのではないか？」

「ビスタール公！　王祖様の名を軽々に使うなど――」

「――呼んだ？」

扉が開いてヒカルが入ってきた。

「王――ミックニ女公爵閣下」

「ヒカルでいいよ」

ヒカルが他のメンバーに見えないように、こっそりとオレにウィンクした。

どうやら、入室のタイミングを見計らっていたらしい。

「遅れてごめんね。何か新しい話はあった？」

「いいえ、先だってお伝えしたセーリュー伯爵の報告書以上の情報はありません」

ヒカルの質問に宰相が答えた。

ベルトン子爵はヒカルが王祖ヤマトだと知らないのか、宰相の丁寧な口調に驚いている。

「そっか。それで今後の方針は？」

「各領主および貿易港を持つ土地の太守には、魔王珠の詳細を伏せて『祝福の宝珠《ギフト・オーブ》に似た邪教徒の呪具』が密輸されていると伝えて取り締まりを強化させます」

さすがに、魔王珠の事を広めるのはマズいと判断したようだ。

「賢者の弟子どもも捕縛した方が良いのではないか？」

「ビスタール閣下、魔王珠に添えられた手紙を見る限り、全ての賢者の弟子が協力しているとも思えません」

あの手紙には厄介払い的なニュアンスがあった。

「私もイチ――ペンドラゴン卿の言葉に賛成だよ」

ヒカルがオレをいつものように「イチロー兄ぃ」と呼びかけて、すぐに訂正した。

「ミツクニ女公爵閣下がそう仰《おつしや》るのであれば」

ビスタール公爵がすぐに意見を取り下げた。

「ですが、聞き取り調査はするべきでしょう。各地の諜報《ちょうほう》員に、賢者の弟子や孫弟子の調査をさせます」

宰相が締めくくって、おおよその方針が決まった。


「ペンドラゴン卿、少しいいかな？」

国王の執務室から解放されたタイミングで、オーユゴック公爵に声を掛けられた。

「この後は観光省大臣として、宰相閣下にご報告にあがらないといけないのですが……」

「ならば、それが終わったら、私の執務室に来てくれ」

「承知いたしました」

なんの用事か分からないけど、オーユゴック公爵の事だから悪い話じゃないはずだ。

オレはオーユゴック公爵達と別れ、宰相の執務室へと向かう。

「――こちらが東方諸国の美食レシピと試食品です」

宰相の執務室で魔王討伐参加について小言をいただいた後、東方小国群の美味を報告した。

「ふむ、このガレットは美味《うま》いな。キウォーク王国にこのような美味があるとは思わなんだ。こちらのヨーグルト料理も美味い」

ヨーグルト料理は雪崩村のクピネの母親からレシピを譲り受けた。

レシピの対価には魔物の領域にいた野生のヤクの群れを渡してあるので、これからもヨーグルト料理の伝統が途絶える事はないだろう。

「ルモォーク王国の美食は食芋《しょくいも》パイか。正直食傷気味だが……美味いな。さすがは『奇跡の料理人』といったところか？」

宰相が懐かしい二つ名でオレを呼んだ。

「その料理は、宰相閣下から教えていただいたレストランで食べた料理を、私の仲間が改良したものです」

ルルの料理の腕と創意工夫はオレ以上だからね。

「いわば、東方諸国漫遊の成果です」

「なるほど、各国の料理を少しずつ応用しているわけだな」

オレはルルの自慢をしたかっただけなのだが、宰相は何か深読みしてくれた。

料理の試食を終えた宰相が満足そうな吐息を漏らす。

「うむ、どれも実に美味だった。報告書の方は後で読ませてもらう」

報告書には観光地の情報がメインだけど、街道の安全性や宿泊可能な場所の情報なんかも記してある。後者はマップ検索と「遠見《クレアボヤンス》」の魔法で得た情報だ。

「ペンドラゴン卿、強制はせぬがサガ帝国には早めに行け。貴公が行きたくなるように、サガ帝国の帝都と旧都の観光名所と美食リストを書類に纏《まと》めさせてある」

宰相の秘書官がオレに紙束を渡してくれた。

――くぅ、さすがは宰相。

オレがサガ帝国に行きたくなるポイントを的確に突いてくる。

なるはやで行くと宰相に約束し、執務室をお暇した。


続いて訪れたオーユゴック公爵の執務室では――。

「リーンが無茶をしてすまなかったな。これは詫《わ》びと助力への感謝の気持ちだ」

公爵の侍従がお盆に載った書状を渡す。

どうやら、これは目録のようで、ムーノ伯爵領へ色々と支援してくれるとの事らしい。

「卿は自分への報酬は受け取らぬからな」

公爵はそんな事を言うが、目録の最後の方には公爵家保有の魔法書や門外不出の巻物が二本ほど載っていた。

驚いた事に、一本目は忌み嫌われる精神魔法の巻物だ。

まあ、「平静空間《カーム・フィールド》」という平和な使い道の魔法なので、譲渡しても問題ないと判断したのだろう。

二本目は「従者超強化《パワー・アシスト》」という上級術理魔法の巻物だ。これはヒカルが使う「超人強化《ヒーロー・プレイ》」の下位互換の強化魔法だ。

「卿さえ良ければ、ヨウォーク王国でのリーンの事を聞かせてくれるか?」

「私の話でよろしければ――」

オレを公都で拉致《らち》してからヨウォーク王国で別れるまでのリーングランデ嬢の様子を語る。

「リーンはずいぶん、卿に心を許しているようだ」

「そうでしょうか？」

よくて、年の離れた弟くらいの扱いだと思うけど。

「年上で良ければリーンを嫁にどうだ？」

「申し訳ございませんが、私ではリーングランデ様の相手は務まりません」

「やはり、七つも年上の女は無理か……」

「いえ、私は年上に忌避感はありません」

なにせ、愛《いと》しのアーゼさんは人間の歴史と同じくらい長生きだからね。

「ふむ、ならばリーンのようなじゃじゃ馬は好みではないという事か――」

デリケートな話題なので、オーユゴック公爵の発言には触れずにスルーした。

「ならば、セーラはどうだ？　次期聖女とも言われておるが、相手が『魔王殺し』のペンドラゴンであれば、テニオン神殿も文句は言うまい」

セーラには好意を持っているが、それは恋愛感情じゃない。

――む？

オーユゴック公爵の目尻《めじり》がわずかに緩んでいる。

「揶揄《からか》うのはお止《よ》しください」

無表情スキル《ポーカーフェイス》先生の鉄壁の防御を突破してオレの心情を悟るなんて、さすがは大領を発展させてきた人物だけはある。

「すまんすまん、だが揶揄っていたわけではないぞ。セーラは卿を好ましく思っているようだ。その気があるのなら、いつでも口説いてやるがいい」

どこまで本気か分からないオーユゴック公爵との会話はそのあたりで終わり、やぶ蛇にならないように、オレは速やかに王城を撤収した。

◆

「「「クロ様！　おかえりなさいませ！」」」

クロの姿で王都のエチゴヤ商会に行くと、いつものように支配人や秘書のティファリーザを始めとした幹部娘達が出迎えてくれた。

「報告を――」

「前回にご報告した大型飛空艇の艤装《ぎそう》は順調です。王立造船所からは四隻目の大型飛空艇建造が予定より早く終わりそうだと報告がありました」

王立造船所で建造した三隻目と四隻目の艤装をエチゴヤ商会でやるって話だっけ。

キウォーク王国の激闘前に聞いた話だから、微妙に忘れかけていた。その話を聞いた時に、秘密裏に建造を始めた大型飛空艇は、ボルエナン氏族のエルフ達に建造を手伝ってもらってほぼ完成している。主機関や船体が初めからあったからこその短工期だ。

「ペンドラゴン子爵から引き受けた投資資金ですが、額が巨大すぎるので外洋船の新造資金に回しました」

支配人の報告に続いてティファリーザからも報告を受ける。

というか、そんなに巨額だったっけ？

一応、筆槍《ふでやりりゅう》竜商会や筆巻《ふでまきりゅう》龍商会からの配当金やサトゥーとして稼いだお金くらいのはずなんだけど？

「交易に使うわけか？」

「はい、パリオン神国の航路でも、砂糖航路でも需要は事欠きませんし、予想収益も投資額の回収に心配はない額を期待できます」

これ以上稼いでもしかたないんだけど、稼いだ分はまた投資に回せばいいか。

本来の目的だった失業者対策や貧困者対策は順調なんだから、野暮な事は言わないでおこう。

幹部娘達からも、それぞれの報告を受け、工場長のポリナからも現場の話を聞く。

「――ピピンですか？」

「今どこにいる？」

「サガ帝国です。『血吸い迷宮』での用事を終えたら、旧都と帝都を巡るとの事です」

「そうか」

元怪盗で現エチゴヤ商会の諜報員であるピピンは、「賢者の弟子」で呪符《じゅふ》使いのセレナとともに他《ほか》の「賢者の弟子」達の足跡を追う役目を与えてある。

「何かご用でしたか？」

「ピピンが会った『賢者の弟子』パサ・イスコの事で少々話を聞きたかっただけだ」

パサ・イスコ本人は石化して死亡していたけど、直接会った事のあるピピンやセレナから話が聞けたら、何か分かるかもしれないと思ったのだ。

まあ、オレもサガ帝国に行く予定だし、向こうで近くにいたら話を聞いてみよう。

売り場に顔を出し、幾つかの工場や造船所を視察してから、エチゴヤ商会の研究所に向かった。

「クロ様！　いいタイミングで！」

研究所に行ったら、妙にハイテンションなアオイ少年が飛んできた。

アオイ少年はルモォーク王国で召喚された日本人で、研究所では博士達のパイプ役と全体のマネージメントをこなしつつ、問題児な博士達のストッパー役までこなしている。

「何か発明したのか？」

アオイ少年は日本の便利な家電を魔法道具《マジック・アイテム》で再現するのをライフワークにしているので、今回も何か面白いモノを作ったんだと思う。

スマホは無理として、電卓でも作ったのかな？

「そうです！　作ったのはボクじゃありませんけど、見たらきっと驚きますよ！」

アオイ少年がこんな風に言うなんて珍しい。

「博士達ー！　クロ様がタイミング良く来てくれたので、例の実験をやりますよー！」

屋内実験場に案内された。

屋内実験場をさらに天幕で区切ってある。

「ずいぶん、厳重だな？」

「はい、他の商会どころか、他国の間者を警戒しないといけないので」

大げさなと言いかけたけど、よく考えたら回転好きのジャハド博士が改良した二重反転式の空力機関も、シガ王国の軍事機密と言っていい品だった。

「どうぞ、こちらです」

天幕を潜《くぐ》って、実験場に入る。

新幹線の先頭車両を縦横に半分くらいに縮小したような大きさの機体が置いてある。機体は試作機らしく魔法装置や配管がむき出しだ。

そんな機体を囲むように博士達が作業をしている。

博士達の中に白衣を着たシスティーナ王女の姿があった。

研究に行き詰まった時の気分転換とか言っていたのに、いつの間にかすっかり馴染《なじ》んでいる。

「システィーナ王女、我が主《あるじ》が先日の資料の件で深く感謝していた。王女の協力に感謝する」

「いつも尊大なクロ殿に畏《かしこ》まられると、なんだか変な気分ですわ」

「ふむ、尊大か？」

「ええ」

システィーナ王女がふふふと微笑《ほほえ》む。

「体調は問題ありませんか？」

アオイ少年が宇宙服のようなのを着た男性と話している。

この機材は有人らしく、パイロットが乗り込むようだ。

「はい、バッチリです」

「今なら止《や》められますよ？」

「クロ様の前で無様はできません」

パイロットが真剣な顔でオレを見たので、頷《うなず》いてやる。

よく分からないけど、パイロットが敬礼して機体に乗り込んだ。

「準備完了しました！　皆さん、赤い円の内側から出てください」

アオイ少年のかけ声で実験が始まる。

「第一シークエンス！　重力制御開始！」

機体に接続している魔力機関から莫大《ばくだい》な魔力が流れ込み、機体がふわりと浮かんだ。

「闇石《やみいし》を用いた重力制御機関か？」

オレがエチゴヤ商会経由でオークションに出した飛天紅剣とは別の原理だ。

「その通りじゃ。殿下が情報提供してくれた禁書の――」

「クロ殿には言っても大丈夫ですわ」

博士が途中で「ヤバい」という顔をしたが、システィーナ王女がにっこり笑って「これでクロ殿も同罪ですわね」と言った。

そんな風に釘《くぎ》を刺さなくても、エチゴヤ商会のオーナーなんだから、最終的な責任はオレに来るから心配無用だ。

「闇石機関が安定してきましたわね」

「そのようだな」

さっきまで微妙に揺れていた機体が空中に静止した。

「本番はここからですわよ。見逃さないでくださいませ」

システィーナ王女がにやりと口角を上げる。

そういえば、最初にアオイ少年が「第一シークエンス」と言ってたっけ。

「そろそろ、第二シークエンスに移りますよ！　各班、状況を報告！」

アオイ少年の指示を受けた博士達が、自分の担当機器の状態を確認して「問題なし」と回答していく。

「クロ様、機体に注目していてくださいよー！」

ぶんぶんと手を振るアオイ少年に、片手をあげて了承を伝える。

「では、第二シークエンス！　アンビリカルケーブル切断！」

外部魔力炉と機体を繋《つな》いでいたケーブルが切り離される。

「機体安定を確認！　『次元潜行』スタート！」


——次元潜行、だと？

魔力の発する赤い光と闇色の靄《もや》が機体を包む。

機体の下面が水のように波打ち、鈍色《にびいろ》の粒子を散らして機体が次元の狭間《はざま》へと潜行していく。

三〇秒ほども掛けて機体全体が次元の狭間に沈み、一分ほど時間をおいて、再びこちらの世界へと帰還した。

「いかん！　過負荷だ！」

機体がガクッと揺れ、闇石機関が爆発音を上げて破裂した。

──ヤバい。

オレは常時発動している魔術的な念動力《サイコキネシス》である「理力の手《マジック・ハンド》」で、落下しないように機体を支えてゆっくりと地面に下ろした。

「パイロットを救出しろ！」

「消火班、遠慮なく消化剤を撒《ま》け！」

「ちょ、ちょっと待て、アオイ！　何もそこまでせんでも」

「安全第一です！　損傷箇所の確認は壊れていてもできます」

機体からパイロットが救出され、消化剤を撒かれて真っ白になった機体を眺める。

「ちっ、人体実験の奴隷なんて使い捨てなんだから、後回しにしてよね。早くしないと、私の芸術的な魔法回路がダメになっちゃうじゃない」

嫌な顔つきをした初見の女性研究員が、聞き捨てならない言葉を吐き捨てた。

パイロットの横に、彼の身分が「奴隷」だとAR表示されている。

「何を言っているんですか！　人命の方が重要に決まっているでしょう！」

もしかして、女性研究員の発言が研究所の総意なのかと思ったが、アオイ少年がいつにない激しい口調で彼女を怒鳴りつけた。

「救護班、ケガが無いかパイロットの身体を確認してください！」

勘違いしてアオイ少年を怒鳴りつけたりしなくて良かった。

オレは静かに見守りながら、心の内でほっと胸をなで下ろす。

「クロ殿、高価な機体が壊れたのはすまんが、アオイの指示は的確だったと思うぞ」

「そうじゃとも。一番重要な闇石や聖樹石は無事のようじゃし、おそらくは制御用の回路も壊れておらんはずだ」

そんなオレの態度を勘違いしたのか、博士達がアオイ少年を庇《かば》うように弁護してきた。

「クロ様！　クロ様もこの勘違い男達に仰《おっしゃ》ってやってください！　奴隷なんて、この魔法回路《サーキット》を作るコストに比べたらゴミみたいなものだって！」

さっきの女性研究員がオレにすがりつきながら、差別発言をさも当然のように捲《まく》し立てる。

「勘違いはお前だ」

そんな女性研究員を突き放し、冷たい目で一瞥《いちべつ》した後、博士達やアオイ少年に向けて言葉を続けた。

「アオイの行動は間違っていない。人命は最優先で守れ、それができぬ者はエチゴヤ商会に必要ない」

「そんな！　お考え直しください、クロ様！　私の研究は奴隷なんかとは――」

「――聞くに堪えんな」

オレが目配《めくば》せをすると、研究所の警備員が駆け寄ってきて、ヒステリックに叫ぶ女性研究員を連行していった。

意識を改革してくれるなら雇用を継続してもいいけど、あの様子だと望み薄だね。

言っておかないといけない事を思い出した。

「だが、アオイ――」

「――危険な役目を、拒否権のない奴隷にさせるのは感心しない」

「それは……」

オレの苦言に、アオイ少年が俯《うつむ》く。

「違います！」

強い口調でアオイ少年を庇ったのは、件《くだん》のパイロットだった。

「違うとは？」

「俺は自分の意志で志願しました。本来のパイロットはアオイ様の予定だったんです」

視線でアオイ少年に問う。

「ええ、まあ。ボクがやるはずだったんですが、博士達に止められちゃいまして……」

「そうか。強制されてはいないのだな？」

「はい！　他にも名乗り出た者は大勢いました」

「この男が一番適性が高かったんじゃよ」

パイロットの言葉を、博士の一人が補足した。

「パイロットの安全性についても、十分に吟味しておる」

「そうじゃとも、動物実験を重ね、過保護なくらい十分な安全装置を組み込んであるぞい」

「その証拠に、機体が壊れてもパイロットには怪我《けが》一つないじゃろ？」

確かに博士達の言う通りだ。

「すまんな、アオイ。誤解していたようだ」

「いえ、誤解が解けたなら、ボクは何も」

「そうはいかん。そこの君」

奴隷の青年を呼び、彼を奴隷身分から解放して正式にパイロットとして雇う事にした。

彼についてはそれでいいとして――。

「この次元潜行機構は禁書庫の知識か？」

システィーナ王女に尋ねてみた。

「半分はそうです」

「残り半分は殿下の発案なんです！」

「――アオイ。私は思いつきを口にしただけで、それを形にしたのは博士達とあなたですよ」

なんでも重力制御機関を反転させる事で、フィールドの境界面を虚数化して次元潜行を可能にするのだとか。聞いてもよく分からなかったので、あとで論文をじっくりと読ませてもらおう。

「このまま研究を進めるといい」

闇石では安定性に欠けるとの事だったので、聖樹石の追加と拳大《こぶし》の闇晶珠を数個渡して更なる発展を命じておく。

できれば、黄金鎧《よろい》に搭載できるくらい小型化してくれれば、次元潜行は一時的な避難装置にも使えるんだけどね。

「諸君の奮闘に期待する」

「はい、頑張ります！」

現状での研究資料と設計図をアオイ少年から受け取って、研究所を後にした。

◆

「エピドロメアスか……」

ミツクニ公爵邸で人払いをして、ヒカルにエピドの件を伝える。

「大変だったね、イチロー兄ぃ。その現場に使徒がいて良かったよ」

同感だ。彼がいなかったら、無事にエピドロメアスを駆除できていたか分からない。

「できれば神々に降臨してほしかったけどね」

カリオン神やウリオン神と旅をしていた時に聞いた話だと「世界を外敵から守るのは神の役目」らしいから。

「あはは、神様は腰が重いから」

ヒカルも何か経験があるのか、どこか遠い目をしている。

「まあ、その流れで不滅《イモータル》な存在と戦える神器や神の力が宿った神石を探しているんだ」

「セテに頼んでシガ王国でも探してもらう？」

「うん、頼むよ。探索費用は先渡ししておくから、使ってもらって」

サトゥーとして入手した資産は投資に回したけど、それでもまだまだかなりの額がストレージに眠っているので、そこから金貨一万枚ほどを使ってしまう事にした。

「そうだ。ついでに詠唱スキルの『祝福の宝珠』があったら手に入れるように言っておいてくれ」

「うん、分かった――ってイチロー兄ぃはまだ詠唱できないんだっけ？」

「練習はしているんだけど、なかなかね」

詠唱は自力で覚えるつもりだったんだけど、自己満足の「舐《な》めプ」をして仲間達に取り返しの付かない被害が出たら嫌なので、コネを使ってでも手に入れる事にしたのだ。

打ち合わせを終え、ヒカルと一緒に転移鏡を使って秘密基地へと移動する。

「そういえば、ダイゴ君とチナツちゃんの様子はどんな感じ？」

鬱《うつ》魔王シズカの庵《いおり》へ向かいながら、ヒカルの寮にいる転生者の二人の様子を尋ねてみた。

「二人とも元気に学校に行ってるよ」

「記憶は？」

「前世の事はもうほとんど思い出せないみたい」

「そうか……」

「そんな顔しないで、ユニークスキルを失った事で前世との繋がりが薄れて、こっちの世界に馴染《なじ》んでいってるんだよ」

それは辛《つら》い事や寂しい事じゃないとヒカルは言う。

庵まで行くと、子犬にワンワンと吼《ほ》えられた。

「やっほー、チャッピー」

「ヒカル！　ワン太を変な名前で呼ぶのは止《や》めて！」

シズカが無防備な下着姿で飛び出してきた。

相変わらず、一人の時は下着姿で過ごしているらしい。

オレは無言で背を向ける。

「――って、うわっ。サトゥーさん?!　なんで、どうして？」

「いいから上に羽織るモノ！　下もちゃんと穿《は》きなさい」

慌てるシズカをヒカルが屋内に促す。

「パンツは穿いているから恥ずかしくないもん！」

「また、ロングセラーなセリフをっ」

シズカが口にする脚部飛行ユニットで天駆けるウィッチ達のキャッチコピーっぽいもじりを背中で聞き流しつつ、子犬のワン太のお腹《なか》を撫《な》でて時間を潰《つぶ》す。

「――神石？　聞いた事あるわ」

俺のキッチンでお茶をいただきながら、話を切り出したら予想外の返答があった。

「え？　本当に？」

「うん、あのサルが遺跡を探索している時に、盗神の装具と一緒に発見したって興奮していたのを覚えてる」

シズカの言うサルとは、猿人族の賢者ソリジェーロの事だ。

「今は弟子の誰《だれ》かが持っているんじゃないかな？」

「誰か分かるか？」

「そこまではちょっと。私は弟子達とは交流なかったから」

まあ、彼女は軟禁状態だったんだから、知らなくても不思議じゃない。

ピピンに同行している賢者の弟子セレナあたりにでも心当たりがないか尋ねてみよう。

「ごめんね、役に立たなくて」

「いや、そんな事はない。十分に役立つ情報だよ」

少なくとも、賢者ソリジェーロの下に「神石」があったというのは重要な情報だ。

「ヒカルは何か心当たりないか？」

「現役の頃《ころ》なら幾つかあったけど……、今もありそうなのはサガ帝国の勇者神殿や西方諸国の中央神殿あたりかな？　他《ほか》には神代からあるような古い遺跡とか？」

ヒカルに言われて思い出した。

そういえば西方諸国の中央神殿で色々な神器を見たっけ。

「さすがに中央神殿の神器は借りられないだろ？」

「それを言ったら、どこもそうだと思うよ？」

それもそうか……。

「そうだ！　知ってそうな人がいるよ」

「誰だ？」

「イチロー兄ぃも知ってる人！」

ヒカルが良い笑顔で言った。

◆

「それで、わしの所に来た、と？」

オレとヒカルは迷宮下層に隠れ住む転生者の「骸の王《キングマミー》」ムクロの領域を訪れていた。

ちなみに一緒に来た仲間達は、鍛錬を積みたいとの事だったので、吸血姫達や邪竜親子とバトルしに行ってしまった。かなり格上の相手だけど、魔法欄から使った「従者超強化」の魔法でブーストしてあるから大丈夫だと思う。

「えへへー、神様とケンカしていたムクロなら知ってるんじゃない？」

「まあ、知っているけどよ」

「教えてくれないか？」

「高く付くぜ？」

「構わない」

いくらマップがあっても、虱潰《しらみつぶ》しに探すには世界は広すぎる。

オレが払えるモノなら提供するとも。

「西方諸国の中央神殿にある神器は知っているか？」

「知ってる。現物を見た事もあるよ」

「小砂漠——砂海の王国の剣の一族が剣の神器を持っているのは？」

「いや、それは初耳だ」

「あの神器は強いぜ？　なにせ、わしを殺しかけた剣だからな」

ムクロの話によると、神に対抗する為《ため》に手に入れようとして、神器を操る剣の一族の長《おさ》によって打ちのめされ、這々《ほうほう》の体で逃げ帰ったそうだ。

「まあ、その国も中央神殿も、大切な神器を他人に貸し出す事はないだろうがよ」

「他にイモータルな存在を倒せる武器とか魔法とかがないかな？」

「そんなもんがあったら、わしが使って神々を屠《ほふ》っておるわ」

ムクロがそう言って土産に持ち込んだシガ酒を呷《あお》る。

「あー、一つあるな」

何かを思い出したようにムクロが呟《つぶや》いた。

「教えてくれ」

「ユイカだ。あいつの『神斬丸《かみきりまる》』なら神だって斬《き》れるぜ？」

「――人のユニークスキルを変な名前で呼ぶな！」

いつの間にか現れたゴブリン族の転生者で小鬼姫ユイカが、ムクロの頭を凄《すご》い勢いで殴った。

この遠慮のない感じは多重人格の初代ユイカ三号に違いない。

「痛《いて》ーな！　『神斬丸』は『神斬丸』だろうが！」

「神を斬った事などないわ！　あれは『まつろわぬもの』専用だ！」

「ユイカも――」

彼女が嫌う「唯一神《ユイカ》」という名前で呼んだら睨《にら》まれた。

「――フォイルニスもまつろわぬものと戦った事があるのか？」

「ある」

ユイカ三号の魂の名前である「フォイルニス」で呼び直したら、答えてくれた。

「まつろわぬものとは――」

「クロ、その名前は口にせぬ方が良いのである」

「そうだぜ、名前は魔術的な相似を呼ぶ。ヤツらが名前を手繰って、こっちに来ちまうかもしれねえからな」

ユイカの後から入ってきた「吸血鬼《ヴァンパイア》の真祖《しんそ》」バンと「鋼の幽鬼《アイアン・ストーカー》」ヨロイが忠告してくれた。

そういえば、前にカリオン神かウリオン神にもそう注意された覚えがある。あまり口にしないように、気をつけよう。

ユイカのユニークスキルは「疲れるから嫌だ」と言って見せてもらえなかったが、ムクロがかつて調査した「神代の遺跡」については色々と知る事ができた。主に大陸西方から大陸中央が中心で、大陸東方は「影城」などの有名どころしか調査していないそうだ。

「凄いな、影城を調査したのか？」

「ああん？　それは嫌みか？」

素直に驚いたのに、ムクロに睨まれてしまった。

「がははは、城にも入れずにすごすご退散したんだぜ」

「お前も一緒だっただろうが！」

「あそこは別格であるゆえ」

なるほど、やっぱり彼らでもヤバい場所だったらしい。

「そういえば、狗頭《くとう》のヤツが東方諸国のどこかで、手痛い目に遭ったとか言ってたのも、影城じゃねぇか？」

「いや、影城とは別の場所だったはずだ」

ヨロイやムクロの話によると、現在のスィルガ王国やマキワ王国のあたりに、「狗頭の魔王」を撃退するような何かがあったという事だ。

「神石や神器があったかどうかは分からんが、似たようなモノがあるかもしれんぞ」

「いい情報をありがとう。一度、探しに行ってみるよ」

オレが訪れようとしていた遺跡もある事だし、サガ帝国での用事が終わったら観光省大臣としてスィルガ王国やマキワ王国を訪れてみよう。

なお、邪竜親子とバトルをしていた仲間達だが——。

「素晴らしい対戦相手でした。世の中にはまだまだ上がいますね」

リザが満足顔で言う。

黄金鎧《よろい》や強化外装なんかの底上げがあるとはいえ、邪竜親子は最大八〇レベルもある格上の相手だからね。

「おう、いえすぅ～」

「手にあしにぎにぎだったのです！」

ポチが言おうとしたのは「手に汗握る」かな？

「アリサがブレスを防いで、ルルが地上に落としてくれたので、接戦ができたのだと批評します」

「ナナも『全《すべ》てを穿《うが》つ』竜の牙《きば》をファランクスや自在盾《フレキシブル・シールド》で相殺したり、大質量尻尾《しっぽ》攻撃を受け止めたりして活躍していたじゃない」

「ミーアの精霊が助力してくれたお陰だと訂正します」

皆《みんな》で連携して戦ったようだ。

「結局、邪竜の子供にしか勝てなかったのよね」

「ええ、ご主人様の強化魔法がなければ、邪竜の親には手も足も出なかったでしょう」

ちなみに邪竜の子供はアリサ達よりも五レベルほど低い。

「ポチはスーパーな新必殺技を思いついたのです！」

「危ない場面が幾度かありましたし、私は瞬動を超える踏み込みを模索したいですね」

「それならいいアイデアがあるわよ！」

アリサが鼻息荒くリザに声を掛けた。

なんとなく嫌な予感がする。文化ハザードはほどほどにね。

「私も何度か急接近されて危なかったので、銃以外の戦闘技術を鍛えないと」

「タマももっと忍術を頑張る〜？」

「私も負けていられないと告げます」

「ん、努力」

「よーし！　次は新技開発のターンね！」

仲間達の発言を受けたアリサが拳《こぶし》を振り上げて宣言した。

そんなこんなで、一週間ほど迷宮地下滞在が延長されたんだけど、オレはオレで地下の愉快な転生者達に場所代代わりに料理を提供し、彼らの秘匿技術の一端を分けてもらう事ができたのでよしとしよう。

サガ帝国

〝サトゥーです。憧《あこが》れの国に初めて行った時の事は今でも覚えています。事前に調べられる限りを調べて行ったにもかかわらず、実際に訪れた時は見るもの全てに感動して、興奮に倒れそうになったほどです。〟


「サトゥー君、あれがサガ帝国の旧都かね！」

ワクワク顔で小型飛空艇の窓からサガ帝国旧都の町並みを見下ろしているのは、ムーノ伯爵だ。

サガ帝国の帝都を訪問する前に、ムーノ伯爵領へ報告をしに寄ったのだが、ぜひとも一緒に行きたいと懇願されたので同道してもらった。

なんでも、勇者研究家として、一度はサガ帝国の帝都や旧都を訪問したかったらしい。

「ええ、そうですよ」

まあ、この旧都に来る前にサガ帝国の帝都で、サガ皇帝から勲章授与を受けてきたんだけど、敵地に来たかのようなギスギスした雰囲気だったので、早々にお暇《いとま》してきたのだ。

どうも、「サガ帝国の勇者一行」以外が魔王討伐に大きく貢献したのは、サガ帝国貴族達のアイデンティティーを揺るがしてしまう事態だったらしい。

皇帝から伯爵の爵位や新勇者の従者就任の打診があったけど、それらは内々に辞退させてもらった。

「リーングランデ様にお会いできなかったのは残念ですわね」

「そうだね、ソルナ。噂《うわさ》の従者殿に僕もお会いしたかったよ」

そんな会話をしているのはムーノ伯爵の長女ソルナとその許嫁で最近授爵したハウト名誉士爵だ。

彼女達が言うように、リーングランデ嬢は新勇者のリクとカイを連れてセリビーラへ発《た》ったところで、すれ違いだったんだよね。

今回、仲間達以外で同行しているのは前述の三人だけだ。カリナ嬢はナナ姉妹やゼナさんと迷宮都市へ再修行に行ってしまったので、連れてこなかった。

次期ムーノ伯爵のオリオン君も行きたがっていたが、伯爵と次期伯爵が同時に国を離れるのは良くないとニナ・ロットル執政官に止められて、泣く泣く断念していた。

彼には何かお土産でも買っていってやろう。

「サトゥー君、勇者神殿はどこにあるのだろう?」

「もうお城の陰に隠れてしまったようですね。すぐに実物が見られますよ」

勇者の召喚陣があるのは現在の帝都ではなく、なんとか大公の治めるこの旧都の方だ。

「帝都も凄かったけど、この旧都も凄いわね」

「そうね、アリサ。シガ王国の王都と同じくらいかしら?」

アリサとルルが窓から旧都の町並みを見渡す。

「マスター、空港に戦列艦が停泊していると告げます」

操縦席のナナが報告してくれた。

オレ達が小型飛空艇で乗り付けた旧都の空港には、サガ帝国の戦列艦——大型飛空戦艦が三隻も停泊している。

空港の誘導官の手旗信号に従って着陸し、飛空艇の事は警備用ゴーレム達に任せて皆で降りる。

「少し肌寒いですね」

リザがわずかに身震いした。

旧都の人口はシガ王国の公都より多く王都より少ないくらいで、通年で気温が低く暖かそうな服装の人が多い。

黒髪の者が多く、日本人風ののっぺりした顔立ちの者も、ちらほらと見かける。

「ソルナ、これを羽織ると良い」

「ありがとう、ハウト」

ソルナ嬢とハウト君のそんなやり取りを、ルルが羨《うらや》ましそうに見つめている。

ルルの服は空調機能付き全天候型の装備なので、この程度の寒さに上着は必要ないのだが、せっかくなのでルルに外套《がいとう》を羽織らせてあげた。真っ赤になって照れるルルが可愛《かわい》い。

「寒いー、わたしも寒いなー」

「ん、極寒」

「空調機能が壊れているなら修理が必要と主張します」

アリサとミーアが二匹目のどじょうを狙《ねら》って寒いフリをするが、真に受けたナナに上着を剥《は》がされて、本気で震えていた。

「寒い〜？」

「これくらいへっちゃらなのです」

「タマ君とポチ君は寒さに強いのだな」

ムーノ伯爵が身体《からだ》を震わせながら、タマとポチを褒める。

「伯爵様、こちらの外套をどうぞ」

「ああ、サトゥー君、ありがとう」

予備の外套をムーノ伯爵に渡した。

そんなオレ達の前に豪奢《ごうしゃ》な馬車が何台も止まる。

「サトゥー、お待たせしたかしら？」

「いえ、先ほど到着したばかりです」

迎えに来てくれた勇者ハヤトの従者であるメリーエスト皇女に続いて豪華な馬車に乗り、旧都の郊外にある「勇者の丘」へと向かう。

他《ほか》の従者達は新勇者達の育成に、ひっぱりだこ状態だそうだ。

「帝都ではあまり庇《かば》ってあげられなくてごめんなさい」

「いえ、そんな事はありませんよ」

メリーエスト皇女はちゃんとフォローしてくれた。

「それに、勇者神殿の見学許可も取っていただきましたから」

「こんな事くらいでハヤトと私達が受けた恩は返せないわ」

なかなか律儀な人だ。


「――見えてきました」

メリーエスト皇女に促されて窓の外を見る。

異様に見晴らしの良い丘の上に白い石でできた建物があった。

ギリシャ建築の古い神殿の遺跡に近い形で、床柱天井のみで壁がない。

「おぉおおおおおお！　こ、ここが歴代勇者様が召喚された聖地！」

「え、ええ、そうですわ」

テンションが振り切れたムーノ伯爵の勢いに、メリーエスト皇女が引き気味だ。

ソルナ嬢とハウト君の二人も、ムーノ伯爵ほどではないが、キラキラした目で聖地を見回している。三人が落ち着くのを待っていたら日が暮れそうだったので、適当なところで先を促して建物の内部へと入った。

「メリーエスト殿下、こちらがムーノ伯爵とペンドラゴン子爵ですか？」

「ええ、そうよ。魔王との戦いで言い尽くせないほど協力していただいた方です。失礼のないようにね」

「皇帝陛下からの勅令ならいたしかたありません」

渋い顔をした年配のパリオン神殿の神殿長に、メリーエスト皇女が事務的な口調でそう告げた。

両者はあまり仲が良くなさそうだ。

「では、こちらへ」

結界を解除した神殿長に続いて、神殿へと足を踏み入れる。

──おおっ、これは凄《すご》い。

一見普通の神殿だが、魔力視を有効にすると床の魔法陣だけじゃなく、天井や柱などにも積層型の魔法陣が複雑に刻みつけられているのが分かる。

それぞれの魔法陣が相互に作用し合う芸術的な魔法陣で、色々と勉強になった。

魔法陣を読んで気がついたのだが、「勇者の丘」の地下全体が魔力を蓄積する巨大な魔法装置になっているようだった。

旧都の気温が妙に低いのは、地脈を流れる魔力のほとんどが都市核《シティ・コア》ではなく、この魔法装置に供給されているからに違いない。

「そろそろ満足しましたか？」

神殿長に声を掛けられて、けっこう長い間神殿内を眺めていた事に気がついた。

「ええ、ありがとうございました。神秘的な雰囲気に恥ずかしながら我を忘れてしまいました」

オレは詐術スキルのサポートを得て、神殿長の疑惑の視線を回避した。

ここの魔法陣は地下の隠し魔法装置も含めて完璧《かんぺき》にトレースしたけど、魔法陣の中核をなす部分だけが欠落している。

「神殿長殿、勇者召喚の際には、何か特別な神器を用いるのでしょうか？」

「それは神殿の秘中の秘ですので、外部の方にはお答えできません」

答えを言っているも同然の気がするけど、神殿長が言葉を濁した。

オレの推測としては欠落している中核部分に、パリオン神の神器か何かを嵌《は》め込んで完成する感じだと思う。

「神殿長！　メイコ様が――」

「ら、来客中ですよ」

神殿を出ようとしたところで、巫女《みこ》の一人が駆け込んできた。

日本人ぽい名前だったので検索してみると、「メイコ・カナメ」という新勇者が旧都を散策している。

不用心な事にユニークスキルを隠蔽《いんぺい》しておらず、情報が丸見えだ。

彼女のユニークスキルは四つ、「最強の刀《きれぬものなし》」「無敵の機動《あたることなし》」「無限武器庫《はてなきつるぎ》」「先見の明《さきよみ》」というのがあった。スキル名的に近接系の剣士っぽい勇者のようだ。

召喚されてそれほど経《た》っていないはずだが、彼女のレベルは既に五三もあり、前に会った勇者リクや勇者カイよりも高い。

「行きましょう、サトゥー」

「皇女殿下、くれぐれも――」

「分かっています」

口止めをする神殿長にメリーエスト皇女が嘆息しつつ頷《うなず》き、オレ達を神殿の外までエスコートしてくれた。

勇者メイコが散策中なのは秘密のようだ。


「――殿下、お急ぎください」

神殿の見学を終えたオレ達は、メリーエスト皇女を見送りに空港へとんぼ返りしていた。

「申し訳ないのだけれど、私はこれから帝都に戻らないといけないの」

「いえいえ、こちらこそお忙しいところ、お手数をお掛けいたしました」

本当に申し訳なさそうなメリーエスト皇女に礼を告げ、飛空艇に乗り込むのを見送る。

むしろ、そんなに忙しいのに観光案内をさせた事が心苦しいくらいだ。

メリーエスト皇女の飛空艇を見送ったオレ達は――。

「では、城下町観光と参りましょうか」

ムーノ伯爵一家と旧都を散策し、歴代の勇者が立ち寄ったというラーメン屋や甘味処《どころ》を梯子《はしご》した。

次は土産物屋に勇者神殿の模型や、勇者のフィギュアなんかを購入しにいこう。

「ご主人様、ちょっと待って！　服屋さんが見たい！」

「ん、気になる」

アリサとミーアがそう主張し、ルルやナナもその気になったので、先に服屋に寄る事にした。

「ソルナ様はご興味ありませんか？」

「興味がないと言ったら嘘《うそ》になるけど、ここで買っても着ていく場所がないわ」

ソルナ嬢はムーノ城にいる事が多いし、社交の場や執務の手伝いをする時は、フォーマルな衣装を着ないといけないので、こういうカジュアルな店の商品は持て余すらしい。

オレは素早くハウト君に目配《めくば》せした。

彼はすぐにオレの意図を察し、「こんな服を着て、一緒に城下町を歩いてみないか？」と甘く囁《ささや》く。イケメンスマイルに甘い囁きが加わり、ソルナ嬢は即落ちしてお店へと足を踏み入れた。

うんうん、女の子には色々な衣装を着てほしいよね。

◆

「もう！　どうして砂糖漬けみたいな甘ったるすぎるのか、和菓子しかないのよ！　可愛いケーキやパフェはないの！」

あまり大人数で入るとお店の人も困りそうなので、ムーノ伯爵や獣娘達と一緒に外で待っていると、人混《ひとご》みの向こうから賑《にぎ》やかな声が聞こえてきた。

大きな声に振り返ると、生意気そうな顔をした一四歳ほどの少女がいた。

お付きにはメガネのイケメン神官がいる。

なんとなく気が弱そうな感じだ。

「すみません、メイコ様。シガ王国には『ルルのケーキ』というのがあるそうなのですが」

「ルル？　風邪薬みたいな名前ね。まあ、いいわ、買ってきて」

「え？」

「それを買ってきなさいって言っているの。二度も言わせないで」

なかなか無茶を言う。

ほぼ同郷の少女だが、ここは関《かか》わり合いにならずにスルーするべきだろう。

彼女なら立派にこの国で生きていけそうだ。

「ちょっと！　そこの黒髪！」

なのになぜか、先ほどの少女が目の前にいる。

どうやら、瞬動を使ったようだ。

「私ですか？」

「ええ、そうよ！　あんた地元民でしょ？　スイーツの店に案内してよ。私は生クリームに飢えてんの！」

早く連れていきなさい、と少女はなかなかの剣幕だ。

「メ、メイコ様いけません」

「うるさい！」

一方で付き人のメガネ神官はオレ達の服装から、他国の貴族だと推察したようで、顔を青く染めて彼女を翻意させようと必死だ。

平民に見える服を選んだつもりだったけど、分かる人には分かるらしい。

「なまくりーむ～？」

「ポチも甘い物が食べたいのです」

「前にいただいたケーキは美味《おい》しかったですね」

タマとポチの言葉にリザも頷く。

獣娘達だけでなく、ムーノ伯爵も「そろそろ、お茶の時間だね」と言い出した。

人の好《い》いムーノ伯爵は、生クリームを求める少女に同情したようだ。

「あるの?!」

「ええ、ありますよ。そこの喫茶店に参りましょう」

「メイコ様、騙《だま》されてはいけません！　そこは青紅茶こそ出しますが、お菓子は先ほどまで見たのと同じ種類の物しかありません」

少女が嘘だったら許さないとばかりに、こちらを睨《にら》み上げた。

「お店にはありませんが、この鞄《かばん》の中にケーキがあります。店には持ち込み料金を支払えばいいでしょう」

「そう?　なら行きましょう」

即断即決の少女と一緒に、落ち着いた感じの喫茶店に入る。

メガネ神官はこの店の常連だったらしく、すぐに個室へ通してもらえた。

「へー、なかなか美味しそうじゃん」

カットしたルルのケーキを前に、少女が偉そうな態度で言う。

だが、口調とは裏腹にケーキを見つめる瞳《ひとみ》はキラキラと輝いていた。

「うまっ！　何これ美味しすぎるっ」

「びみびみ～？」

「やっぱりケーキは美味しいのです」

子供達が嬉《うれ》しそうにケーキを頬張《ほおば》るのを眺めながら、ゆっくりと青紅茶を飲む。

ムーノ伯爵も甘い物が好きなようで、さっきからうっとりとした表情でケーキを味わっている。

「あー！　メイコが一人でケーキ食ってる！」

「なに？　それは許されざる事だぞ！」

「いいなー、メイコちゃん。ボクもケーキ食べたい」

廊下でドタバタと音が聞こえたと思ったら、中学生くらいの子達が個室に飛び込んできた。

AR表示によると、この子達は勇者メイコと一緒に召喚された残り三人の新勇者達のようだ。

「げっ、なんであんた達がここに」

「ふふん、名探偵セイギ様に暴けぬ悪はないのさ！」

銀縁メガネをくいっと押し上げた少年は、勇者セイギ。彼は勇者メイコと違ってユニークスキルや各種スキルは隠蔽されている。レベルは五一で、勇者メイコよりは低い。

「誰《だれ》が悪よ。あんたは食い意地が張っているだけでしょ」

「なー、そんな話はいいから、俺にも一つくれよ」

スポーツ少年っぽい彼は勇者ユウキ。勇者メイコと同じく、スキルが隠蔽されておらず、三つのユニークスキル「眷属同調《みんなのちからをぼくに》」「無限射程《どこまでもとおくへ》」「浪漫爆裂《えいこうはわがなとともに》」が明らかになっている。スキル名からして、魔法系の勇者だろう。レベルは勇者セイギよりも高くレベル五二ある。

「ダメよ。これは私のなんだから！」

勇者メイコに断られた勇者ユウキの視線が他《ほか》の子達の方に向く。

「こ、これはポチのだからダメなのです、よ？」

「あぐあぐあぐ」

ポチが皿を庇《かば》い、タマがお皿のケーキを口に押し込んだ。

「新しいケーキを出しますから、空いている席におかけください」

「おっ、話が分かるじゃん」

「もう、ユウキ君ってば、ちゃんとお礼くらい言おうよ」

三人目の勇者フウは腰が低いようで、ぺこぺことお辞儀して勇者メイコの横に座った。勇者フウも勇者セイギと同じくスキルが隠蔽されており、レベルは四人の中で一番低く、五〇しかない。

チーズケーキやショコラを出すと、勇者達が喜んで貪《むさぼ》り喰《く》う。

男の子にスイーツばかりは合わないだろうと思って、ポテチも出してみた。

「おー！　コーラーとかない？」

「ボクはキョージュペッパー！」

「コーラーやキョージュペッパーはありませんが、サイダーなら」

収納鞄《アイテム・バッグ》経由でストレージからサイダーを取り出して、勇者達の前に出してやる。

「炭酸飲料！」

「久しぶりだぜ！」

「うん、これも美味しいね」

「あんた達は相変わらずお子様ね」

喜ぶ三勇者を見て、勇者メイコが大人ぶる。

そういうのはほっぺたに付いた生クリームを拭《ふ》いてからにしてほしい。

新勇者四人を交えた賑やかなお茶会は、和やかに進む。

「美味しかった～。最初のがルルのケーキなの？」

「おふこ～す」

「ご主人様が作ってくれたのです」

食べ終わったケーキを称賛する少女に、タマとポチが自慢気に答える。

「あんた、今日から勇者の従者よ！　料理番として付いてきなさい」

「ちょっと待ったー！　メイコばっかりズルいぞ！」

「そうそう、俺の料理人がいいと思うぜ！」

「もー、ユウキ君までそんな事を。皆《みんな》の料理人になってもらえばいいんじゃないかな？」

本人を置き去りにした勇者達の会話が姦《かしま》しい。

「申し訳ありませんが――」

オレが断ろうとしたところに、偉そうな文官風の銀髪男が飛び込んできた。

「ロレンス！　メイコ様を神殿に戻せ！　今日はあのペンドラゴン卿《きょう》が来るから、外に出すなと言ったろう!」

はて?　オレと勇者メイコを会わせたくないのはどうしてだろう?

銀髪男の視線が他の勇者達を捉《とら》えた。

「ユウキ様やセイギ様やフウ様まで?　いつの間に宿舎の外に?!」

「ウ、ウォーレン様!」

メガネ神官が慌てた様子で銀髪男の名を呼んだ。

オレと目が合った銀髪男が、顔を青ざめさせた。表情からして、メガネ神官もオレがペンドラゴン子爵だと気付いていた感じだ。

「はじめまして、サトゥー・ペンドラゴン子爵と申します」

「ぺ、ペンドラゴン卿?!　ま、魔王殺しがどうして勇者様方と一緒に?!」

この大仰な二つ名は、サガ帝国でも広まっているようだ。

「魔王殺し?　先代勇者やリク先輩達と一緒に魔王を倒したっていうシガ王国の勇者?」

「シガ王国の勇者、ですか?　もしかして、勇者ナナシ様とお間違えでは?」

勇者メイコの質問を疑問符と質問返しではぐらかした。

「メイコ様、こちらに」

「嫌よ。ベタベタしないで」

銀髪男の手を勇者メイコが払う。

「ウォーレン殿、シシュンキの女子は距離感に気をつけるでござる」

「おっ、セイギ達もこっちに来てたか」

「――げっ」

銀髪男の後ろから入ってきた二人には見覚えがある。

「カゥンドーだ～」

「ルドルーも一緒なのです！」

この二人はサガ帝国の侍であるカゥンドー氏とルドルー氏だ。二人とはパリオン神国の魔王退治で、勇者ハヤトと同行した事がある。

「おひさ～」

「タマとポチも壮健のようでござるな」

「はいなのです！　ポチ達はいつだってソーケン乱舞なのですよ！」

イマイチ意味が分からないけど、たぶんポチは再会が嬉しくて、勢いだけで喋《しゃべ》っている気がする。

「もしかして、お二人も勇者様の従者に？」

「ああ、俺が勇者セイギの従者で、カゥンドーが勇者メイコの従者だ」

オレの質問にルドルー氏が答えてくれた。

「メイコ様、このペンドラゴン卿は――」

銀髪男が小声で勇者メイコに耳打ちするのが聞こえてくる。

彼が話す事は概《おおむ》ね間違っていないが、決して同意できない内容だった。

なので、誤解が深まる前に相互理解を進めようと声を掛ける。

「メイコ様――」

「よ、寄らないで！　この性欲魔人！」

怯《おび》えたように勇者メイコが部屋の端まで飛び退《の》いた。

それにしても、性欲魔人は酷《ひど》い。視界の端でメガネ神官が必死に謝っている姿が見えるが、そんな事でオレの傷付いた心は癒《い》えないのだ。

「何か誤解が――」

「何人もの女性を侍《はべ》らせて、小学生くらいの女の子から大人まで毎晩一緒に寝ているんでしょ！」

「それは事実ですが、決して――」

「聞きたくない、聞きたくない！」

彼女は両耳を塞《ふさ》いでイヤイヤと首を横に振る。

ほぼ全部誤解なのだが、思春期の女の子には少し刺激が強すぎたらしい。

「ペンドラゴン卿、メイコ様のお加減が悪いようなので失礼する」

銀髪男が勇者メイコの肩を抱いて飛び出していった。

「ウォーレン殿、待つでござるよ！」

それを侍従者のカゥンドー氏が追いかける。

「げっ、フウが泡吹いているぞ」

「マジか、エロ耐性の低いヤツだな」

「まったくだ。ボクとしては異世界ハーレムの先達として色々と話を聞きたい」

「ですから、それは誤解です」

ハーレムも何も、オレの恋愛対象はボルエナンの森のハイエルフ、愛《いと》しのアーゼさんだけなのだから。

「さて、全員撤収！　ポチ、タマ、リザ殿、またいずれ魔王との戦場で！」

「申し訳ございません、ペンドラゴン卿。お詫《わ》びとお礼はまた後日、日を改めまして――」

侍従者のルドルー氏が気絶した勇者フウを抱え、他の勇者二人を促して退出する。

最後にメガネ神官がぺこぺこ頭を下げて、部屋を出ていった。

「ずいぶん賑やかな子供達でしたね」

リザが呆れたように言う。

まあ、中学生くらいの子達だったし、あの年齢はあんな感じが普通だろう。

そろそろオレ達も退出しようと腰を上げたところで――。

「――し、子爵様！」

この店の料理長が決死の表情で、ケーキの試食を願い出てきた。

「レシピじゃないのかい？」

オレの問いに料理長が神妙な顔で首を横に振った。

「それはあまりに厚かましすぎでしょう。私も料理人の端くれです。一度食べれば、いつかその味に辿《たど》り着いてみせます」

なかなか凄《すご》い事を言う人だ。

「いいよ、それなら彼女達が気に入りそうなお菓子を何種類か置いていくよ」

ちょっと楽しくなったので、そう告げて各種ケーキやカステラといったお菓子をテーブルの上いっぱいに並べた。

タマとポチまで目をキラキラさせている。

君達にはこのあとサガ帝国の肉料理フルコースを食べさせてあげるから、今は我慢してね。

オレは料理長にエールを送り、服屋に行ったメンバーと合流する。

あれからけっこう経《た》っているのに、まだまだ買い物が終わる様子はない。

やっぱり、女子の服装にかける熱量は、男の比じゃないね。

◆

「これがパリオン神が下賜されたという『勇者の迷宮』！」

旧都での買い物を終えたオレ達は、郊外にある「勇者の迷宮」を見物していた。

残念ながら、この迷宮はクローズドで、サガ帝国の勇者とその従者達にしか開放されていない。

「迷宮？」

「神殿みたい～？」

「ソ、ゴ、ゴーンなのです！」

ミーアに続いてタマとポチが神殿風の「勇者の迷宮」を見上げて感想を呟《つぶや》いた。

ポチは荘厳という言葉がうろ覚えだったのか、怪獣でも出てきそうな発言になっている。

「観光案内はいかがですか？　今なら迷宮外周にある歴代勇者像の解説も行っておりますよ」

公式案内人というたすきを掛けたお姉さんが売り込みに来たので、銀貨一枚で観光案内してもらった。

ここは旧都の観光地になっているらしく、迷宮の外にある順路を巡るコースが用意されているらしい。順路を進む人達に巡礼者っぽい格好の人が多いのは、パリオン神によって創られた場所だからだろう。

「この迷宮は、パリオン神の御業《みわざ》によって、入る勇者様のレベルに合わせた階層が生成されるのをご存じですか？」

「へー、ゲームのインスタンス・ダンジョンみたいね」

お姉さんの解説に、アリサが現代人っぽい感想を抱いた。

「お客さん、通ですね。それは四〇〇年前の勇者ダイサク様のお言葉ですね？」

お姉さんが同好の士を見つけた顔になってアリサと握手する。

「お父様、本当ですの？」

「いや、その言葉は私も知らないよ。やっぱり、勇者様の本場では伝わっている言葉一つとっても、違うんだねぇ」

ソルナ嬢がムーノ伯爵と話すのが聞こえてきた。

勇者研究家として名高いムーノ伯爵にも、こういう日常的な言葉までは伝わっていなかったらしい。

「同格の敵とだけ戦い続けられるのですか、それはさぞかし良い修行になりそうですね」

「効率的～？」

「ポチは自分より強い敵と戦いたいのです！」

獣娘達が修行場として「勇者の迷宮」を評価する。

「でも、同格の相手との連戦なんて、事故が起こりそうで怖いわね」

「勇者は周りが守るから大丈夫に違いないと判断します」

アリサの懸念をナナが否定する。

「でも、ナナさん。それって従者様方に被害が出るんじゃ？」

「大丈夫ですよ。『勇者の迷宮』は中で倒されても入り口に戻されるだけらしいです」

「え？　そうなの？」

「はい、その代わり、レベル上げにはあまり向かないそうです。ケーケチが溜《た》まらないとかで」

なるほど、経験値が獲得し辛《づら》いタイプの訓練所か。

「つまり、ここはリアルスキルを獲得する為《ため》の場所って事なのね」

勇者達はレベル五〇スタートって話だし、急激に変わった身体能力に慣れる為の場所って意味もあるのかもしれない。

当分は新勇者達の訓練に使われるから無理だろうけど、「勇者の迷宮」が空《あ》いたら勇者ナナシと黄金騎士団でも使えないか打診してみよう。

レベル上限がどの程度かは分からないけど、パーティーの平均値を基準とするならレベル九五くらいの敵と命の危険なく訓練できるはずだからね。

「あ！　そろそろ初代勇者の像が見えてきましたよ」

初代勇者は聖剣二刀流らしく、左右に剣を持っていた。

「聖剣エクスカリバーと無銘の聖剣を手に、世界の半分を滅ぼしたゴブリンの魔王を打ち倒し、このサガ帝国を築いたのです」

初代勇者の像の横には、ガラスケースに収められた肖像画や彼が愛用したという品々が飾られている。

「こんな所に展示して、日光で劣化しないの？」

「大丈夫ですよ。固定化の魔法が使われていますし、ここに展示されているのは肖像画も含めて、全《すべ》てレプリカですから」

お姉さんから歴代勇者達の逸話や日常のたわいない話を聞きながら順番にコースを巡る。

「そして、この方が勇者ワタリ。魔王討伐後もこちらの世界に残られ、色々な国で世直しや人助けをして過ごされた逸話があります」

ルルが誇らしげな顔で、勇者ワタリの像を見つめる。

彼女の曽祖父《そうそふ》らしく、彫像やその横に飾られたガラスケースの中の肖像画も、傾城《けいせい》という言葉で表現したくなるくらいの美丈夫だ。

「まさにルルの先祖って感じね」

「同感だ」

鑑賞するルルの邪魔にならないように、小声でアリサと話す。

「子だくさんでも有名な方で、色々な国に勇者ワタリの子孫がいらっしゃるそうですよ」

お姉さんの言葉に、ルルが微妙な顔になった。

要塞《ようさい》都市アーカティアで勇者屋を営むロロも、勇者ワタリを曽祖父とするルルの再従姉妹《はとこ》だったしね。

「ご主人様も見習わないとね」

「浮気ダメ」

アリサが腕に抱きつき、ミーアが反対側から厳しい視線を向けてきた。

うん、浮気なんてしないよ。オレはアーゼさん一筋だから。

「マスター、人垣を発見したと報告します」

ナナが迷宮入り口の建物に殺到する人達を発見した。

「たぶん、勇者様がいらしたみたいですね。行ってみましょう。もしかしたら、お声を掛けていただけるかもしれませんよ」

お姉さんは勇者マニアらしく、職務を忘れてミーハーな行動をする。

マップ情報によると、あの人垣の向こうにいるのは、まだ会った事のない最後の新勇者ソラなので、お姉さんの後ろをついていってみた。

一般人は勇者ソラ達がいる柵《さく》の向こうには近づけないみたいだ。

「「「ソラ様！」」」

柵を乗り越えんばかりの勢いで、巡礼者達や観光客達が勇者ソラに声援を送る。

「へー、あれが勇者ソラか」

「ルルみたいな髪型ね。美貌《びぼう》はルルの圧勝だけど」

アリサが言うように、勇者ソラは「カラスの濡《ぬ》れ羽色《ばいろ》」と表現したくなる黒髪ロングのお嬢さんだ。たぶん、高校生くらいだろう。彼女は勇者セイギと同じく、銀縁のメガネを掛けている。

「あー！　やっと出てきたわね！　この引きこもり女！」

「「「メイコ様！」」」

さっき会った勇者メイコが勇者ソラに詰め寄る。

他《ほか》の三人はいない。勇者フウが気絶していたから、その付き添いをしているのかもね。

「あら、メイコちゃん、久しぶり」

「一人で占有するんじゃないわよ！　あんたが入りっぱなしだと、私達が使えないでしょ」

勇者メイコが勇者ソラに絡んでいる。

「ごめんなさい。ユニークスキルが使えるようになりたくて、集中しすぎたわ」

「何？　まだ使えないの？」

「ええ、こういうのは慣れてなくて」

「私だって、慣れたくないわよ！」

いつもの事なのか、二人の従者は勇者達の会話を邪魔せず見守っている感じだ。

「でもね！　私は早く魔王を倒して日本に戻りたいの！　その為には早く強くならないといけないのよ！」

話しているうちにエキサイトしてきたのか、勇者メイコが叫んだ。

「メイコ、そのくらいにしなさい」

「うっさいわね。拉致《らち》ったあんた達に言われたくないわ」

「メイコ様！　いくら勇者様といえど、皇子殿下にそのような謂《いわ》れなき罵倒《ばとう》は――」

「拉致ったから、拉致ったって言ってるだけでしょ！」

勇者と従者の口論というか、拉致うんぬんの発言がマズかったのか、皇子の配下が迷宮を守る衛兵に命じて、野次馬達を追い払う。

「貴族様、申し訳ございませんが――」

「ああ、失礼。すぐに退散するよ」

オレ達も追い払われそうになったのだが、「待ちたまえ！」と制止の声が入った。

勇者メイコと揉《も》めていた皇子がこっちに来る。

「君は『魔王殺し』のペンドラゴン卿《きょう》だね？」

「その二つ名を名乗った事はありませんが、私がペンドラゴン子爵で間違いありません」

皇子はフレンドリーな態度なんだけど、何か企《たくら》んでそうなうさんくさい笑顔だ。

「君の事はメリーエスト姉上から聞いている。勇者ハヤトや勇者リク達が魔王を討伐するのを陰ながら支援したそうじゃないか」

「――げっ、性欲魔人?!」

勇者メイコがオレに気付いて引いている。

「すまない。メイコはまだ子供で礼儀をよく知らないんだ」

「私は子供じゃないわ！」

「そのセリフを言ううちは子供だよ」

オレから見たら大学生くらいの皇子も十分子供に見えるけど、余計な事は口に出さない。

「どうだろう？　勇者メイコの従者になってみないか？」

「いいえ、私にその気はありません」

「そんなに答えを急ぐ必要はない。君なら、従者として功績を立て、サガ帝国で爵位を得る事も可能だぞ？」

皇子はオレが皇帝からの打診を断ったのを知らないらしい。

「お兄様！　抜け駆けとは酷《ひど》いですわ！」

「そうですとも！　私達も『魔王殺し』殿を狙《ねら》っていましたのよ？」

いつの間にか、騒ぎを聞きつけて関係者が増えている。

割り込んできたのは、皇子の妹らしき皇女達だ。いや、歳《とし》が近いから分からなかったけど、一人は皇女ではなく皇孫女だ。

「どうかしら？　私が後見人をしている勇者セイギの従者になりませんこと？　勇者セイギの従者

は美女や美少女だらけですわよ？」

「私の勇者ユウキは前衛を必要としているの。あなただけじゃなく、あなたの家臣達も従者に取り立ててあげるわ！」

どうやら、皇女達は勇者セイギや勇者ユウキの後見人らしい。

この場には勇者フウの従者達もいるが、フウの後見人はフットワークが軽くないのか、この三人のように勧誘しては来なかった。

「殿下！　私はその性欲魔人を従者になんてしないからね！　これから迷宮に行くんだから、従者ならさっさと付いてきなさい」

「待ちなさい、メイコ！　有望な従者を集めるのは必要な事なんだ」

勇者メイコが迷宮の奥へ消えたのを機に、皇女達にも暇乞《いとまご》いをして「勇者の迷宮」を後にした。

◆

その後、迷宮近くにある勇者博物館を見物する。

「おおっ！　あれは勇者ハヤト様の聖鎧！」

「本当ですわ！　お父様、もっと近くで拝見いたしましょう」

いつもはおっとりなソルナ嬢も、根っこはムーノ伯爵と似たもの同士らしい。

こういう猪突《ちょとつ》猛進なところを見ていると、カリナ嬢の姉だと実感できる。

「ご主人様、展示してある聖剣や聖槍《せいそう》も本物なのでしょうか？」

「いや、ここにある『聖なる武具』は見た目を似せただけのレプリカだよ」

さすがに、こんな場所に展示したら盗難の危険が高いからね。

「だから、遠慮なく近くで見ておいで」

「らじゃなのです」

「リザも一緒に行こ～」

獣娘達がムーノ伯爵達の後を追うと、他の子達もついていった。

「――よう、若様」

フードで顔を隠した怪しい男が声を掛けてきた。

「やあ、ピピン。久しぶりだね」

男の正体は元怪盗で現エチゴヤ商会の諜報員《ちょうほういん》のピピンだ。

「クロ様から話は聞いている。これが報告書だ」

オレはピピンから封書を受け取る。

実はサガ帝国訪問時にクロとして遠話《テレフォン》で状況を説明して、サガ帝国に来ているサトゥー《オレ》をシガ王国へのメッセンジャーに使えと命じておいたのだ。

ピピンに案内された中庭の茂みの陰に、賢者の弟子セレナが待っていた。

「久しいな、ペンドラゴン子爵」

「こんにちは、セレナさん。ピピンから聞いていると思うけど――」

「悪いが神石の行方や魔王珠というのは知らん。ただ、スキルを聖女に吸わせた『無垢《むく》の宝珠』を何かに再利用できないかという研究をしていた連中は知っている」

「その連中というのは？」

「パサ・イスコとサイエ・マードの二人だ」

——ビンゴ。

前者はセーリュー市の門前宿で、魔王珠の受け取りをしていた人物だ。

たぶん、その二人が魔王珠を作った可能性が高い。

「パサはセーリュー市で会った。ヨウォーク王国に行くと言っていたが、あの男が魔王騒動を引き起こしたというのは信じられん」

セレナがパサ・イスコを擁護する。

「俺も会ったが、あの研究バカが——いや、研究バカは己の研究の為《ため》なら倫理に頓着《とんちゃく》しない、なんて事もあるか……」

「……ピピン」

セレナもピピンの言葉に共感するものがあったのか、擁護の言葉を途切れさせた。

「それで、サイエ・マードという人物については？」

「サイエは賢者様が魔王に堕《お》ちる前に袂《たもと》を分かっている。今どこにいるのかは知らんが、迷宮を研究するのを趣味にしていた」

セレナによると、シガ王国の迷宮やサガ帝国の「血吸い迷宮」付近では見かけなかったそうだ。

「確証はないが、繁魔迷宮か夢幻迷宮あたりの可能性が高いと思う」

繁魔迷宮は東方諸国のスィルガ王国とマキワ王国に挟まれた穴鼠《ねずみ》自治領にあり、夢幻迷宮は鼬帝《イタチ》国のデジマ島にある。

「若様、行くなら気をつけろよ」

ピピンが真剣な声で言った。

「何か気になる事でも?」

「さすがにないとは思うが――」

ピピンは少し口ごもってから言葉を続けた。

「――魔王」

その言葉で思い出した。

公都のテニオン神殿で巫女《みこ》長から聞いた魔王出現の預言の中に、「鼠人族の首長国」という場所があった。

ピピンはその「鼠人族の首長国」が穴鼠自治領ではないかと予想したらしい。

エピドロメアスに比べたら小粒に感じてしまうけど、現地の人達にとっては国家存亡の機になるほどの災厄と言える脅威だ。

穴鼠自治領に魔王が出現すると決まったわけじゃないけど、神石探しにスィルガ王国やマキワ王国の遺跡調査へ行った時に、少し足を伸ばして調査するとしよう。

竜神殿

〝サトゥーです。闘技場というと漫画やゲームに出てくる方を思い浮かべてしまいます。外国で本場のコロッセオを見た事があるのに、そっちを思い浮かべてしまうのは何か不思議な気がします。〟


「このあたりはトゲトゲした山が多いですね」

「山の根元が白いし、石灰岩多めなのかしら？」

ルルとアリサが飛空艇の窓から風景を楽しんでいる。

サガ帝国の観光を終えてムーノ伯爵領に戻ったオレ達は、神石や神器を求めて未訪問だった東方諸国の南部に来ていた。

「ニク来た～？」

「丸かじりで入れ食いなのです」

タマとポチの二人が、遠くから接近する四体のワイバーンに食欲に満ちた眼光を向けた。

東方諸国の最南端、飛竜の王国とも呼ばれるスィルガ王国の領空に入ったオレ達の飛空艇を迎えたのは、この国の主戦力である「飛竜騎士《ワイバーン・ライダー》」達だ。

「あのワイバーン達は狩っちゃダメだよ」

「ダメなのです？」

「ほら、よく見てごらん」

首を傾《かし》げるポチの視線を誘導し、ワイバーンの背に乗った騎士達の姿を指摘してやる。

「にゅ！」

「ワイバーンの背中に人が乗っているのです！」

この国の領域は初夏の気候なので、タマとポチは半袖《はんそで》姿だ。

「ポチも大っきくなったら、リュリュの背中に乗りたいのです！」

――ＬＹＵＲＹＵ。

ポチの胸元で揺れる竜眠揺篭《ドラゴン・クレイドル》から飛び出した白い幼竜リュリュが、「お任せあれ」とばかりに胸を叩《たた》いた。

「あの飛竜騎士はリザさんと同じ種族かしら？」

「尻尾《しっぽ》を見る限り、橙鱗《とうりん》族ではなく白鱗族のようですね」

先頭の飛竜騎士は首元や手の先に白色の鱗と蜥蜴《とかげ》人のような尻尾を持つ白鱗族という種族らしい。

この国は白鱗族や蜥蜴人のような鱗族が多数を占めるようだ。

「シガ王国の飛空艇！　何用で我が国に訪れられたか！」

ワイバーンの背から白鱗族の騎手が大声で叫ぶ。東方諸国共通語だ。

オレは飛空艇の拡声器のスイッチをオンにして、マイクに向かって返答した。

「こちらはシガ王国観光省大臣ペンドラゴン子爵の船です。目的は観光、スィルガ王城への表敬訪問を希望します」

「――カンコウ？」

観光という単語が分からないのか、飛行兜《かぶと》の内側で騎手が困惑の表情を浮かべている。

「陛下への表敬訪問の件は承った。先触れを出す」

騎手が合図すると、「飛竜騎士」の一騎が来た方へ翼を翻した。

――ん、あれは？

視界の彼方《かなた》、雲の隙間《すきま》に小さな影が見えた。

「貴公らは我らが安全な経路で案内するゆえ、高度を落とされよ。この高さでは――」

騎手の言葉の途中で、先ほど見つけた黒い影が雲を突き破ってぐんぐん大きくなり、瞬く間に飛空艇の近くまでやってきた。

「ご主人様、竜《ドラゴン》です！」

「下級竜みたいだね」

目の良いルルが接近する黒い影の正体を告げた。

残る三騎の「飛竜騎士」のうち、隊長騎以外のワイバーンが算を乱して逃げ出す。

「――しまった！」

隊長も自騎を抑えきれなかったのか、視界の外へと急降下して離脱していく。

それを横目に、下級竜が船の前方で翼を大きく広げて急制動を掛ける。焦げ茶色の鱗《うろこ》をした竜だ。

「ご主人様、危険です！」

リザが両手を広げてオレの前に立つ。

それに遅れたタマとポチが左右に陣取った。

「わーにんぐぅ～」

タマの警告に少し遅れて、竜の急制動で乱れた気流が飛空艇に届いた。

飛空艇の姿勢制御装置《スタビライザー》が機体を水平に保とうと頑張るが、ここまで気流が乱れると無理があるようだ。

「「「きゃあああああああ」」」

オレは常時発動している「理力の手《マジック・ハンド》」で、皆《みんな》が壁に叩き付けられないようにホールドする。

木の葉のように翻弄《ほんろう》される飛空艇内で、ルルのスカートが危ないレベルでまくれ上がっていたので、余っている「理力の手」で押さえて事なきを得た。アリサやミーアから抗議の声が届いたので、子供達のスカートもカバーしてやる。

「ナナ！　緊急制動を許可する！」

「イエス・マスター、緊急制動を発動と告げます」

飛空艇に組み込まれた次元杭《ディメンジョン・パイル》を用いた緊急制動装置が発動し、強いGが身体《からだ》を襲う。

ごく一般的な飛空艇なら空中分解してしまいそうな制動だが、この飛空艇は外見だけを観光省の専用艇そっくりに偽装した自作飛空艇なので、この程度は心配無用だ。

「……ご主人様」

「ルル、大丈夫だよ」

船の揺れを納めたあと、ルルの肩を叩いて力を抜かせる。

この自作飛空艇はとにかく頑丈に作ってあるので、成竜相手ならともかく下級竜相手に後れを取る事はない。攻撃力はともかく防御力は黄金鎧なみだ。

――GURWRURRRUUU。

下級竜が唸《うな》り声を上げながら、ケンカ相手を探す中学生のような顔つきでこちらを睨《にら》み付ける。

残念ながら、こいつらは言葉を持たないので会話が成立しない。

だけど、方法がないわけじゃない。

「ちょっと説得してくる」

ここはビスタール公爵領の下級竜にやった技で追い返そう。

オレはそう決心して、上甲板に出る。

「やあ、ドラゴン君、こんにちは」

――GU、GURWRUUUU。

まだ称号を変えていないのに、なぜか下級竜が少し怯《ひる》んだ。

「タマも説得する～」

「ポチは説得のプロなのですよ！」

タマとポチが上甲板に飛び出してきた。

下級竜が訝《いぶか》しげな顔を二人に向ける。

――LYURYU。

ポチの頭の上に、リュリュが飛び乗った。

それを見た下級竜が、悲鳴のような声を上げて逃げ出す。

「ありゃりゃ～？」

「行っちゃったのです」

子供達が顔を見合わせる。

――ＬＹＵ？

可愛《かわい》さ全振りに見えるリュリュだが、幼くとも竜《ドラゴン》。竜の中のヒエラルキーはなかなか高いようだ。

しばらくして戻ってきた飛竜騎士達にエスコートされて、オレ達の飛空艇はスィルガ王国の王都へと向かう。

◆

飛空艇の対外用巡航速度だと、王都への到着は日暮れ頃《ごろ》になりそうだ。

快足のワイバーン達には悪いが、この鈍足に付き合ってもらおう。


「ひろびろ～？」

「羊さんも山羊《やぎ》さんもいないのです」

飛竜騎士達にエスコートされて、のんびりと景色を眺める。

スィルガ王国は東方諸国の平均的な国の倍ほどの広さがある大きめの国だ。

シガ王国でいうとセーリュー伯爵領の五割増しくらい、ムーノ伯爵領の一割ほどの大きさといったところか？

「これだけ起伏の少ない草原って珍しいわね」

「水精霊の気配」

「あれは草原じゃなくて、湿地帯なんだよ」

オレが持つ観光省の資料によると、国土のほとんどが湿地帯となっており、湿地で育つ淡水魚や蛙《かえる》が主食で、農業よりも漁業が主産業になっている。

他《ほか》の国に比べて、水魔法や土魔法の先天性スキル《ギフト》を持つ者が多く生まれるそうだ。

前者は漁の補助、後者は建材の少ない国土の不足を補えるので、他の属性に比べて地位が高い。

同じく燃料も不足しそうだが、油分を大量に含む水草が採れるそうで、それを活用しているとの事だ。

「蛙さん、みっけ～」

「何かが追いかけているようですね」

湿地に生える葦《あし》のような草がS字型に揺れている。

「蛇の魔物が蛙を追いかけているようですね」

ルルが持ち前の視力でその正体を見抜いた。

この湿地には蛙や蛇の魔物が多く生息しており、これらの魔物はスィルガ王国最大の戦力である飛竜騎士の乗るワイバーン達のエサになっているそうだ。

オレ達が向かうスィルガ王国の都は、そんな湿地の中にそびえ立つ峻厳《しゅんげん》な山の麓《ふもと》にある。

その山の頂上付近には一〇体近い下級竜が住み着いており、スィルガ王国民が信仰の対象としているそうだ。他の国にはない竜神殿というものが山の中腹にあるらしい。

たぶん、さっきの下級竜も、ここに棲《す》んでいるヤツだろう。

「竜の棲む山ですか……歯ごたえのある相手がいると良いのですが」

リザがお澄まし顔で好戦的な事を呟《つぶや》いた。

このスィルガ王国は他国に比べてレベル三〇台の騎士が多い。

そのほとんどが飛竜騎士達であり、国王や王子も飛竜騎士の一角を担う軍事国家でもあるようだ。

「戦えるかは分からないけど、猛者はたくさんいるみたいだよ」

国王や王子を含め、レベル四〇超えの者も四人ほどいた。

この国の王は血統による世襲ではなく、竜に選ばれた英雄がなるお国柄だと聞いている。

もっとも、実際には五鱗家と呼ばれる対竜武器を持つ家のどれかから国王が出ているので、有象無象が国王になる事はないようだ。

「それは楽しみですね」

「腕が鳴る～？」

「りんりんりんなのです！」

――LYURYU。

楽しみにするのはいいけど、ほどほどにね。

◆

「——では、伝令が戻るまでごゆるりとお寛《くつろ》ぎください」

スィルガ王国に到着後、オレ達は王城の一角にある迎賓館に案内された。

オレ達が飛空艇を下ろした草原の臨時空港に、サガ帝国の中型飛空艇二隻が停泊していたので、迎賓館で遭遇するかと思ったのだが、この迎賓館はオレ達専用のようだ。

「よーし、探検に行くわよ！」

「あいあいさ～」

「れっつらごーなのです！」

「私も同行すると告げます」

「お目付役」

アリサの号令で、年少組とナナは迎賓館の探検に出発した。

飛空艇の中だと身体を動かせなかったから、退屈していたみたいだ。

「閣下、お茶をお持ちいたしました」

黄鱗族のメイドさん達が、お茶菓子と冷たいお茶を運んできてくれた。

昔、インドネシアで食べたビカアンボンに似ている。断面の繊維質な感じが、そっくりなんだよね。

「ありがとう、いただくよ」

お茶菓子はショウガみたいな風味のある口溶けの良いお菓子だった。当たり前だけど、見た目と違って味はビカアンボンとは別物だ。

少し酸味のあるお茶が、わずかに残った甘みをさっぱりと洗い流してくれる。

「今までに食べた事のないお菓子ですね」

「そうだね。このお菓子はスィルガ王国ではよく食べられているのかな？」

ちょっと興味が湧《わ》いたので、給仕のメイドさんに尋ねてみた。

「はい、家庭ごとにレシピがありますが、先ほどお出ししたものは広く食べられている基本のレシピで作られたものです」

「あ、あの！　そのレシピを教えていただく事はできませんか？」

「はい、もちろんです。基本レシピは料理人や主婦なら、誰《だれ》でも知っていますから」

ルルが喰《く》い気味に頼んだら、あっさりと快諾してくれた。

「――失礼します！」

そんな事を話していたら、伝令の兵士が戻ってきた。

「国王陛下よりの書状を預かって参りました」

伝令から受け取った書状に目を通す。

国王との謁見は明日になるようだ。

伝令に委細承知と告げ、ルルにレシピを教えてもらっておいでと背中を押してやる。

『ご主人様、今いい？』
今日は何をして過ごそうと考えていたら、アリサから遠話《テレフォン》が入った。
『いいよ、何だい？』
『国王との謁見って、わたし達も同行した方がいい？』
『いや、オレだけでも問題ないよ』
『だったら、ちょっち冒険に行ってくるわ！』
なんでも、探検中に会った悪ガキの案内で冒険――街中に遊びに行けるらしい。
マップ情報によると、悪ガキというのは末の王子のようだ。
『気をつけて行っておいで。何かあったら遠話で連絡してくるんだよ』
『うん、分かった！　――待ちなさいってばー！』
慌ただしく遠話が切れる。
まあ、アリサが一緒なら大丈夫だろう。
「ご主人様、アリサ達から何か？」
「ちょっと冒険に行ってくるってさ」
オレの様子から遠話をしている事を悟ったリザが確認してきたので、そう答えておく。
さて、オレは何をしよう？
リザと槍《やり》の稽古《けいこ》をしてもいいけど――。
見回した視界に、王都の傍《そば》にそびえ立つ山が見えた。

観光省の資料によると、山の上には下級竜達の巣があり、その手前には竜神殿という竜を祀《まつ》る珍しい神殿があるそうだ。

「リザ、オレ達も冒険に行こうか？」

「承知」

リザが間髪を容《い》れずに首肯する。

国王への謁見が済んだら、皆で竜神殿まで観光に行く予定だけど、その前にオレはリザを誘って下見に行く事にした。

◆

「ここは迷宮都市と同じくらい暖かいのですね」

「そうだね、標高が高そうなのに初夏と言うよりは夏と言った方が合っていそうだ」

暖かい日差しに目を細めるリザにそう返す。

今日はお忍びなので、オレもリザも認識阻害アイテムに加え、現地ファッションと茶髪のカツラと「幻影《イリュージョン》」の魔法による変装で身バレ防止は完璧《かんぺき》だ。

王城を抜け出し、貴族街から竜神殿へと向かう通りに出ると、目に見えて人通りが増えてきた。

「賑《にぎ》やかですね」

京都観光でよく見かけた神社の参道のような場所に入ると、幅二メートルほどの細く曲がりくねった坂道の両サイドに露店が並び、様々な工芸品や軽食が売られている。

この道は山の中腹にある竜神殿に繋《つな》がっているので、「ような」ではなく参道そのものと言えるだろう。

歩く人達は鱗《うろこ》族でいっぱいだ。中でも蜥蜴《とかげ》人族、蛇頭族、白鱗《はくりん》族、黄鱗族、青鱗族の五種族が多いようだ。リザの鱗の色も、「幻影」で青く変えているので目立つ事はないはずだ。

人族や獣人もいるが、鱗族に比べると割合は低い。

もっとも、白鱗族、黄鱗族、青鱗族の三種族は腰から生える尻尾《しっぽ》と首筋や手首がカラフルな鱗に覆われている以外は人族と変わらないので、ぱっと見は人族がいっぱいいるような錯覚を覚える。

「おっ、団子が売ってる」

きび団子みたいな色の団子が炭火で焼かれている。

「人族のお兄さん、買っていかない？」

「それじゃ、二本ほど貰《もら》おうかな」

色っぽい売り子のお姉さんから団子を買う。

地元の人達の間では二の腕やお腹《なか》が大胆に露出した服が流行らしい。スカートも短めで足はサンダル履きが多いようだ。

「人族のお兄さん、小玉椰子《やし》はどうだい？　山向こうのプタの街から入った珍しい果物だよ」

懐かしい街の名前に、思わず買ってしまった。

持って帰って、椰子の実ジュースにして皆で飲もう。

「ご主人様、良からぬ気配を纏《まと》った視線を感じます。私からあまりお離れにならないようにしてください」

「そんなに心配しなくても大丈夫だよ」

リザの杞憂《きゆう》を笑顔で否定する。

彼女が感じた気配というのは、白鱗族や青鱗族の男達からリザへの秋波を帯びた視線だろう。

どうやら、同族から見ると、リザは相当魅力的に映るようだ。

ちらちらと視線が来るが、リザに声を掛けようとする者はいない。

たぶん、警戒するリザが放つ威圧感に気圧《けお》されているんじゃないかと思う。

そんな人通りの多い参道横の広場では吟遊詩人風の格好をした蛇頭族の女性が、不思議な響きの声で弾き語りをしていた。

「――狂王ガルタフトの弾圧から逃れた放浪者ラゥイ。人の縁を繋ぎ『原初の魔女』に導かれて湿地へと足を踏み入れた――」

詳しくは覚えていないけど、狂王ガルタフトという名前はシガ王国の歴史書で見た事がある。

四〇〇年ほど前の幼い王様で、亜人弾圧を行った事で有名だ。

確かボルエナンの森に勇者ダイサクが隠遁《いんとん》した件と関《かか》わり合いがあったと思う。

「――湿地の主たる古竜がラゥイに問う。『汝《なんじ》は我への生贄《いけにえ》か、それとも戦いを挑む戦士なりや』と。ラゥイはそれに答えて曰《いわ》く『我らは放浪者。安住の地を求めるものなり』――」

古竜というと、黒竜へイロンと天竜の間くらいのグレードの竜だったはず。

マップで確認したところ、この周辺に古竜はいないから、この地を去ったか後年に脚色されたかのどちらかだろう。

オレがそんな事を考えているうちにも物語は進み、古竜と放浪者ラゥイの戦いのシーンが続く。

戦いは三昼夜も続き、最後はラゥイの剣で反射した朝日を浴びて、古竜に隙《すき》ができたところを斬《き》り付け、片目を抉《えぐ》り竜の血を浴びるところで戦いが終わった。

ここでサイズ的に無理があるとか、古竜は飛ばなかったのかとか、突っ込むのはダメなのだろう。理系の検証癖はいかんともしがたい。物語好きのリザは絵本の朗読に耳を傾ける時と同様に、真剣な顔で詩人を見つめている。

「――血を流しつつも古竜は雄々しく語る。『我を傷付けし小さき者よ。汝に王の位とこの地を授けよう。そして我が眷属《けんぞく》が汝とその子孫を見守ろう。だが、努々《ゆめゆめ》忘れるな。王が王たる強さと高潔さを失いし時、我が眷属は汝らから王権と国土を取り上げるだろう』――古竜はそう告げ、放浪王ラゥイに牙《きば》と爪《つめ》とトゲを与えたもうた。ラゥイ王はそれらで武具を誂《あつら》え、盟友達と分かち合う。これがスィルガ五鱗家の始まりと今の世に伝わりぬ」

詩人が物語を結び、最後の余韻を締める。

観客達から惜しみない拍手と控えめなお捻《ひね》りが詩人に降り注ぐ。

オレも手持ちのスィルガ銀貨を投げ入れる。

前に立ち寄った国で手に入れた貨幣なので丁度良い。

投げ入れられた銀貨を見て一礼する詩人に手を振って、オレ達は竜神殿に向かって歩を進めた。

「ほら、リザ見てごらん」

リザと参道沿いの露店を覗《のぞ》きつつ、終点にある竜神殿を目指す。

「これは竜を象《かたど》った木彫りですか？」

『お客さん、いい目をしてるにゃも』

――にゃも？

どういう語尾だ？

嫌な予感がしてAR表示を確認したが、この蜥蜴人の店主は魔族ではなく普通の人だった。

ログを見たら「白鱗族語」という言葉が増えていたので、既知の類似言語のスキルが作用して変な方言に聞こえたのだろう。

わざわざスキルにポイントを割り振るまでもなく、メニューの魔法欄から「翻訳：下級《レッサー・トランスレート》」の魔法を起動して、謎《なぞ》方言を駆逐した。

「これは髪留めや鱗飾りになるんだよ、ほらこうやってね」

「私には飾りなど……」

店主が留め方を実践してくれたので、一つ手にとってリザに付けてやる。

おお、思った以上に似合うじゃないか。

「うん、似合うね」

「ご、ご主人様がそう仰《おつしや》るなら」

ぴこぴこと小刻みに揺れるリザの尻尾が彼女の内心の喜びを表してくれる。

オレは店主に代金の銅貨を手渡す。

「おや、シガ王国銅貨なんて珍しいね」

「使えないかい？」

「いんや、あの国の銅貨は銅をけちってないから大歓迎さ。外の商人にも受けがいいんだよ」

そう言いながら、店主が錆《さ》びた銅貨を見せてくれる。

この国の銅貨は不純物が多いみたいだ。

そんな感じで、リザと二人で参道を見物する。

「ここにありしは偉大なるザイクーオン神の使徒様から下賜された霊験あらたかなる『聖塩の枝』なるぞ！」

木箱の上に乗った神官が真っ白い枝を手に口上を述べている。

エピドロメアス相手に、「雪の国」キウォーク王国で共闘した使徒は、このスィルガ王国にも足を伸ばしていたらしい。

「フウ！　メイコ！　凄《すご》いのを見つけたぞ！」

「何を見つけたのセイギ君」

「どうせ、つまんないオモチャよ」

「セイギが言うから信じられないかもしれないけど、本当に凄いんだって！」

「おい、ユウキ！　それはないだろ！」

元気な声がする方に視線を向けると、人混《ひとご》みの向こうに新勇者のセイギ、フウ、メイコ、ユウキの四人を見つけた。

臨時空港に停泊していたサガ帝国の中型飛空艇は彼らの御座船だったらしい。

「ほら、これだ！」

「なんで、こんなものがここに？」

「凄いよ！」

「行くわよ、セイギ。案内しなさい！」

「ちょ、メイコ、痛いって。案内するから！」

新勇者達が何か騒いで、参道の脇道《わきみち》に消えていく。

まあ、保護者の大人——新勇者の従者達も一緒だから、放置しても大丈夫だろう。今日はお忍びだしね。

「何かいい匂《にお》いがするね」

「ご主人様、あちらを」

参道の途中にある広場のような休憩所に、カピバラのような動物を丸焼きにしている屋台があった。

丸焼きそのものを丸ごと売るのではなく、削《そ》いだ肉を黒いクレープ生地に挟んで食べる料理らしい。

「リザ、一つ食べていくかい？」

「はい！　このリザ、ご主人様のお勧めしてくださる料理なら、肉片一つ残さず食してみせます」

いや、そんなに真剣にならなくていいから。

「綺麗《きれい》なお姉さん、味付けは何にします？」

「何があるのですか？」

「塩とタレだよ。タレは少し甘めだから、お姉さんみたいな凜々《りり》しい美人さんには塩の方が合うかな？」

屋台の店主は女の人なのに、リザを崇拝するような熱い瞳《ひとみ》で見つめている。

「リザ、迷うなら一つずつ買ってシェアする？」

「承知いたしました。ご主人様の食べ残しは、速やかに処理いたします」

何か違う。それはシェアじゃない。

「はい、リザ」

店主から受け取った肉クレープの片方をリザに渡し、もう片方に齧《かぶ》り付く。

こっちはタレだったみたいだ。何かの果物をジャムのように煮て甘みを凝縮したタレだ。砂糖とはちょっと違った甘みだけど、歯ごたえのしっかりしたカピバラ（仮）の肉によく合う。

「こっちはなかなか美味《おい》しいよ。リザの方はどんな感じ？」

そう尋ねたものの、リザはまだ口を付けていなかった。

「どうした？　好みじゃなかった？」

「いいえ、ご主人様に私の食べ残しを食べさせるわけには……」

「シェアするのは食べ残しとかじゃないから」

そう言ったが、リザは今ひとつ理解してくれない。

「アリサやミーアがよくやっているだろ？」

「──ああ」

ようやく納得顔になってくれたので、お互いに食べさせ合って二種類の味を楽しむ。

そんな和気藹々《わきあいあい》とした食べ歩きの途中で、急にリザが警戒モードに入った。

「どうかした？」

「いえ、先ほどから、こちらをチラチラと覗《うかが》う視線を感じます」

「それはリザが可愛《かわい》いからだよ」

「ルルやミーアならともかく、私が可愛いなどという事はありえません」

「そんな事ないよ」

「ご主人様がそう仰るなら」

そう答えつつもリザは信じていない。

こんなに鱗《うろこ》族の男女から秋波を送られているのにね。

◆

人混みに押されるように参道を進むと大きな建物が見えてきた。

「あれが竜神殿なのですね」

「思ったよりも小さいね」

参道の終端の広場から、白いコンクリート造り風の神殿を見上げる。

土魔法による漆喰《しっくい》がコンクリート風に見えるのだろう。シガ王国の王都や公都でもたまに見かけ
る工法だ。

長方形の建物の一角がドーム状になっており、なんとなく天文台みたいな形をしている。

『――竜よ！　わ、我が名は、獅子《しし》人族のバル・バウト！　いざ、尋常に、勝負しろ！』

風に乗って聞こえる名乗りは、掠《かす》れて途切れ途切れの大声だった。

声の主は竜神殿の背後に見える陸上競技場くらいの広さの円形闘技場に立っている。ＡＲ表示に
よると、円形闘技場は「竜舞台」という名称らしい。

三方を崖《がけ》に囲まれた場所で、その崖の上が下級竜達のお昼寝場所になっているようだ。

人垣が邪魔で目視だと見えないが、マップを見ると竜神殿の裏手と竜舞台の間には深い谷があり、
一本の吊り橋《つりばし》で繋《つな》がっている。

谷の向こうは禁足地なのか、件《くだん》の獅子人の男以外は誰《だれ》もいない。

「あの獅子人の兄ちゃん、もう三日目か？」

「竜様に相手にされてなくて、かわいそうよね」

「実力もなしに死合場に立つからさ」

周りの噂話《うわさ》が事情を伝えてきた。

微妙に物騒な単語が聞こえたが、気にしなくていいだろう。

観衆から男に飛ぶ罵声《ばせい》が耳障りだったので、オレはリザを促して竜神殿へと入った。

神殿に入ってすぐの場所は、外から見えたドームの直下らしく、天井が高い。

斜め奥方向の天井が円形に開いていて、お昼寝をする下級竜の一部が崖越しに見えるようになっている。

参拝者達の中には、そんな下級竜を見上げて祈る者もいるようだ。

——そんな事より。

ドームの内側を飾る壁画が素晴らしい。

セーリュー市のパリオン神殿なんかにもあった宗教画のようなものが描かれている。

「異国の貴人様、よろしければ喜捨をお願いいたします」

露出の多い白い巫女《みこ》服を着た黄鱗《おうりん》族の娘が声を掛けてきた。

喜捨——神殿への寄付を求めているのに、媚《こ》びる様子のない凜《りん》とした佇《たたず》まいをしている。

なんとなくリザに似た雰囲気の娘だ。

そんな事を考えている間も、娘は落ち着いた様子で人形のようにじっと待っていた。

リザに「ご主人様」と小さな声を掛けられて、自分の無作法を恥じる。

「すまない、少し考え事をしていた」

オレは巫女の娘にそう詫《わ》びて、懐の隠《ポケット》しからサガ帝国金貨が一〇枚ほど入った小袋を取り出して、少女の持つ喜捨用の盆に載せる。

後日、サトゥーとして来る予定なので、身バレ要素を減らす為《ため》にサガ帝国金貨にしてみた。

「……こんなに」

盆に載った袋から覗く金色の輝きと重さに、巫女の娘が初めて驚きの様子を見せた。

その様子に気がついた露出の少ない巫女の一人が足早に近寄ってくる。

「まあまあ、なんて信心深い方なのでしょう！　ここからは上級巫女の私がご案内いたしましょう」

白鱗族の上級巫女が満面の笑みで身を寄せてきた。

彼女は薄化粧だが、彼女の方から流れてくる甘やかな香水の香りが鼻孔を擽《くすぐ》る。

「――今顔を覗かせたのが『シップウ』様です。まだお若いからよく王国の飛竜騎士と追いかけっこをされていますね」

オレの腕を引いた上級巫女が、興奮した様子で天窓から見える下級竜の解説をしてくれる。

この竜神殿だが、「竜神」を祀《まつ》った神殿ではないらしい。

信仰の対象は竜という種族そのものとの事だった。

「あ！　今、ちらりと覗《のぞ》いた黒灰色の尻尾《しっぽ》を見ましたか？　あれは最古参の『ボウリュウ』様ですよ！　滅多にお昼寝場にはいらっしゃらないのに！」

興奮するのは良いが、彼女の豊かな胸がオレの腕に当たって変形している。

気持ちが良いので構わないのだが、下級巫女の娘が悲しそうに自分の薄い胸元をペタペタ触っているので、そのへんにしておいてあげてほしい。

そんなお茶目な上級巫女とは裏腹に、竜神殿の入り口の方から参拝者達のざわめきと甲冑《かっちゅう》の音が聞こえてきた。

「おい、あれ――五鱗家の方じゃないか?」

「ああ、たぶん、『挑竜の儀』に挑まれるのだろう」

聞き耳スキルが拾ってきた参拝者達の言葉に興味を引かれて振り返る。

――マッチョがいた。

豪奢《ごうしゃ》な鎧《よろい》を身に帯びた大柄な白鱗族の戦士だ。

なかなかイケメンだ。その証拠に、竜神殿に参拝していた鱗族の娘さん達が、マッチョ戦士に熱い視線を向けている。

「なかなか腕が立ちそうです。ポチやタマには及びませんが、カリナ様より強いかもしれません」

そんなマッチョ戦士を見てリザが呟《つぶや》いた。

特に容姿に関してのコメントはない。

彼が手に持つ槍《やり》は下級竜の角を素材にした逸品で、リザの魔槍《まそう》ドウマと同等の優れた性能を持つ。

本人もレベル四五と高く、近隣諸国の中でも五指に入りそうな強さがあった。

「――ほう?」

マッチョ戦士がこちらに気付き、鋭い瞳をリザに向ける。

火花が散りそうな熱い視線が交差した。

戦士は戦士を知るといったところか――。

「娘よ、我が妻となれ」

――違った。

マッチョ戦士の言葉に、竜神殿にいる人々に衝撃が走る。

「お断りします」

リザが即答で断り、先ほどとは別の意味のざわめきと悲鳴が竜神殿を満たす。

特に鱗族の女性達からの陰口が酷《ひど》い。

面食らって惚《ほう》けていたマッチョ戦士が破顔した。

「――ふはははは。面白い、この俺様を振る女がいるとは思わなかったぞ」

「私は自分より弱い者を番《つがい》にするつもりはありません。せめて、中級魔族を倒せるようになってから来なさい」

リザ……そんな無茶な条件を満たせる男はいないと思うよ？

楽しげに笑うマッチョ戦士を、リザが冷たくあしらう。

「中級魔族を倒してみせろか――実に興味深い娘だ」

マッチョ戦士が余裕の表情でニヤリと笑みを浮かべる。

どうやら、「自分より弱い」と言ったリザのセリフは聞き流したようだ。

「どこにいるか分からん中級魔族とは戦ってやれんが、後で竜と戦うところを見せてやる。その戦いを見て俺様に惚《ほ》れるがいい！　自分から妻にしてくれと言わせてやる」

自信たっぷりに嘯《うそぶ》いたマッチョ戦士が、神殿の奥から迎えに出てきた竜人《ドラゴニュート》という珍しい種族の巫女長と一緒に神殿の奥へと立ち去った。

「――この壁画は初代王ラゥイ様の偉業が描かれているのです」

他《ほか》の上級巫女達も一緒にマッチョ戦士についていったので、オレ達は黄鱗族の下級巫女から壁画の解説を聞いていた。

「あの六名がラゥイ王と五鱗家の始祖の姿です」

下級巫女の解説によると、始祖達が持つ武器はそれぞれ竜牙槍《りゅうがそう》、竜角槍、竜棘斧槍《りゅうきょくふそう》、竜爪双剣《りゅうそうそう》、竜爪大剣の五つらしい。

先ほどのマッチョ戦士が持っていたのが竜角槍で、現王が竜牙槍を持っているそうだ。

「こちらは狂王ガルタフトの軍勢と戦う様子を描いたものです。ラゥイ王と背中合わせに描かれているのがサガ帝国の勇者様です。こちらに小さく描かれているのがボルエナンのエルフ様の光船《ひかりぶね》だと言い伝えられています」

勇者ハヤトに似た青い鎧の勇者が描かれていた。

青い光を放つ聖剣は、どこか日本の神話に出てきそうなフォルムをしている。

そんな風に天井を見上げながら解説を聞いていると、不可思議な絵に行き当たった。

「こちらの絵は？」

「それはラゥイ王が『原初の魔女』の秘術で竜となった姿です」

――人が竜に？

「人が竜になるなどありえません」

下級巫女の言葉をリザがバッサリと否定する。

「事実です。神殿の聖典だけでなく、王国の公文書にも明記されております」

リザの言葉に威圧されながらも下級巫女が食い下がった。

確かに、吸血鬼《ヴァンパイア》達が身体《からだ》の一部を変形して作り出すコウモリや狼《おおかみ》型の眷属《けんぞく》、それに人から狼に変身するライカンスロープやワーウルフなど、この世界でも「姿を変える種族《シェイプ・チェンジャー》」は存在する。

それに精霊魔法による疑似精霊や土魔法によるゴーレムのように、何もない場所から巨大なクリーチャーを生み出す魔法もまた存在していた。

人から竜になるという伝説は、ファンタジー感に溢《あふ》れていて非常に素晴らしいので、個人的には凄《すご》く存在していてほしい。

だが——残念ながら、それはありえない。

なぜなら、魔法の力に優れ、竜達の中でも竜神に次ぐ位にある天竜ですら、人の姿に変じる「人化」ではなくホムンクルスを遠隔操作していたからだ。

もし、「人が竜に変身する」魔法があるなら、長生きの天竜が「竜から人に変身する」魔法を開発しないはずがない。

たぶん、「竜変化」の魔法は、初代王や竜神殿の権威付けのお伽噺《とぎばなし》なのだろう。

そう結論付けたものの、信仰を拠《よ》り所とする人に持論をぶっても誰も喜ばないので、口にする気はない。

「私の供が失礼しました」

信仰を否定され怒りに燃える下級巫女に、まず謝罪の言葉を告げる。

「リザ、この国の神話を否定してはいけないよ」

「はい、ご主人様……」

オレの言葉で自分の失言に気付いたリザが冷静さを取り戻す。

「巫女殿、先ほどの軽率な発言を撤回します」

「わ、分かれば良いのです」

リザが詫びの言葉を告げると、下級巫女は泣きそうな顔で震えながらも気丈な言葉を口にした。

信仰っていうのも、なかなか大変そうだ。

◆

気まずい雰囲気のオレ達を救ったのは神殿の奥から出てきたマッチョ戦士だ。

なんだか首元の鱗《うろこ》がしっとりしている上にキラキラと輝いている。

マッチョ戦士のイケメン度がアップして、同族の鱗族の娘さん達から先ほどよりも激しい黄色い声が上がった。

神殿の奥に温泉でもあるのだろうか？

そんな事を思ってしまったが、ＡＲ表示によるとあの煌《きら》めきは水系の強化魔法や防御魔法によるものである事が分かった。

ここの巫女達は神聖魔法ではなく、水魔法を使うらしい。

「ふん、待っていたか」

マッチョ戦士がリザを視界に捉《とら》えて満足そうに言う。

その自信はどこから来るのやら。

「ついてこい、特等席で惚れさせてやる」

マッチョ戦士はそう告げるとリザの反応を待たずに神殿の出口に揚々と歩き去った。

そのせいで、リザが処置なしとばかりに首を左右に振ったのは見えていなかったようだ。

大事な試合前みたいだし、モチベーションが下がらなくて何よりだ。

「リザ、せっかくのお誘いだし、見物していくかい？」

「はい、先ほどの戯《ざ》れ言はともかく、竜と人が闘う姿には興味があります」

オレの問い掛けにリザが武人の瞳《ひとみ》で頷《うなず》いた。

どうやら、リザが色恋に胸をときめかせるのはまだ早いようだ。

「――聖なる峰に棲まう竜よ！　竜角槍を恐れぬのなら我が前に姿を現し賜え！」

白鱗族のマッチョ戦士が円形闘技場――竜舞台の中央で叫ぶ。

オレ達はその姿を谷の手前から見物していた。

周りではたくさんの人達が観戦しており、吊《つ》り橋《ばし》の前では先ほどの巫女長や上級巫女達が見守っている。

「見ろ！　『シップウ』様が顔を出したぞ！」

「『グンジョウ』様や『ウンリュウ』様もだ！」

「さすがは五鱗家の若様！」

観衆達がお昼寝場から顔を覗かせた下級竜を見上げて歓声を上げる。

竜神殿に行く前に見かけた戦士の時と違って、今回は呼びかけを無視しないようだ。

「――気に入りません」

リザが下級竜を見上げながらぽつりと呟く。

おそらく、見下ろす下級竜の瞳に浮かぶ蔑《さげす》むような雰囲気についての発言だろう。

「強者であるなら、いえ、強者であればこそ、その心は高潔であるべきです」

真剣な顔のリザの言葉が谷風に流れる。

どうやら、リザは自分の思いが口を衝《つ》いて出ている事に気付いていないようだ。

「ご主人様の爪《つめ》の垢《あか》を煎《せん》じて飲ませれば治るでしょうか……」

リザもだいぶアリサの昭和イズムに影響されているようだ。

「おお！　来たぞ！」

「『シップウ』様だ！」

「若様頑張れぇぇぇ！」

そんなギャラリーの言葉に、視線をリザから竜舞台に戻す。

ズドンと大地を揺らして竜舞台に着地したのは、下級竜の中でも一番若い「シップウ」と呼ばれる個体だった。

――KWYSHHYEEEERRRR。

シップウが翼を広げて威嚇の咆哮《ほうこう》を上げる。

マッチョ戦士がそれに応《こた》えるように、竜角槍に魔力を流す。

リザの竜槍や竜爪槍と違って、彼の竜角槍は聖剣仕様になっていないらしく、青い光を出さないようだ。

「いざ、参る――」

小さな土煙を残してマッチョ戦士が加速する。

瞬動で竜の膝元《ひざもと》に飛び込み、竜角槍を竜の膝に突き出す。

「――誘いですね」

リザがぽつりと呟く。

竜角槍が届く寸前、竜の姿が3Dエフェクトのモーションブラー効果がかかったかのように輪郭が溶ける。

超高速の回し蹴《げ》りのような動きで、シップウが尻尾《しっぽ》の薙《な》ぎ払いをマッチョ戦士に放つ。

――そこで前に行くか。

マッチョ戦士はカウンターを避《よ》けるのに、上でも後ろでもなく前方への瞬動を使った。

地面との摩擦で尻尾が通過した場所に火花が上がる。

余波で生まれた環状の土煙の向こうで、マッチョ戦士が槍を構え直した。

その瞳に畏《おそ》れはあっても怯《おび》えはない。

攻撃を避けられたシップウが、悔しそうに顔をしかめた。

再び威嚇の姿勢を取り、大きく息を吸い込む。

――竜の吐息《ドラゴン・ブレス》か！

シップウの見せた予備動作に、マッチョ戦士が乾坤一擲《けんこんいってき》の大勝負に出る。

再び瞬動を発動させ、竜の足下へと迫る。

だが、シップウもやすやすとソレを見過ごす気はないようだ。

シップウの尻尾が弾《はじ》いた石の散弾がマッチョ戦士の予定コースを襲う。

本体の攻撃に比べれば威力は大した事がないが、避けずに受ければ質量差で弾き飛ばされてしまう。

苦渋の決断で瞬動をキャンセルしたマッチョ戦士の頭上から、シップウの竜の吐息が放たれた。

「――ちぃっ」

マッチョ戦士の気持ちを代弁するように、観客の中にいた獅子《しし》人の戦士が舌打ちをする。

彼にも戦いの推移が見えていたようだ。

シップウのブレスを避ける為《ため》、マッチョ戦士は上空へと退避する。

多くの観衆は地を舐《な》める炎のブレスを避けたマッチョ戦士に歓声を上げるが、武に長《た》けた者達にはそれが悪手だったと分かる。

もちろん、それは闘っている本人達も同様だ。

ブレスを中断したシップウの左の爪が、宙に浮かぶマッチョ戦士を襲う。

ハエのように打ち落とされるかに見えたマッチョ戦士だが、彼はまだ諦《あきら》めていないようだ。

彼の竜角槍の先端に紫電が舞う。

「くらえぃっ」

マッチョ戦士の竜角槍から放たれた電撃がシップウの鼻先を焼く。

――GYWUUN。

目を閉じて悲鳴を上げるシップウ。

崖《がけ》上の他の下級竜達が、脆弱《ぜいじやく》な生き物に傷付けられたシップウを嘲笑《あざわら》う。

どうも、下級竜達は観戦マナーがなっていないようだ。

再度、マッチョ戦士の竜角槍に火花が集う――。

しかし、彼の善戦もそこまでだった。

苦し紛れに振り下ろされたシップウの手で地面に叩《たた》き付けられ、跳ね上がったところを旋回してきたシップウの尾に打たれて崖壁に吹き飛ばされた。

マッチョ戦士は崖壁に蜘蛛《くも》の巣《す》状のヒビ割れを生み、身体を半ばまでめり込ませて動きを止める。

力なく地に落ちるマッチョ戦士に頓着《とんちやく》せず、シップウが竜舞台から飛び立つ。

血溜《だ》まりに臥《ふ》しながらも、竜角槍を離さなかったマッチョ戦士だったが、魔力切れで電撃を放つ事はできなかったようだ。

「「若様！」」

お昼寝場で仲良くケンカを始めた下級竜を尻目《しりめ》に、人々は後始末に忙しい。

「急げー！」

「救護班、走れ！　若様を死なせるな！」

戦いの終了を確認した竜神殿の巫女達が、決死の形相で吊り橋を渡る。

即死してもおかしくないような有様だったが、メニューのマップ情報だとマッチョ戦士は重傷を負っていたものの、命に別状はないようだ。

上級巫女の防御魔法と、鍛え上げられた彼の肉体があってこそだろう。

マッチョなのは伊達《だて》ではなかったらしい。

「さすがは竜角槍家の若様だ」

「ああ、見事なものだねぇ」

「どこがだ？　負けちまったじゃねぇか」

救助に向かう巫女達と違い、観戦していた人々は暢気《のんき》なものだ。

「お前、よそ者だな？　『挑竜の儀』ってのは竜に挑んで死ななけりゃ、合格なんだよ」

「そもそも簡単に死ぬような相手なら竜様達も降りてこないが、それでも三人に二人は死んじまうからな。儀式に参加するのは命がけなのさ」

「しかも！　しかもだ！　若様はシップウ様に一撃を入れなさった」

「ああ、八〇年ぶりの偉業だ」

「次の王はあの方だろう」

うちの子達が迷宮下層の邪竜親子とスパーリングしていたのを言ったら、大変な騒ぎになりそうだ。

そんな事を考えていると、オレの横で戦いを見ていたリザが深く息を吐いた。

「なっていませんね……」

リザが静かに首を横に振る。

「ご主人様、竜との戦いをお許しください」

「仇討《かたき》ちかい？」

「――仇？」

意外に思って尋ねてみたオレの言葉に、リザがキョトンとしたレアな表情を見せた。

「いいえ、ご主人様。強者でありながら戦いに慢心する竜に、少しばかり思うところがございまして……」

なるほど、さっきの嘆息はマッチョ戦士ではなく、下級竜に向けたものだったらしい。

「分かった。でも、その普段着のままだとアレだね」

今日のリザはブラウスとショートパンツの上に、スリットの深い薄物を身に纏《まと》っている現地ファッションだ。

もちろん、リザのこれらの服は、オレお手製のオリハルコン繊維とクジラの銀皮から造った防刃防魔製の品ではあるが、下級とはいえ竜と闘うには少し心許《こころもと》ない。

「いいえ、ご主人様。元より、黄金鎧《よろい》でも竜の牙《きば》は防げませんし、攻撃主体の私の鎧では『竜の吐息』を一度防ぐのがやっとです。身軽なこの衣装でも問題ありません」

保護者としては問題だらけなので、強化魔法の「従者超強化《パワー・アシスト》」や防御用の魔法を幾つか付与《エンチャント》してやる。

それと今更だが、オレのAR表示さえ欺く「盗神の装具〔贋作《がんさく》〕」を持たせた。

これでリザの身元がバレる事はない。念の為、三つ一組の「盗神の装具〔贋作〕」をオレも装備しておけば、万が一にリザが致命傷を受けそうになっても交代できるしね。

◆

「――あれは誰《だれ》だ?」

「鱗《うろこ》族? 女か?」

「分からん。男にも女にも、鱗族にも蜥蜴《とかげ》人族にも見える」

マッチョ戦士が運び出された竜舞台に立つリザを見て、誰もその姿を正確に認識できないようだ。最上位の認識阻害アイテムだけはある。

ざわざわと騒がしい観客達の事など知らぬとばかりに、リザがくるりと魔槍を回転させ、石突きで地面を打ち鳴らした。

何かの始まりを感じた人々のざわめきが消えていくが、崖上の下級竜達は仲間内でのじゃれ合いに忙しいらしく、興味を引かれなかったようだ。

リザが魔槍を軽くしゃくる。

赤い煌《きら》めきが一瞬だけ魔槍の表面を流れ、常人には見えないほどの速さで小さな魔刃砲が放たれ

――下級竜達の近くで炸裂《さくれつ》した。

轟音《ごうおん》が響き渡り、魔力の余波が下級竜のじゃれ合いで浮き上がっていた土埃《つちぼこり》を吹き流す。

崖上で仲良くケンカしていた下級竜達が動きを止め、首だけを動かして竜舞台を見下ろした。

「崖の上で戦士を見下ろし嘲笑う者よ。敗北を恐れぬのなら挑んできなさい。お前達に恐怖と後悔を刻んであげましょう」

リザの張りのある声が、竜舞台に響き渡る。

その声には「挑発」スキルの効果が乗っていたのだろう。

崖上の下級竜達が怒りの咆哮を上げた。

その咆哮は一般人には恐れを抱かせるモノらしく、観客の大多数が「恐慌」や「恐怖」状態になり、前者の状態になった人々が我先にと逃げ出した。

このままだとリザと下級竜の戦いの余波が谷のこちら側まで来た時の避難行動に支障をきたしそうなので、精神魔法の「平静空間《カーム・フィールド》」を発動して、観客達の「恐怖」状態を解除しておく。

身体《からだ》の震えを振り払うように、観客達の間にざわめきが戻った。

なかなか役に立つ魔法だ。「平静空間」の巻物をくれたオーユゴック公爵にはお礼を言っておかないとね。

「お、おお！　シップウ様だ」

「いや、まだまだ来るぞ！」

――ズダンッ、ズダダダンッ。

一体、また一体と下級竜が竜舞台に降りてくる。

「ウンリュウ様やカタメ様まで……」

観衆達の怯えと感嘆の混ざった小さな声を聞き耳スキルが拾ってきた。

これまでに崖上から降りてきた下級竜の数は八体。竜舞台の外周に並ぶ下級竜達が唸《うな》りを上げてリザを威圧する。

もっとも、リザ本人は涼しい顔で油断なく槍《やり》を構えて佇《たたず》んでいた。

そして――。

「ボウリュウ様が翼を広げたぞ」

「まさか、一〇〇年ぶりにボウリュウ様が闘うのか！」

観客達の解説にあるように、一番大きくレベルの高い下級竜が竜舞台へ轟音と共に着地した。

このボウリュウはレベル六八もあり、ここに棲《す》む下級竜の中では頭一つ抜きん出ている。

言うまでもなくレベル六六のリザよりも格上の敵だ。

――GURURUWW。

――GUROROWN。

――GERURURU。

ボウリュウを始めとした下級竜達の威圧の声がリザに叩き付けられる。

「恐れずに戦場に現れる気概は認めましょう。最初に敗北を刻まれたいのは誰ですか？　一体で挑みかかるのが怖いのなら、全員でかかってきても構いませんよ」

リザの挑発的な言葉に下級竜達の怒りが最高潮に達する。

言葉は通じないはずなのだが、悪口というのは万国共通なのだろう。

突撃しようとしたシップウをボウリュウの尻尾が薙ぎ払う。

――GURUWZ。

ボウリュウが短く吼《ほ》えて翼を広げると、他《ほか》の下級竜達が渋々といった体で崖の上に戻る。

渋っていたシップウも群青色の下級竜に促されて引き上げていった。

「相手にとって不足はありません。橙鱗族のリザ、推して参る」

キリッとしたリザの横顔を「録　画《ピクチャー・レコーダー》」の魔術が捉《とら》える。

二カメ、三カメの位置を調整しながら、オレは「録　音《サウンド・レコーダー》」の感度の確認を行う。

なんとなく、娘の体育祭に張り切るお父さんの気分を味わいながら、オレは皆《みんな》に後で見せる為に、リザの勇姿の撮影に余念がなかった。

おっと、後始末用に連絡を取っておかないとね。

きっと騒ぎになるだろうし、準備をしすぎても無駄になる事はないだろう。

オレは友人に手伝いを頼むべく、「遠話」の魔法を発動した。

◆

「動いたぞ！」

「赤い光――」

「魔槍だ！」

観衆の叫びなど意に介さず、リザが魔刃の赤い光を曳《ひ》きながらボウリュウへと迫る。

――ん？　瞬動を使っていない？

先ほどのマッチョ戦士並みの速度なので観衆達は見分けがついていないようだが、リザは普通のダッシュしかしていない。

ボウリュウの身体が輪郭をブレさせる。

高速の旋回で尻尾《しっぽ》攻撃を始めたボウリュウを確認して、リザが瞬動スキルで急加速を行う。

ボウリュウが驚愕《きょうがく》に目を見開くが、もう遅い。

無防備な側面を晒《さら》したボウリュウの後脚を、瞬動による加速が乗ったリザの蹴《け》りが襲った。

普通に考えれば質量差でリザが弾《はじ》き飛ばされて終わるはずだが、レベル上昇に伴う筋力値《STR》と耐久値《VIT》のインフレーションが、物理法則に疑問を覚えるような暴挙を実現する。

軸足が下の竜舞台の地面を踏み抜き、リザの一撃がボウリュウを宙に浮かべる。

――GYUWON。

悲鳴を上げたボウリュウが吹き飛ぶよりも早く、慣性に従って襲ってきたボウリュウの尻尾を、リザが魔槍で跳ね上げてみせた。

「おおっ！　いったい何者なんだ……」

「まさか、『竜の谷』の精鋭？」

「竜神の使徒様か！」

眼前の現実離れした光景に観衆達が興奮した声を上げる。

しかし、リザは複雑そうだ。

先ほど尻尾を撥《は》ね除《の》けたのが自分だけの力ではなく、オレの強化魔法によるものだと思っているのかもしれない。

――KWYSHHYEEEERRRR。

崖《がけ》の前まで蹴り飛ばされたボウリュウが、身体の上に乗っていた岩石を払いのけて立ち上がる。

リザとの距離は一〇〇メートルほど。

威嚇の姿勢を取ったボウリュウが大きく息を吸い込んだ。

それを見たリザが、瞬動でボウリュウとの間合いを詰める。

先ほどのシップウとマッチョ戦士との闘いをなぞるように、ボウリュウが尾で撥ね飛ばした岩石の散弾がリザを襲った。

おそらく、シップウの戦闘パターンはボウリュウから学んだモノなのだろう。

――リザの魔槍が赤く煌めく。

リザの魔槍から放たれた魔刃砲が散弾を迎撃する。

わざと収束を甘くした魔刃砲は、散弾を焼き尽くしはしなかったが、リザの軌道上から吹き払う役目を全うして散っていった。

だが、それでも、ボウリュウの「竜の吐息」が放たれる前に、リザが懐に入るのは無理な距離だ。

「アリサが言っていました――」

今度は、魔槍ではなく、リザの尻尾が赤く煌めいた。

オレの縮地に迫る速さでボウリュウの懐に瞬間移動したリザが、槍をくるりと回して口の端から炎を漏らしたボウリュウの顎《あご》を下から打ち上げた。

ゴウッと吹き出た「竜の吐息」はリザではなく宙を赤く染め、むなしく大気を熱して散っていく。

「――熟練した異世界《フイクション》の戦士達は、魔刃砲で攻撃するのではなく超加速の手段に使う、と」

……リザ、それは漫画の話だ。

それに白目を剥《む》いたボウリュウは話を聞いていないと思うぞ？

ボウリュウの自失は一瞬だったらしく、ぐるりと首を巡らせ、再びリザを焼き払おうと視線を彷徨《さまよ》わせる。

だが、その瞳《ひとみ》がリザを捉える事はない。

なぜならば――。

「どこを見ているのです」

リザの問いはボウリュウの頭上からだ。

——KWYSHHYEEEERRR。

ボウリュウが怒りの咆哮《ほうこう》を上げ、頭を振って上に乗ったリザを空中に投げ出した。

大口を開けたボウリュウの口内で白い牙《きば》が光る。

——竜の牙は全《すべ》てを穿《うが》つ。

勝利を確信したボウリュウの瞳が愉悦に歪《ゆが》む。

この世界に竜の牙に抵抗できる物質はない。

故に、竜は無敵。

「その勘違いを正しましょう」

リザが空中を蹴った二段ジャンプで追いかけてくる竜の顎から逃れ、さらなる高みへと飛び上がる。

一度は閉ざされたボウリュウの顎が再び開かれる。

今なお勝利を確信しているボウリュウの瞳に映るのは——赤い花。

否——リザの魔槍を中心に浮かぶ七つの魔刃砲の光球。

それは今までの光球とはケタ違いの大きさに膨れ上がっている。

「葬花流星弾」

リザが技名を叫ぶと、七つの光球からゲリラ豪雨のような勢いで小さな赤い弾丸が撃ち出されていく。

赤光の雨は竜の頑丈な翼の皮膜を破り、そして硬い鱗さえも砕き、最後には地面に幾つもの小クレーターを生み出していった。

絶え間ない打擲《ちょうちゃく》に、ボウリュウが悲鳴を上げる事もできずに蹲《うずくま》る。

これは迷宮下層の邪竜親子とのスパーリングを経て、リザが編み出した新しい技だ。

慈悲のない残酷な攻撃に見えるが、リザはちゃんと手加減をしている。相手を殺傷する最大の効果を狙《ねら》うなら、大口を開けた咥内《こうない》に貫通性を高めた魔刃砲を叩《たた》き込む方が早い。

竜の牙による攻撃は、最大の攻撃であると同時に、もっとも無防備な瞬間でもあるのだ。

「お、おい、ボウリュウ様、死んでないよな？」

「そこは頑丈な竜様だし、大丈夫だろ」

「それにしても使徒様、容赦ねぇな……」

「そりゃ、あの竜神の使徒様だからなぁ……」

観客達の間で畏《おそ》れを帯びた言葉が交わされている。

さっきから気になっていたのだが、竜神に「様」は付かないのだろうか？

「おっ、止《とど》めを刺すのかな？」

「できれば見逃してくれないものかねぇ」

ここの下級竜達は人々に慕われているようだ。

「まさか、これで終わりですか？」

地上に降りたリザが、死んだふりをするボウリュウに歩み寄る。

そう「死んだふり」だ。

リザが間合いに入った瞬間、ボウリュウの尻尾が死角からリザを襲う。

だが、当然のように残心して待ち構えていたリザに油断はない。

リザの魔槍ドウマが、トゲの生えたボウリュウの尾を地面に縫い止める。

「奇襲を掛けたいなら、先にその殺気をなんとかなさい」

リザの忠告への礼は、跳ね起きたボウリュウの牙だった。

先ほどの尻尾はフェイントで、こちらが本命だったらしい。

深く刺さった魔槍ドウマから手を離したリザが、魔刃で赤く光る拳《こぶし》をボウリュウの鼻先に叩き込んだ。

——GYWRUPEE。

悲鳴を上げるボウリュウの横っ面を、魔刃を発生させたリザの尻尾が回し蹴りのように殴りつけた。

ゴキリと音を立ててボウリュウの牙が折れ飛び、彼の咥内を傷付ける。

ボクシングのデンプシー・ロールもかくやという勢いで、リザが瞬動で左右から交互にボウリュウの頭を痛打する。

それはボウリュウから殺気と覇気が失われるまで続いた。

「降参するなら目を閉じなさい。続行を希望するなら気が済むまで相手をしましょう」

竜爪短剣《りゅうそう》を抜いたリザが、ボウリュウの瞳の前に刃《やいば》を突きつける。

リザの言葉に、ボウリュウが目を閉じて顎を地面に付けた。

どうやら決着したようだ。

リザはそれから少しの間、その場で残心し、完全にボウリュウが降参したのを確認してから短剣を鞘《さや》に戻した。

◆

「ボウリュウ様を倒したぞ！」

「――竜退者だ」

「違う！　彼女は竜殺者《ドラゴン・スレイヤー》だ！」

おいおい、ボウリュウ君は生きてるぞ。

内心でツッコミをいれつつ、オレは友人に「遠話」で話しかける。

『やあ、そろそろ山を越えてくれるかい？』

『うむ、すぐに行こう』

さて、引き上げる前に後始末を幾つかしておこう。

オレはリザの横に移動し、ボウリュウの怪我《けが》を魔法で癒《い》やしてやる。

――ＫＵＲＵＲＵＷＷ。

治癒魔法で痛みが引いたのか、ボウリュウが気持ちよさそうな声を漏らす。

「おめでとう、リザ」

「ありがとうございます」

ボウリュウの応急処置を済ませてから、リザの竜退治を称賛する。

勝利したリザには「修羅」「調伏者」「竜王」という三つの称号が増えていた。

普通の鑑定《アナライズ》スキルで分かるリザの称号は認知者が一番多い「黒槍」のままなので大丈夫だけど、何かの拍子にこの「竜王」が設定されてしまったら、大騒ぎになりそうだ。

「ご主人様、戦利品です」

リザが回収してきたボウリュウの牙を差し出す。

下級竜の牙か……さほど必要ではないが、放置すると争いの種になりそうだし持っていった方がいいかな？

リザの勝利記念に何か作ってやるとしよう。

「おい、あれ！」

「ま、まさか――」

「成竜様だ！」

「黒竜山脈の主が降臨されたぞ！」

黒竜を目ざとく見つけた人々が騒ぎ出す。

飛来した黒竜の減速で、台風のような風が吹き荒れ、人々が風に飛ばされて転がっていった。

地面にダウンしていたボウリュウが、這々《ほうほう》の体で崖に背中をくっつけて「私は木」と念仏を唱えそうな顔をしている。

竜の汗腺《かんせん》がどこにあるのか知らないが、蛇に睨《にら》まれた蝦蟇《がまがえる》にも負けないような脂汗だ。

崖上の下級竜達も岩のフリをして息を潜め、黒竜が飛び去るのを戦々恐々と待っている。

『クロ！　迎えに来たぞ！』

黒竜が竜語で叫ぶ。

『やあ、悪いね、ヘイロン』

『構わん。貴様と我の仲ではないか！　それに、友からの宴会の誘いを断る竜はおらぬ！』

呵々《かか》と笑う黒竜に手を振る。

このまま黒竜と一緒に飛び去れば、そのインパクトで観衆を煙《けむ》に巻けると考えたのだ。

「ぐるぅ、ぐるりら？」

か細い声が聞こえてきた吊《つ》り橋《ばし》の方に視線をやると、竜人《ドラゴニュート》の巫女《みこ》長が、なにやら下級竜の鳴き真似《まね》をしている姿が見えた。

「ごろろうん？」

その姿に黒竜が首を傾《かし》げる。

『クロ、この者は何を言っているのだ？』

『さあ？　挨拶《あいさつ》でもしているんじゃないかな』

『なるほど――挨拶大儀である』

巫女長の眼前に顔を寄せた黒竜が労《ねぎら》いの言葉を告げた。

ただし、竜の言葉は咆哮に聞こえる。そして、その咆哮は下級竜の唸《うな》りなど比較にならないほど恐ろしいようだ。

　オレとリザを除けば、巫女長とマッチョ戦士の二人以外は、とっくに恐怖のあまり泡を吹いて卒倒しており、さっきまで気丈に振る舞っていた巫女長も、目の前で恐ろしげな咆哮を浴びて白目を剥いて気を失ってしまったようだ。

　オレは倒れる巫女長を受け止め、地面に寝かせてやる。

　後はマッチョ戦士がなんとかするだろう。

「行こう、リザ」

「私も黒竜様に乗って良いのでしょうか？」

「もちろんさ『な、ヘイロン』」

『うむ、下級とはいえ竜を倒した者ならば、褒美に我が背に乗る栄誉を与えよう』

　リザの手を取って、黒竜ヘイロンの頭に乗る。

　装備している「盗神の装具〔贋作《がんさく》〕」の効果で身バレの心配がないので、いくら目立とうが問題ない。

「木を隠すなら森の中、騒ぎを隠すなら、大騒ぎの中ってね」

　翼を畳んだ黒竜ヘイロンが後脚の蹴《け》りで宙に飛び上がり、軌道の頂点を超えたところで翼をバサリと広げた。

　静かな竜神殿の周りを旋回した黒竜ヘイロンが、黒竜山脈へと翼を向ける。

　さて、これから黒竜山脈で宴会だ。スィルガ王国での公務は翌朝からだし、ゆっくり楽しんでも大丈夫だろう。

◆

『う、うむ、やはりクロとの戦いは愉《たの》しいぞ』

『ああ、こっちもいい汗がかけたよ』

黒竜山脈についた黒竜へイロンが久々にオレと戦いたいと言い出したので、黒竜山脈で模擬戦を行っていたのだ。

黒竜側はブレスも牙もありだったので、どこが模擬戦だったのか疑問が残るが、オレは無傷だし、黒竜も末端部位がそれなりに弾《はじ》け飛んだ程度なので問題ないだろう。

またしても黒竜の牙を折ってしまったが、天地神明に誓ってわざとではない。

オレが牽制《けんせい》に放った魔刃砲の前に黒竜が飛び込んできてしまったのだ。

食材確保用のギロチン型魔刃砲を使わなくて本当に良かった。

『血は止まったけど、牙は生えてこないね』

『構わん、山羊《やぎ》とクジラをたくさん喰《く》って、たくさん寝ればすぐに生えてくる』

呵々と笑う黒竜の言うように、この前セーリュー市で会った時には、以前折ったはずの牙が生え替わっていた。

何年もかかるような事を言っていたのに不思議な話だ。

オレ達はそんな話をしながら、山頂にある安全地帯で見学していたリザの所に戻る。

「ただいま、リザ」

「ご主人様――」

あれ？　リザなら喜ぶかと思って黒竜との戦闘を見学させたんだけど、なぜか表情が硬い。

もしかして、じゃれあうような黒竜との戦闘はお気に召さなかったのかな？

「――ご教授ありがとうございました！」

ズサッと音を立ててリザが片膝《かたひざ》を突き、真剣な口調で語り始めた。

「下級竜を打ち倒したくらいで慢心するなというご主人様の教えを、このリザ、目に焼き付けました。真の強者同士の戦いというモノは、ああも凄《すさ》まじいモノなのですね」

リザが夢見るような瞳《ひとみ》でオレを見上げる。

たしかに、下級竜のボウリュウと黒竜はレベルこそ近いものの、戦闘力は全く違う。

ブレス一つとっても、目視から簡単に避《よ》けられる遅い火炎ブレスと、予兆を感じたら即閃駆《せんく》で瞬間移動しないと避けられないような高威力レーザーのブレスじゃ大きく違う。

さらに、黒竜の巨体から放たれる物理攻撃は山の地形を変えるし、咆哮《ほうこう》一つで複合魔法をガンガン撃ってくるしね。

先ほどの模擬戦でも、黒竜が口から吐き出す誘導型の弾幕みたいな新魔法には手を焼いた。

「リザもそのうち黒竜と戦えるくらい強くなるよ」

「私に、できるでしょうか」

『無理だ――』

リザの問いに「もちろんさ」と答える前に黒竜が割り込んだ。

黒竜山脈への移動中に会話する為《ため》に、翻訳魔法を掛けておいたのが仇《あだ》になり、リザにも黒竜の言葉が伝わってしまった。

「そんな事ないさ」

『クロよ。無理なのだ』

オレのフォローの言葉をまたしても黒竜が否定する。

『その娘の武器では我にダメージを与える事ができぬ』

そう語る黒竜がリザの手から魔槍を取り上げる。

もちろん、黒竜の鋭利な爪《つめ》では魔槍を傷付けるので、魔法で作り出した光る雲のようなもので包んで持ち上げていた。

『ふむぅ、「始原の魔物」の素材を軸に強化を繰り返しているようだが、これでは我が肉体を傷付ける事はできん。せいぜい、鱗《うろこ》の表面を抉《えぐ》るのが関の山だ』

『そうなのか？　一応、穂先に下級竜の牙《きば》をコーティングしてあるんだけど？』

『我らと違い、下級竜の牙に宿る権能は弱いのだ。その程度では我が障壁を抜け、鱗まで穿《うが》つ事はできぬ』

これは初耳。下級竜の牙は「全《すべ》てを穿つ」とまでは言えないらしい。

今までは強敵相手だと黒竜の牙を用いた竜槍《りゅうそう》を使わせていたから気付かなかった。

それでも素の状態の鱗なら今の魔槍ドウマでも貫けるだろうけど、戦闘中の黒竜の鱗は幾重にも強力な魔法でガードされているので、魔刃付きでもリザには破れないようだ。

——今はまだ、ね。

『成竜を傷付けうるのは同格以上の竜のみ——むろん、我が友クロのような例外はあるが』

「ですが、私は……」

返却された魔槍を受け取ったリザが、視線を手元に落としたまま呟《つぶや》く。

『その槍《やり》が気に入っておるのならば、今日折れたばかりの我が牙を融合すれば良いのだ。下級竜の牙で覆うよりは、よほど強くなるぞ。器用なクロならできるのではないか？』

黒竜がさも当然のように語る。

残念ながら、オレの魔法にもそんなファンタジーなラインナップはない。

リザの魔槍ドウマは死霊魔法の「骨加工《ボーン・クラフト》」で下級竜の牙をコーティングしているが、残念ながら成竜の牙のような高ランク素材は、力不足で真っ直《ます》ぐに整えるくらいしか、加工できなかった。

『さすがに、そこまで器用な技は持ち合わせていないよ』

『ふむ、ならば今の魔術ではなく、古《いにしえ》の魔法が得意な者にやらせればいい。南の大陸の古竜《エンシエント・ドラゴン》の婆《ばあ》様か東の大陸の古代巨人種《タイタン》あたりならできよう』

ふむ……魔法が得意な者か。

アーゼさんに尋ねるのはデフォとして、次点は誰《だれ》にしよう？

ビロアナン氏族かベリウナン氏族のハイエルフに尋ねるのもアリだが、ここは確実に呪文《じゅもん》を知っていそうな南の大陸の古竜を訪ねてみよう。

衛星軌道上から眺めた事はあるけど、南の大陸にはまだ行った事がないんだよね。

南の大陸にはカリナ嬢の母親がいるらしいし、ついでに近況なんかも確認してみようかな？

オレが思案していると、落雷のような轟音《ごうおん》が鳴り響いた。

『――クロ、我は腹が減ったぞ』

やっぱり、黒竜の腹の音だったか。

リザの槍強化に良い情報をくれた黒竜に首肯し、迎賓館の厨房《ちゅうぼう》で黒竜との宴会準備をしてくれているルルの所へ「帰還転移《リターン》」で戻った。

◆

「マヨウマ～」

黒竜山脈の高原に、タマの満足そうな声が響く。

『うむ、このカラマヨは実に素晴らしい。山羊には合わぬが、クジラ肉が何倍も美味《うま》くなったぞ！』

黒竜の鼻先に座ったタマが、マヨネーズを塗ったクジラの肉串《にくぐし》に齧《かぶ》り付いた。

そんなタマを気にする様子もなく、黒竜は辛子マヨネーズを塗った半トンサイズの巨大クジラ肉の串焼《くしや》きを一口で食べきる。

いつもならタマの無礼を叱《しか》るリザも下級竜との戦いで疲れたのか、燃料補給のような勢いで食事をした後は、気絶するような早さで眠りについていた。

「でりぐらソースも負けていないのです！」

『うむうむ、デミグラスソースも甘くて美味い。こちらは山羊に合う。やはり人族の調味料は良い。クロもさる事ながら、そちらの娘の料理も実に美味だ』

クジラ肉の肉串を両手に持ったポチが黒竜の横で主張すると、黒竜も大きな頭を上下させて同意した。

黒竜が弱火のブレスで炙《あぶ》った山羊に、ドロリとしたデミグラスソースを豪快に掛けたものを口に放《ほう》り込み、満足そうに咀嚼《そしゃく》する。

――LYURYU。

楽しそうな雰囲気に惹《ひ》かれた白い幼竜リュリュが、ポチの胸元で揺れる竜眠揺篭から飛び出してきた。

『幼竜か、ともに喰らおうぞ』

――LYURYU。

黒竜が巨大な爪で摘《つ》まんだ肉塊をリュリュの前に差し出すと、リュリュはビタンッと音がしそうな勢いで肉塊に抱きついて、嬉《うれ》しそうに食らいついた。

「ポチも負けないのですよ！」

「タマもガシガシ〜」

リュリュの行動に刺激されたポチとタマが、肉塊に抱きついて「ガルル〜」と獣のマネをしながら食らいつく。
どうやら、今日の宴《うたげ》は野生がテーマらしい。

湿地の遺跡

〝サトゥーです。昔見た漫画の影響か、湿地というと底なし沼のように足を取られると抜け出せない危険な場所というイメージがあります。偏見なのは分かっているのですが、なかなか払拭《ふっしょく》できないんですよね。〟


「謁見は午後からですか?」

黒竜との宴会の翌朝、朝食後にオレは今日の予定を聞かされていた。

「はい、申し訳ございません。急な案件で陛下のご都合が付かず」

頭を下げる文官に謝罪は必要ない旨を伝えて下がらせる。

「何かあったのかな? 分かるか、アリサ」

「うーん、たぶんリザさんが原因みたい」

空間魔法で情報収集していたアリサに話を振ったら、そんな答えが返ってきた。

「私が、ですか?」

「昨日の竜舞台で下級竜を倒した件かな?」

「やっぱ、リザさんなんだ。王様達は『謎《なぞ》の女槍士が下級竜を圧倒した』って言って喧喧囂囂《けんけんごうごう》の大会議中よ」

マップで確認すると、城内の偉そうな役職の貴族や五鱗家とやらの重鎮も顔を並べている。

リザの前に竜舞台で下級竜と戦っていた例のマッチョ戦士も列席しているようだ。あれだけ怪我《けが》を負っていたのに、会議に出席とはなかなか仕事熱心なヤツだ。

「でも、あの様子だと謁見の時が大変じゃない？」

「大丈夫だよ。変装していたし、認識阻害アイテムをこれ以上ないくらい装備してたから」

謁見時にリザの事でカマを掛けられそうだが、適当にしらばっくれればいいだろう。

「ご主人様、ご面倒をお掛けして申し訳ございません」

「謝らなくていいさ」

「ですが、この槍を使っていたので、気付く者もいるかもしれません」

リザの魔槍《まそう》ドウマにも幻影《イリュージョン》を掛けてあったけど、途中で剥《は》がれ掛ける事が何度かあった。動体視力の良い者なら気付くかもしれないね。

「この国にいる間は、別の槍を持っていればいいさ」

タウロスの牙を加工した魔槍タウロスあたりなら、同じ黒槍でも金色の象眼をしてあるから黒と赤の魔槍ドウマとは印象が違うはずだ。

「ですが、気付く者はいるかもしれません」

「その時はその時だよ」

万が一、真実がバレたとしても問題ない。

すでにシガ八剣筆頭のジュレバーグ氏を倒してその実力は知られているんだし、そこに竜を退けたエピソードが増えても誤差みたいなものだろう。たぶん。


そしてその日の午後――。

「ペンドラゴン閣下、お迎えに参上いたしました」

「ご苦労様」

オレは侍女の案内で謁見の間へと向かう。随員は騎士服姿のナナだけだ。

侍女の他《ほか》にもメイドさんや侍従達が後ろに四人付き従っている。オレが贈った品々を運んでくれる人員らしい。

「――俺は黒竜山脈へ『槍の乙女』を捜しに行く！」

そんな事を叫びながら、謁見の間を飛び出してきたのは昨日のマッチョ戦士だ。

ぶつかりそうになった彼を軽く投げ飛ばす。

悪いけど、普通に避《よ》けたら後ろのメイドさん達が撥《は》ね飛ばされるから、しかたなかったんだ。

軽く投げたので、マッチョ戦士は空中で一回転して、普通に足から着地した。

全身鎧《よろい》のくせに凄《すご》い運動能力だ。

「失礼、お怪我はありませんか？」

「大した腕だ――ん？　貴公、どこかで会った事がないか？」

昨日会った時には、認識阻害の魔法道具《マジック・アイテム》と「幻影」の魔法による変装を重ねていたお陰で、彼の印象に残っていないようだ。

神殿や食べ歩きの時は「盗神の装具〔贋作《がんさく》〕」ではなく、市販品を使っていたから心配だったが、杞憂《きゆう》だったらしい。

「気のせいではありませんか？」

明確に否定はしない。

彼に看破系のスキルはないけど、王族に近い地位の世襲貴族が類型アイテムを持っている可能性は捨てきれないからね。

「待て！　次期国王が出奔など、許される事ではないぞ！」

中から駆け出てきた白鱗族のイケメン王子が、マッチョ戦士の肩を掴《つか》んで強引に振り向かせる。

内緒話がしたいのか、額がくっつきそうなくらい両者の顔が近い。

「まぁ」

「ぉお」

メイド達の間から腐臭に満ちた吐息の漏れる音が聞こえた。

オレは紳士らしく、彼女達の反応をスルーしておく。異世界でもＢＬ好きはいるようだ。

若者の熱い語らいに部外者は邪魔だろうから、オレはマッチョ戦士達に会釈だけして謁見の間へと進んだ。

「シガ王国子爵、サトゥー・ペンドラゴン卿《きょう》――」

入り口付近にいる白鱗族の騎士が大声で叫ぶ。

どうやら、入場する人間の紹介らしい。

自己紹介を省略できて楽ちんだ。

国による違いのあまりない挨拶《あいさつ》を国王と交わし、謁見は本題へと入る。

「——なるほど、カンコウとは他国の文化や民の生活を学ぶ事か」

なぜか、観光という単語に興味を持ったスィルガ王に解説する事になった。

「ならば、ワシも退位後はシガ王国やサガ帝国を観光してみるとしよう」

「それは素晴らしいお考えですね」

追従のようにも取れるが、これはオレの本心だ。

人も国家も相互不理解が争いの元凶だと思うんだよね。

国のトップが知見を広めるのは、とても良い事だと思う。

「時に子爵、貴公の家臣には、かの『不倒』殿を倒した槍《やり》の名手がいるそうだな」

「はい、キシュレシガルザ卿は私の家臣の中でも、一番の槍の使い手です」

感心したような国王の口調に、「来た」と内心で警戒しつつ、リザを自慢する。

国内だと、シガ八剣は国家を守る武力の象徴だから、リザが勝ったのを自慢しにくいんだよね。

「た、ただの噂《うわさ》かと思っていたが、あの武の化身たるジュレバーグ卿に勝ったのは真《まこと》だったのか！」

国王が玉座から立ち上がって叫ぶ。

そんなに驚く程の事なのかな？

戦闘力なら勇者の従者であるリーングランデ嬢や軽戦士のルススとフィフィも、ジュレバーグ卿に勝てそうなんだけど……。

「王位に就く前に手合わせしてもらった事があるが、かの者は別格だった……あれほどの武人が仕えるシガ国王を尊敬しておったのだが、家臣のそのまた家臣の子爵がそれほどの武人を従えるとは……」

脱力した国王が玉座に腰を落とした。

リザを褒めてくれてるのか、オレを貶《けな》しているのか判断に迷う。

「いや、そうではない。我ら鱗《うろこ》族は弱者には仕えぬ」

国王が疲れた視線をこちらに向けた。

何が言いたいんだろう？

「つまり……ペンドラゴン子爵、貴公の『魔王殺し』の噂も真という事か」

おっとそう繋《つな》げてきたか。

「噂は噂です。私は勇者ハヤト様のお手伝いをしたにすぎません」

彼と一緒に戦った砂塵《さじん》王戦ではサポート一択だったから、この言葉に偽りはない。

「謙遜《けんそん》は不要だ。あの尊大なサガ帝国の連中が、手伝い程度の者を『魔王殺し』などとは呼ばぬよ」

国王の言葉に、サガ帝国の帝都で会った高慢な貴族達が思い浮かぶ。確かに尊大と表現されてもしかたのない人達が少なくなかった。

まあ、大多数の人は普通だったよ。

「――ペンドラゴン卿！　私と戦ってください！」

謁見の間に集う人達の中から、高い声が響いた。

「殿下！　謁見の間で無作法ですぞ！」

教育係らしい老人が、露出の高い鎧を着た鱗族の女性を後ろに引き摺《ず》っていく。

「女に武術などを学ばせるから、このような無作法な王女が育つのだ」

「女など家の奥で子育てでもしていれば良いものを」

ヒソヒソと女性蔑視《べっし》の発言が、謁見の間に集まった人達から聞こえる。

どうも、この国は男性上位らしく、そんな陰口を言う者を窘《たしな》める様子はない。異世界でというか、余所《よそ》の国で男女平等を声高に唱える気はないけど、こんなふうに聞こえよがしに愚痴を言うのは好きじゃないな。

「すまぬな子爵。我が末娘が礼を失した。あれは何を間違えたのか、幼い頃《ころ》から身体《からだ》を動かすのが好きでな」

「いいえ、お気になさらずに。私の家臣もそうですが、優れた武人に男女の違いはありません」

「そういえば、貴公の家臣であるキシュレシガルザ卿も女性《にょしょう》であったな」

「はい。それに我が国が誇るシガ八剣にも、女性が二人おります」

銃使いヘルミーナ嬢や「草刈り」リュオナ女史に勝てる男性はそういない。

「ふははは、我が王女をシガ八剣と並べるか」

国王が呵々《かか》と笑って話を終わらせる。

「時にペンドラゴン子爵――」

場の雰囲気が和やかに弛緩《しかん》した隙《すき》を突いて、国王が唐突な直球を投げ込んできた。

「ボウリュウ様を倒した女槍士はキシュレシガルザ卿だな？」

「――なんの事でしょう？」

事前に想定していたので、絶妙の間を挟む事ができた。

即答しすぎるのも怪しいから、アリサの指導で予《あらかじ》め練習しておいたのだ。

なんだか、就活の圧迫面接を思い出したよ。

「ボウリュウ様という方はどなたなのでしょう？」

「そうか、ペンドラゴン子爵は知らぬか。ボウリュウ様は聖なる山に座する竜様達の長《おさ》をされている我が国の守護神のような方だ」

――ほほう？

ボウリュウ君はただの暴れん坊じゃなかったのかな？

「西に蛇竜《ナーガ》の群れを見つければ眷属《けんぞく》と共に退治に赴き、北に多頭蛇《ヒュドラ》が出たと聞けば嬉々《きき》として戦いを挑む――我が国の平和は竜様達の活躍があればこそ」

やっぱり、ただの暴れん坊じゃないか……。

役に立っているようだからいいけどさ。

「竜達は防衛に役立ってくれているのですね」

そう答えたら周囲がざわっとした。

「ペンドラゴン子爵、他国の貴族である卿が知らぬのは無理もないが、我が国では竜様達は信仰の対象となっておる。敬意を持てとは言わぬが、無礼な発言は控えてほしい」

国王がそう窘めてくれたので、無礼な発言を詫《わ》び、話が途切れたのを機に謁見は終わりになった。

「ペンドラゴン子爵様、こちらへ」

リザへの追及がうやむやになったのを喜んでいたら、国王の私室に招かれてしまった。

同席しているのは国王と宰相の二人だけだ。護衛もなしとは不用心すぎる。まあ、隣室から王子とマッチョ戦士が覗《のぞ》いているから、何かあったら壁をぶち破って乱入してくるんだろうけどさ。

「わざわざ、すまぬな」

ソファーを勧められ、翠練《すいれん》茶というスィルガ王国の水草から作ったという珍しいお茶をいただく。

ミント茶のような爽《さわ》やかなお茶だ。なかなか美味《おい》しい。

「それでご用件は――」

なかなか本題に入らない国王に水を向けてみた。

「貴公を大領ムーノの太守と見込んで頼みがある」

「どんな頼みでしょう？」

この言い方からして、リザを嫁に寄越《よこ》せとかじゃないだろうし。

「食糧の支援をお願いしたい」

「食糧の支援、ですか？」

「うむ、近年続く干魃《かんばつ》で、我が国の食を支える湿地が干上がってしまっておるのだ」

「――干魃、ですか？」

元の世界ではよく聞いたけど、都市核《シティ・コア》で気候コントロールできるこちらの世界では初めて聞いた。

「都市――地脈の流れに問題でも？」

都市核という単語は秘匿されている感じだったので、「地脈の流れ」と言い換えた。

「干魃の原因は不明だ。地脈に異常はない――」

「――遺跡だ！」

王の言葉を遮ったのは、執務室に乱入してきた王子だった。

「建国王ラゥイ陛下の遺跡こそが湿地を作ると建国記にある！」

「黙れ馬鹿《ばか》者！」

国王が王子の頭に拳骨《げんこつ》を落とした。

「殿下、すでに遺跡は調査済みでございます」

「だが、親父《おやじ》殿。ラゥイ王は聖なる乙女との愛で、『神の遺跡』を再生させたと言うぞ」

宰相にそう抗弁したのは頭を押さえて蹲《うずくま》る王子ではなく、隣室で王子と一緒に覗いていたマッチョ戦士だ。

――というか、神の遺跡？

もしかして、迷宮下層でムクロから教えてもらった「神代の遺跡」ってヤツじゃないか？

「俺様も『槍の乙女』との愛で『神の遺跡』を再生させてみせる」

「その『神の遺跡』というのは？」

「ほう、ペンドラゴン子爵も興味があるか?」

気になるワードに釣られて反応したら、王子がギラリと目を輝かせて説明してくれた。

建国王ラゥイの伝説にあるエピソードで語られており、神代からスィルガ王国にある古《いにしえ》の遺跡との事だ。原理は今でも不明で、本来は荒れ地であるスィルガ王国の土地を、生き物豊かな湿地へと変えているのが、その遺跡らしい。

その話を聞く限り、湿地化に特化した都市核の補助システムのような機能を持つ遺跡のようだ。

「……なるほど、そういう伝説があるなら、干魃の原因を調べる一助になりそうですね」

「ペンドラゴン子爵もそう思うか!」

「よし、共に『神の遺跡』に参ろうぞ!」

マッチョ戦士と王子が左右から、がっちりとオレと肩を組む。

気になるワードに反応してしまったせいで、オレはマッチョ戦士や王子と一緒に、遺跡探検に行く事になってしまった。

「ペンドラゴン子爵、せっかくだ。サガ帝国の勇者達も連れていこう」

「勇者様達が滞在されているのですか?」

知ってるけど。

「ああ、三日ほど前からな。初日に女勇者と手合わせしたが、凄《すさ》まじい使い手だったぞ」

マッチョ戦士は勇者メイコとの接戦を語る。

「勇者様達はどのようなご用件で、この国に?」

「竜の巫女《みこ》や聖なる山の竜様を仲間に勧誘しに来たらしいぞ。巫女殿はともかく、竜様が人の理《ことわり》で動くはずがあるまいに……」

オレの問いに、王子が苦い顔で答える。

まあ、信仰対象を従者候補扱いされるのは不本意だよね。

「――あれは」

オレ達が向かう飛行場から、サガ帝国の中型飛空艇二隻が発進するのが見えた。

「勇者達の飛空艇だな」

「挨拶《あいさつ》もなしに出航とは舐《な》められたものだ」

「まあまあ、どこかで緊急事態が発生したのかもしれませんよ」

憤慨する王子とマッチョ戦士を宥《なだ》め、翌朝に遺跡に向かう約束をした。

◆

翌朝――。

「なんと凛々《りり》しく美しいのだ！　リザ殿、あなたになら我が竜牙槍《りゅうがそう》を捧《ささ》げてもいい。どうか、俺様の伴侶《はんりょ》になってくれ」

「待て！　姿は違えど、貴殿は竜神殿で会ったあの『槍《やり》の乙女』に相違なかろう。この脳筋王子ではなく、『竜の試練』を勝ち抜いた俺様を伴侶に選んでほしい」

オレ達の泊まった迎賓館の前で、王子とマッチョ戦士がリザを目にするなり、一目惚《ひとめぼ》れの勢いで求婚してきた。

対するリザは冷ややかだ。

「お断りします」

「なぜだ！　資格が必要だというなら、今これから『竜の試練』に挑んでもいい」

「『槍の乙女』よ！　我が伴侶となり、スィルガ王国の次期王妃となってくれ」

「興味ありません」

けんもほろろに断られて、王子とマッチョ戦士が愕然《がくぜん》としている。

どっちもかなりのイケメンだし、こんな風に断られた経験がないのだろう。

「リザさん、モテモテね」

「イエス・アリサ。この国の男は見る目があると評価します」

「いえすぅ～」

「はいなのです！　リザは格好良くてスーパーなハンサムさんなのですよ！」

仲間達が自分の事のように嬉《うれ》しそうだ。

「まあ、いい。今はまだ俺様の魅力に気付いていないだけだ」

「そうだな。遺跡調査を共にすれば、我らに惚《ほ》れるに違いない」

王子もマッチョ戦士もメンタルが強い。

あっという間に立ち直り、「さあ、行くぞ！」と言って遺跡調査に出発した。

「変わった乗り物ですね？」

「風舟《かざぶね》だ」

「我が国の湿地を走るのに最適なのだよ」

オレ達が移動の足に使うのは、風舟というホバークラフトのような乗り物だ。風魔法を付与した大きな風車と噴射管からの強風による推進力で草原を走る。

途中でパシャッと音がして風舟が沈み込んだ。

「水の匂《にお》い～？」

「ここからは湿地だ」

見た目は草原と変わらないけど、草の根元が水没している。

「げこげこ～」

「蛙さんなのです！」

風舟に驚いた蛙達が慌てふためいて逃げ出し、それを狙《ねら》っていた大蛇やワニが追いかけていく。

「船だと命がけね」

「その通りだ。我らが魔物を間引いても、漁の最中に命を落とす者は後を絶たん」

アリサの呟《つぶや》きを王子が拾う。

元の世界の漁師さんも「板子一枚下は地獄」なんて言葉があるくらいだったし、異世界でも大変な仕事のようだ。

そんな話をしているうちに、遺跡の近くまでやってきた。

「何か、あるぞ」

「サガ帝国の飛空艇だ！」

遺跡の近くに停泊する二隻の中型飛空艇を見て、王子とマッチョ戦士が騒ぎ出した。

風舟を止めるのも待たずに、王子とマッチョ戦士が飛び降りて、飛空艇の方に駆け出す。

「マスター、飛空艇が掲揚する旗は勇者のものだと告げます」

「そうみたいだね」

マップ情報によると、勇者達は遺跡の入り口近くのホールでうろうろしている。

昨日慌てて出発したように見えたけど、勇者の目的地はここだったようだ。

「誰《だれ》の許可を得てここに来た」

「ここは不可侵の聖地なるぞ！」

王子とマッチョ戦士が剣を抜いて威圧した。

「これは王子殿下、禁足地とは知らずにご無礼いたしました」

飛空艇を守る騎士達の間から、文官風の男達が出てきた。

「見覚えがある。新しき勇者殿の従者だったか？」

留守番の従者が王子達と交渉を始める。

オレ達も風舟から降りて近づくと、騒ぎを聞きつけたのか勇者達が遺跡から出てきた。

「あ！　スイーツの人だ！」

「ほんとだ。幼女ハーレムのなんとかだ」

「覚えてないじゃん。『魔王殺し』のアーサーだろ！」

勇者達はオレの名前を覚えていないらしい。

それと、断じて「幼女ハーレム」なんて築いた事はないので、風説の流布は厳に慎んでほしい。

新勇者の三人は気さくに寄ってきたが、勇者メイコだけは警戒する猫のように距離を取っている。

「お前らもコレを見てここに？」

勇者ユウキがインベントリから取り出した小物をオレに見せる。

「——これは？」

ペットボトルだ。

「竜神殿の参道で買ったんだ」

「見た目はペットボトルだけど、プラじゃなくてガラスなんだよ、それ」

勇者ユウキと勇者セイギが教えてくれる。

参道で見かけた時に騒いでいたのは、これを見つけたかららしい。

「他《ほか》にも、ほら」

ゲーム機やコントローラーの模型や携帯電話っぽい板なんかを見せてくれる。

ＡＲ表示される詳細情報によると、「ネズ」という人物が作製者らしい。

「それとこの遺跡がどう関係してるの？」

横から覗《のぞ》いてきたアリサが、勇者達に質問する。

「これを売っていた鼬人《イタチ》から情報を買ったんだ」

「作製者がここに住んでるって」

「ここって、遺跡に、ですか？」

「そうそう」

この遺跡内部は別マップになっているので、眺める振りをして遺跡のマップ内に入り込む。

入り口の少し手前で、マップが変わったので、全マップ探査の魔法で情報を得る。

――いた。

名前はネズで、種族は小鼠人。レベルは三でユ、ニ、ー、ク、ス、キ、ル、「故郷幻想《メランコリー》」と「虚栄天身《メタモルフォーシス》」を持つ。

そう、ネズは転生者だ。

「ごしゅ～」

しゃかしゃかと身体《からだ》を登ってきたタマが耳打ちする。

「遺跡の右上、突起の陰～」

顔を動かさないように注意して、視線をそちらに向けると、遺跡の中からこちらを覗《うかが》う紫色の体毛をした鼠人――ネズを見つけた。

マップ情報によると、彼は屋根裏の隠し部屋に潜んでいるらしい。

『……だ』

ネズが何か呟いている。

オレは耳を澄まして、それを聞き取ろうと集中する。

『あれはきっと勇者だ。ネズミのバケモノに生まれ変わった僕を退治しに来たんだ』

震える声で呟くのが聞こえた。

――バケモノ？

ネズは鼠人に転生したのを嫌悪しているらしい。

『こんなとこ嫌だ。日本に帰りたいよ……ケイ』

望郷の念の篭《こ》もった呟きに、思わず同情してしまう。

「――しゃかしゃかなのです」

遊びだと思ったのか、タマの反対側にポチが登ってきた。

「どうしたのです？」

ポチがオレの視線を追って遺跡を見る。

その様子を見た勇者メイコが、ポチの顔の先にネズを見つけた。

「いた！」

勇者メイコが叫ぶ。

その声に驚いたのか、ネズが遺跡の隠し部屋から屋根に転げ落ちた。

「ケ、ケイ、助けて――」

屋根を滑って、このままだと一〇メートルくらいある高さから落下してしまう。

慌てて駆け寄ったのを見てパニックを起こしたのか、ネズが屋根の上でシャカシャカと足を空転させる。

「――うわっ」

屋根から滑り落ちたネズが、ついに空中へ飛び出した。

空中で紫色の光に包まれたネズが、昭和の変形ロボみたいに変形し、ジェット戦闘機になって飛んでいった。

「なんなの、あれ？」

勇者メイコが呆気《あっけ》にとられたように呟いた。

ネズの持つユニークスキルだとは思うけど、あそこまではっちゃけたユニークスキルは見た事がない。

たぶん、「虚栄天身《メタモルフォーシス》」っていうユニークスキルの効果だと思う。

「ファンタジーかと思ったら、ＳＦかよ」

「超ロボ大戦に出てくる昔のロボットみたいだったね。あのゲームまたやりたいな～」

勇者ユウキが呆《あき》れたように言い、勇者フウも暢気《のんき》に応《こた》える。

「いやいや、おかしいって。あんな変形したら、中の人がぐちゃぐちゃになるだろ？」

「そこは、ほらお約束というかロマンというか」

頭を掻《か》き毟《むし》る勇者セイギに、勇者フウが手をパタパタさせながら言う。

「もしかして、今のって魔王だったの？」

「違うと思いますよ」

勇者メイコが誤解したので、そう訂正しておく。

マップ情報を見る限り、ネズは魔王化していない。いつの間にか国境付近までネズの光点が移動していたので、見失わないようにマーカーを付けておいた。

「ど、どうして分かるのよ」

勇者メイコが身を引きながら問う。

そういう態度は傷付くので止《や》めてほしい。

「瘴気《しょうき》×」

ミーアが顔の前で両手の人差し指を交差させてバッテンを作る。

「魔王は離れていても分かるほど、強烈な瘴気を発していますから、さっきの鼠人は魔王ではなく、普通の転生者だと思いますよ」

「普通？　普通なのに、戦闘機に変形するの？」

勇者メイコが襟首を掴《つか》む勢いで問いかけてきた。

まあ、そこは確かに普通じゃないね。

◆

「ここが隠れ家だったみたいだな」

王子の許可を得て、勇者達と一緒にネズが住んでいた隠し部屋を捜索してみた。

ここには現代っぽく整えた調度品の数々がある。

「学習机に地球儀、デスクライトまである」

「全部、模型だけどな」

感心したように呟く勇者フウに、勇者セイギが突っ込みを入れた。

確かに、学習机の引き出しは動かず、地球儀も回らない。

「棚はプラモとかフィギュアっぽいのが山盛りだな」

「なんで白い珊瑚《さんご》？」

棚の上に飾られた珊瑚の模型だけは、プラスチックっぽい質感の透明なケースに収められていた。

ケースの中には「友情の印」と書いた紙が入っている。

「漫画だ！」

「おー！　久々に読みたいぞ」

「あれ？　これも模型だ」

本棚に飾られていたのは、漫画の単行本を模したダミーだったらしい。

「これ、本物だわ」

勇者メイコがダミーの漫画本模型が飾られた本棚から、ボロボロの冊子を見つけた。

「何が書いてあるんだ？」

「汚い字ね。日記みたいだけ、ど――」

勇者メイコが動きを止めた。

「どうしたの、メイコちゃん？」

「あいつも私と同じみたいね」

勇者メイコが冊子を開いてみせた。

そこには日本語で「帰りたい」「かえりたい」「カエリタイ」と繰り返し書かれていた。

勇者メイコから受け取った冊子を確認する。他のページも同じような言葉が詰まっていて、転生者ネズの強烈な郷愁を感じる。

さっきもそんな事を呟《つぶや》いていたし、よっぽど日本へ帰りたいのだろう。

「ご主人様、ここ」

アリサが冊子の一部を指さす。

そこには「ケイと会った。彼女が教えてくれた」とか「徳を積んで来世は人間に」とか書いてある。

「ネズの知り合いみたいだね」

さっきも屋根から落ちそうな時に助けを求めていたし、ネズにとっては頼れる相手なのだろう。

また、「ケイがくれた、大切」というメッセージと共に、何かの絵が描かれている。さっきのガラスケースの珊瑚だろう。

「そういえば勇者様達は、どうして彼を追っていたんですか？」

「え？　地球の品があったから、俺達みたいなヤツに会えるかと思って」

「そんな理由で？」

彼らは単なる興味本位でネズを追いかけてきたらしい。

「ちょっと、私までこいつらと一緒にしないで。私は日本に帰るヒントがないかと思って来ただけだから」

オレの言葉に、勇者メイコが憤慨した。

彼らの中で強烈に帰還を望んでいるのは勇者メイコだけのようだ。

次に魔王と遭遇した時に、近くに勇者メイコがいたら彼女に任せるようにしよう。

「――ペンドラゴン卿《きょう》」

王子が勇者達との会話に割り込んできた。

「それで、遺跡の不法侵入者の手がかりは得られたのか？」

「ええ、どうやら『勇者の国』から来た人物のようです。もし、彼を捕らえたらご一報ください」

隠し部屋の捜索を終え、王子にそう頼んでおく。

もうこの国からは出てしまったようだけど、もしネズが捕まって処刑でもされたら寝覚めが悪いからね。

「分かった。その程度は引き受けよう」

快諾してくれた王子に報いる為《ため》にも、ここに来た本来の用事をしないとね。

「それではリザ殿、俺と愛を交わし、この遺跡を復活させようぞ！」

「待て、その役目は俺様こそ相応《ふさわ》しい」

王子とマッチョ戦士がバカな事を言い出した。

そういえば「ラゥイ王は聖なる乙女との愛で、『神の遺跡』を再生させた」とか言っていたっけ。

「ご主人様、リザさんを犠牲にしない為にも、わたしと愛を交わして遺跡を再生させましょう！」

「私」

「アリサもミーアちゃんもずるいです。恥ずかしいけど、私も――」

「マスター、私も興味があると告げます」

「タマも愛してる～？」

「ポチだってアイアイアイしているのですよ！」

アリサの冗談に、皆《みんな》が悪乗りする。

スィルガ王国の湿地を作り出す装置はマップ検索ですぐに見つかったので、術理魔法の「透視《スルーアイ》」で確認してみた。

魔法装置を繋《つな》ぐ魔力経路が断線している。

近くに丸コゲになった小動物がいたから、こいつが断線の原因だろう。

「殿下、まずは装置を確認しましょう」

そう声を掛け、偶然魔法装置の陰の断線を発見したていで、勇者達に同行していた飛空艇の整備技師の協力を得てサクサクと修復する。

修繕を監督しながらマップ検索したが、この遺跡には神石も神器も存在しなかった。

まあ、あったらラッキーくらいのスタンスでいよう。

「勇者様達はまたスィルガ王国の王都にお戻りになるのですか？」

用事を済ませ、遺跡を出たところで勇者達に声を掛けた。

「次はネズミ王国に行くんだ」

「ほら、魔王の預言の――。フウ覚えてるか？」

「えー、そんなの覚えてないよ」

「あんた達ねぇ、国名くらい覚えなさいよ。穴鼠《ねずみ》自治領でしょ」

勇者達はそう言って、穴鼠自治領に向かって出立した。

「――どうしたの、ご主人様？」

「いや、なんでもない」

ネズを示すマーカーの位置が穴鼠自治領にあるのに気付いた。

放置もできないし、魔王復活の預言を調査する用事もあるから、マキワ王国に行く前に寄ってみるか。

穴鼠自治領

〝サトゥーです。地中の構造物といえば、小学校の頃《ころ》に『蟻《あり》の巣観察キット』で見た蟻の巣を思い出します。実際の蟻の巣には光源なんてないはずなのに、よく迷わずに出入りできるものだと幼心に感心した記憶があります。〟


「ここが穴鼠自治領？」

アリサが飛空艇の窓から見える景色を見回す。

そこには蟻塚のような独特のフォルムをした家が建ち並ぶ町並みが見えた。

「そうだよ」

この穴鼠自治領はスィルガ王国とマキワ王国の間にある小都市だ。少し前までは穴鼠首長国と名乗っていたらしいのだが、鼬《イタチ》帝国からの侵略に耐える為、マキワ王国に臣従したらしい。

「マスター、地上の臨時空港に誘導員らしき旗振り《フラッガー》を視認したと報告します」

「分かった、誘導に従って降りてくれ」

スィルガ王国を出立したオレ達は、新勇者達に二日ほど遅れて穴鼠自治領を訪問していた。

湿地を復活させたお礼の式典に、参加しないわけにはいかなかったのだ。他《ほか》にもルルと一緒に蛙《かえる》の唐揚げを布教したり、獣娘達と一緒に王女の訓練をしたりと忙しかったよ。

「飛空艇」

「二隻いる～」

「ポチ達の飛空艇より大《おっ》きいのです！」

都市の近傍にある臨時空港には、サガ帝国の中型飛空艇二隻が停泊している。

勇者旗が揚がっているし、スィルガ王国で別れた新勇者達の飛空艇だろう。

「降下開始、耐衝撃体勢を推奨――ランディングと告げます」

オレ達は地上の誘導員に従って着陸する。

『どこの所属であるか！』

地上にいる鼠人が聞き取りにくい声で誰何《すいか》してきた。

拡声器のようなモノは持っていないから、横にいる杖《つえ》持ちの鼠人が風魔法を使ったのだろう。

「こちらはシガ王国所属、ペンドラゴン観光省大臣の御座船であ～る」

アリサが偉そうな口調で、船外拡声器に向かって宣言する。

『大臣?!　大変だ、大変だぁあああ』

役人が驚いて飛び上がり、周囲に持っていた書類を撒《ま》き散らす。

『首長様にお伝えせねばぁああ！』

役人は転がりそうな勢いで、都市の方に駆けていく。

書類を集めた鼠人の魔法使いが入港処理を代わりにしてくれたので、オレ達は問題なく穴鼠自治領を訪問できる事になった。

なお、飛空艇の留守番はアリサの「格納庫《ガレージ》」から出した自律型ゴーレム達に任せてある。

「むぅ、瘴気《しょうき》」

飛空艇から出るなり、ミーアが鼻を摘《つ》まんで顔をしかめた。

穴鼠自治領に入った時に、全マップ探査の魔法で魔王や魔王信奉者の類《たぐ》いがいない事は確認してあるんだけど、彼女がそんな反応をするなら早めに繁魔迷宮の中もチェックしておいた方が良さそうだ。

「向こうの丘にある砦《とりで》のようなものが迷宮なのでしょうか？」

「たぶんね」

あの砦があるあたりだけ別マップになっているから、そうだと思う。

オレの魔法ラインナップを充実させてくれる巻物の産地なので、魔王復活の預言がなくとも訪問したかった場所の一つだ。

せっかくなので、魔王チェックや転生者ネズの動向を確認するついでに、面白そうな巻物も物色したいと思う。

「――なんだお前らも来たのか」

声の方を振り返ると、青い聖鎧を着た少年達がいた。

臨時空港にサガ帝国の中型飛空艇があったから、そのうちに会うとは思っていたけど、着陸早々に新勇者達に再会してしまったようだ。

「ここには何しに来たんだ？」

「私達は巻物の買い付けに来たんです」

バカ正直に魔王復活の預言の調査やネズの捜索に来たと言うのもなんなので、無難な理由を告げておく。

「勇者の皆様は――」

「ボク達は繁魔迷宮の瘴気濃度を調べに来たんだ」

「今はミカエル達が調査しているぞ」

勇者セイギと勇者ユウキが来訪の目的を教えてくれた。

そういえばリーングランデ嬢もセリビーラの迷宮や公都地下の迷宮遺跡で、瘴気濃度を調べていたっけ。

「ミカエルって天使様？」

「俺の従者の翼人だ」

アリサの問いに疑問を抱く事なく、勇者ユウキが答えた。

「えー？　そんな名前だっけ？」

勇者セイギが首を傾《かし》げる。

それが気になってマップ検索したら、サガ帝国に所属する翼人は「ミェーカ」という女性のみだった。

たぶん、勇者ユウキが外見のイメージや名前から、ミカエルというあだ名を付けたのだろう。

「皆さんは空港で待機なんですか？」

「まーね。繁魔迷宮は入り口が狭くてボク達は入れないし、何かあった時の為に待機してるんだよ」

勇者セイギが「暇だー！」と言って、雑草の生い茂る空港の地面に寝そべった。

「わーい～？」

「ポチもゴロゴロするのです！」

タマとポチが勇者セイギに釣られて地面に転がる。

天気もいいいし、昼寝も楽しそうだけど、せっかくなので観光してこよう。

まあ、その前に繁魔迷宮のチェックをしないと、だけどね。

「では、私どもはこれで――」

そう断って穴鼠自治領の街に繰り出す。


「この国は鼠人が多いのですね」

「入り口が小さい～？」

「建物はとんがり帽子みたいなのです！」

「建材は泥と干し草のようだと分析します」

獣娘達やナナが町並みの感想を口にする。

表通りの商会や幾つかの建物以外は入り口が低く、大人の人族には入れないサイズで、ポチやタマくらいの背丈でも入り口で頭をぶつけそうだ。

大陸南西に位置する鼠人の国ラティルティを思い出す。あそこもこんな感じだった。

「まずは自治領主に挨拶《あいさつ》？」

「その前に迷宮を見に行こう」

繁魔迷宮のエリア内で全マップ探査をして、迷宮内に魔王や魔王信奉集団が潜んでいないかを確認したい。

「承知いたしました」

「わ～い」

「迷宮でお肉さん達がポチを待っているのです」

獣娘達が嬉《うれ》しそうだ。

「見て」

ミーアが通りの先を指さす。

「あそこからフリマになっているみたい」

「ゴザを敷いて雑貨を売っていますね」

アリサとルルが言うように、ミーアが見つけたのはフリーマーケットのような露店通りのようだ。

「見たい」

「行こう」

「いいの？」

「迷宮はこの通りの先だし、そんなに慌てなくても大丈夫だよ」

オレの危機感知スキルに反応はないし、危険に敏感なタマも平常通りだしね。

「可愛《かわい》いがいっぱいだと告げます」

「ん、迷う」

ミーアのリクエストで異世界フリマを見物する。

穴鼠自治領の鼠人達は、小物作りが得意なようだ。シガ王国でも人気が出そうな品が多いから、お土産にも商材にも良さそうだ。

多めに買っておいて、後でエチゴヤ商会に届けてやろう。

「ご主人様、あそこの店が魔法屋だってさ」

露店で買い物を楽しんでいると、アリサが現地の人に魔法屋の場所を聞いてきた。

せっかくなので魔法屋に向かう。目的は繁魔迷宮産の多彩な巻物だ。

「ちょっと大きめね」

「大きな蟻塚だと評価します」

この街の店にしては珍しく人族サイズの入り口を潜《くぐ》って店に入る。

店長はもさもさと毛が生えた長髭《ひげ》鼠人の中年男性だ。背が低く、カウンターの内側にある脚立の上に乗って、高さを調整しているらしい。

さっそく店長に巻物の出物がないか尋ねてみたのだが――。

「――ない？」

「すまないねぇ、どこかの国のお偉いさんが買い集めているとかで、入荷してもすぐに御用商人が買っていっちまうんだよ」

買い占めだとっ！　異世界にも転売屋が――って、この場合は違うか。

「まあ、その代わり、有名工房の巻物が定期的に入荷するから、もう何日か待ってくれたら入荷する。――これが目録だよ」

そう言って、店長が棚の下から入荷予定の巻物の一覧を取り出した。

――あれ？

見覚えのあるラインナップだ。

これって、もしかして――。

「ねぇねぇ、誰《だれ》が買い占めてるか分かる？」

「ああ、大国のお偉いさんで、ぺ、ぺ、ペド、なんだっけな～」

「――ペンドラゴンでは？」

「それだ！　お客さん、知り合いかい？」

マジか。買い占めているのはオレだったらしい。

どうりで、さっきの巻物ラインナップが公都のシーメン工房の売れ筋商品と似ていたはずだ。

「御用商人というのはエチゴヤ商会ですか？」

「そうだよ。シガ王国の大商会だ」

巻物産出量の多い迷宮だと思っていたけど、それは、産出した全《すべ》てがオレの所に流れてきていたからだったようだ。

「ご迷惑をおかけしてすみません」

「迷惑？　あんたエチゴヤ商会関係の人間か？　別に迷惑なんかじゃないぞ。人気のない巻物が相場の何倍もの値段で売れるし、売れ筋の巻物を代わりに卸してくれるしで、店も客も文句なしだ」

まあ、迷惑を被っている人がいないならいいけど。

「それじゃ、属性石の出物はあるかい？」

「そっちも売り切れだ。鼬帝国の商人がやたらと買い占めているんだよ」

巻物の時とは違って、店長が迷惑そうに言う。

「大きい声じゃ言えないがな。近いうちに、鼬帝国がマキワ王国に攻め込んでくるんじゃないかって噂《うわさ》だ」

「戦争ですか……」

「まあ、まだ噂の段階だがな」

自治領の政府が食料品や塩などの必需品を買い増しているそうで、それなりに根拠はあるらしい。

「──魔法書」

ミーアが店の重たい雰囲気をマイペースに打ち砕く。

「そうだったわ。おじさん、魔法書を見せて」

「入門書はあんまりないんだが……」

「あはは、入門書はいらないわ。これでも上級魔法を使えるんだから」

「ほー、そいつあ凄《すご》いな」

「ん、優秀」

ミーアとアリサが店長に魔法書をリクエストしている。

店長はアリサ達の言葉を信じていないようで、上級の魔法書と一緒に入門書や初心者用の書籍をカウンターに並べた。

「植物魔法？」

「土魔法と水魔法の複合みたいね」

植物魔法の魔法書なんかあるのか。

「ミーアなら精霊魔法で使えるんじゃない？」

「──精霊魔法？」

アリサの言葉を店長が聞きとがめた。

「エルフ様でも使えない人がいるって秘術を子供が……。ま、まさか、エルフ様⁈」

「ん」

ミーアがこくりと頷《うなず》いて耳を見せると、店長がカウンターに頭を打ち付けて「申し訳ございませんっ！」と勢いよく謝罪する。大げさな人だ。

「許す」

ミーアが興味なさそうに謝罪を受け入れ、魔法書をオレに見せる。

「……うん、これなら、精霊魔法に移植できると思うよ」

「買う」

ミーアがこくりと頷いて即決した。

捕縛系の便利そうな魔法もあるので、ぜひとも活用してほしい。

「捕縛系が必要なのか？　それなら、こんなのもあるぞ」

「たま～？」

タマが店長の出した野球のボールくらいの玉を手に取る。

「それは捕縛玉って言ってな。繁魔迷宮に生える魔絡蔦《エンタングル・アイビー》って植物系の罠《わな》を魔法道具化《マジック・アイテム》したヤツだ。ここなら安く作れるから、街の衛兵達も装備しているぜ」

一つ試させてもらう。

「きゃぷちゃ～」

「あーれーなのです」

ポチで試したのに、タマが割り込んで一緒に捕縛玉の餌食《えじき》になった。

なんか、楽しそうだね、君達。

「マスター、私も『良いではないか良いではないか』をしてほしいと希望します」

ナナが鼻息荒くリクエストしてきたけど、これはそういうアイテムじゃないから却下しておいた。

たぶん、アリサあたりが教えたに違いない。

「二〇個ほど買っていきます」

「おう、ありがとよ。それは一ヶ月くらいで使えなくなるから注意しろよ」

内部に封じ込めた「魔絡蔦」が枯れてしまうらしい。

他《ほか》にも面白そうな小物を幾つか物色し、魔法屋を後にした。

その後、何軒かのお店を梯子《はしご》して、繁魔迷宮のある小高い丘の前まで辿《たど》り着いた。

——おっ。

丘がある場所から、繁魔迷宮のマップに切り替わるらしい。

入り口は丘の上の方にある鼠《ねずみ》兵士達が警備する石造りの建物の中にあるようだ。

「どうしたの？」

「ちょっと待ってて」

アリサにそう告げて道の端で足を止め、全マップ探査の魔法を使う。

繁魔迷宮はセリビーラの迷宮とセーリュー市にある「悪魔の迷宮」の中間みたいな迷宮だ。全体的に水平方向に広がっており、無数の細い通路が立体的に交差している。

幸いな事に、魔王や魔王信奉集団のような存在は確認できず、転生者なども見当たらない。

魔物の分布的にスタンピードが起こりそうな予兆もないようだし、危険な兆候はなさそうだ。

「大丈夫そう？」

「ああ、危なそうなヤツはいなかったよ」

「例の賢者の弟子は？」

「そっちもいなかったよ」

アリサの言うのは賢者の弟子サイエ・マード——魔王珠をパサ・イスコと共同研究していたらしい人物の事だ。迷宮研究者という事なので、ここにいるかもしれないと警戒していた。

「もうここの研究を終えて、鼬《イタチ》帝国のデジマ島にある夢幻迷宮に行ったのかもね」

距離的に考えても、その可能性が高いと思う。

アリサとそんな話をしていると——。


「あー！　こんな所にいらっしゃった！」

騒々しい鼠人が駆け寄ってきた。

鼠人の見分けは付かないけど、この服装は空港で見た役人だと思う。

「何かご用ですか？」

「首長ケムラカン様がお会いになりたいとの事で、申し訳ございませんがご足労願えないでしょうか？」

首長というのは自治領の領主の事だろう。

もともと、面会を申し込もうと思っていたから丁度いい。

「ちょっと行ってくるよ」

「ご主人様、私を護衛にお連れください」

「わたしも一緒に行くわ。交渉事はないと思うけど、ご主人様とリザさんだけだと安請け合いしちゃいそうだし」

一人で行こうと思ったんだけど、リザとアリサがそう言うので同行してもらう事にした。

残りのメンバーは迷宮を見物してくるとの事だったので、奥の方には行かないように言い含め、迷宮近くの東南アジア風のオープンカフェを待ち合わせ場所にして別れた。

「どうぞ、こちらが首長府でございます」

役人の案内で首長がいるという大きな建物にやってきた。

「なんだかタイとかの寺院みたいね」

「異国風ですが、なかなか威厳があります」

アリサとリザが建物を見上げて感想を述べる。

二人が言うように、観光資源になりそうな立派な建物だ。

ここは他の建物と違って、人族でも普通に出入りできるサイズの扉や通路だ。

お上りさんのようにきょろきょろと建物を見物しながら、役人の後に続いて首長の部屋を訪問した。

「ようこそ、シガ王国の大臣――ええっと？」

部屋の奥で金ぴかの椅子《いす》に腰掛けた肥えた鼠人が、首長のケムラカン氏らしい。

「お初にお目に掛かります。ムーノ伯爵家臣、サトゥー・ペンドラゴン子爵と申します。ご高名なケムラカン閣下にお目にかかれて光栄に存じます」

ちょっとしたリップサービスだったのだけど、彼の自尊心をくすぐれたようで、上機嫌でふんぞり返っている。

「こちらは私どもの主人からの贈り物でございます」

アリサが合図をすると、リザが抱えていた反物やシガ王国の名品をテーブルに並べた。

いつの間に準備していたのやら。

「おおっ、これは素晴らしい！　素晴らしいぞ！　余は満足じゃ」

リアルで「余は満足じゃ」を聞けるとは思わなかった。

「して、何用でこの地へ来た？」

おっとバカ殿風だった雰囲気が消え、切れ者っぽい顔つきになって尋ねてきた。

「各国の観光資源――名品や名物などの品々を始め、その地ならではの風習や名跡などを視察しております」

なんとなく間諜《かんちょう》の類《たぐ》いを疑っている風だったので、観光省大臣の仕事について分かりやすく説明して誤解を解く。

「名品や名物、という事は、貴公も迷宮で得られた産物を買い付けに来たのか？」

「はい、良い巻物や『祝福の宝珠《ギフト・オーブ》』があれば手に入れたいものです」

なので、伝手《つて》があったら便宜を図ってね、と遠回しに頼む。

「ふむふむ、良かろう――」

その甲斐《かい》あってか、首長の疑念も晴れたようだ。

「――ソベトラン、良きに計らえ」

「承知いたしました」

首長氏が命じると、侍従らしき白髭《ひげ》の鼠人が部下になにやら指示を出してくれた。

巻物は手に入らないだろうけど、使えそうな「祝福の宝珠」があったらラッキーって感じかな。

「貴公は変わっておるの」

「何か失礼がありましたでしょうか？」

「そうではない。マキワ王国の者達のように、虫喰《むしく》いと我らを見下したりせぬ。いや、内心ではしておるのかもしれんが、それを相手に悟らせない自制心がある」

「内心でもしておりません。それに虫も調理方法によっては美味ですから」

シガ王国宰相の昼食会で出た芋虫料理は、実に美味だった。

あれはもう一度食べてみたいね。

「これは驚いた。まるで本心のようではないか」

「本心ですから」

驚く首長に、ブライブロガ大芋虫の丸焼きについて語ると――。

「その料理は聞いた事があるぞ！　余の料理人にも研究させておるのだ」

繁魔迷宮に出てくる芋虫型の魔物を食材にしたいらしい。

いつも巻物を供給してもらっているお礼に、ブライブロガ大芋虫の丸焼きが手に入ったら持ってきてあげてもいいかもね。

首長の好感度もある程度上がった事だし、そろそろ突っ込んだ話をしようと思った矢先に――。

「――ご歓談中失礼いたします」

文官っぽい鼠人が入ってきて、首長に耳打ちした。

「なんだ？　もう次の予定か？」

「はい、法廷で公開裁判の予定が七件入っております」

「まったく、市井の者どもはもめ事が好きすぎる」

話の腰を折られた首長が不快そうに呟《つぶや》いた。

「子爵、悪いが楽しい料理話はここまでだ。今日の晩餐《ばんさん》に招待するゆえ、夕方にでも使者を送る」

首長がそう言って合図すると、入ってきた男達が首長の椅子の周囲に移動し、彼を持ち上げた。

いや、よく見ると、彼が座っていた椅子が輿《こし》になっているようだ。

首長との魔王復活の預言に関して探りを入れたかったのだが、こんな落ち着かない状況ではまともに取り合ってもらえないだろう。そのへんの話は晩餐の後にでもするとしよう。

首長の退出を見守り、オレ達は首長府をお暇《いとま》する。

途中で、巻物や祝福の宝珠を確認に行ってくれた侍従の部下に会えたが、残念ながらどちらも在庫がなかったとの事だ。

しばらく滞在するので、入荷したら連絡を入れてほしいとお願いしておいた。もちろん、手間を取らせる詫《わ》びに金貨を握らせておくのも忘れない。

「この後、どうするの?」

「ネズの様子を調べてみるよ」

アリサの問いにそう返す。

マップ情報によると、転生者ネズは繁魔迷宮の近くにある建物で仕事をしているようだ。ブラックな職場環境なのか、ネズの状態が「過労」になっている。

「えー、マジで？　過労で異世界に行くのが定番なのに、異世界で過労死したらどこに転生するのかしら？」

「いやいや、過労で倒れる前に手を差し伸べてやろうよ」

日本で働いていた頃《ころ》は、デスマーチの常連だったから、あまり他人事《ひとごと》に感じないんだよね。

オレはアリサとリザを連れて、ネズが働く建物へと向かった。

◆

「帰りな。うちにそんなヤツはいない」

「なんでよ！　ここに入ったのを見たって人もいるのよ！」

「うるさいガキだな。お前らに鼠人の区別がつくもんか。どうせ人違いだろ。さっさと帰れ！」

ネズを訪ねてみたのだが、出てきた人相の悪い大鼠人にけんもほろろに追い返されてしまった。

「まったく、なんだってのよ」

「何か後ろ暗い事があるかのようでしたね……」

憤慨するアリサの横で、リザが難しい顔をする。

ネズがオレを警戒して面会を断ったというなら別にいいんだけど、さっきの大鼠人が裏社会の人間っぽい暴力的な雰囲気だったのが気になる。

「ご主人様～」

迷宮見物に行ったはずの仲間達が戻ってきた。

今気付いたけど、待ち合わせに決めたカフェが目と鼻の先だ。

「迷宮はどうだった？」

「入れなかった」

「なんで？」

「繁魔迷宮は体格の小さな鼠人しか、物理的に入れないみたいです」

「ういうい～」

「ポチやタマでもしゃがまないと入れなかったのです！」

年少組やルルが口々に言う。

そういえば勇者セイギもそんな事を言っていたっけ。

「それは攻略が難しそうですね……」

「迷宮ギルドの係官から、人族には探索不可能だと言われたと報告します」

リザとナナが残念そうに言う。

「繁魔迷宮は複数の出入り口があるそうですけど、ポチちゃん達が入った出入り口が一番大きいそうなので、私達が入るのは無理みたいです」

困り顔のルルが付け加えた。

「匍匐《ほふく》前進で入れる～？」

「曲がりくねっていたら途中で詰まっちゃいそうなのです！」

まあ、詰まる詰まらない以前に、そんな不自由な状態で魔物と遭遇したら危なすぎる。

皆《みんな》を慰めて、待ち合わせ予定だったカフェで休憩する事にした。


「残念無念～？」

「ポチは活躍し損なっちゃったのです」

カフェから見える迷宮のメイン出入り口を眺めてタマとポチが愚痴る。

もっとも、そんな態度は――。

「お待たせしました。フルーツの盛り合わせです」

「ぱいなっぷ～？」

「真っ赤なバナナもあるのです！」

――給仕さんが運んできた南国フルーツの盛り合わせを見るまでだった。

高いだけあって、どれも食べ頃でとても美味《おい》しい。なんでも、繁魔迷宮の中層で採れる貴重なフルーツとの事だ。

「それで、例のあの人はどうする？」

アリサが「名前を呼んではいけないあの人」みたいな言い方で、ネズの事を尋ねてきた。

たぶん、オープンテラス前の人通りが多いから、関係者に聞かれないように用心したのだろう。

「放置するのもなんだし、ちょっと調べてみるよ」

空間魔法の「遠見《クレアボヤンス》」を発動して、ネズの様子を見てみる。

どうも、犯罪ギルドの連中に監禁されて、無理やりに働かされているようだ。マップを3D表示にして再確認してみたら、建物の地下、鼠人でも這《は》ってしか通れないような細い通路の先にいた。同じ部屋に犯罪ギルドの人間がいるので、空間魔法の「遠 耳《クレアヒアリス》」も発動して状況を把握する。

『――もう無理だ』

『まだできるだろ』

嫌がるネズを、人相の悪い鼠人が暴力で言う事を聞かせている。

『わ、分かった』

ネズの身体《からだ》を紫色の光が走る。

あの光はユニークスキルだ。

ネズが手を翳《かざ》していた土塊《つちくれ》が、戦車や飛行機などの模型に変わった。けっこう大きなサイズで、やたらとディテールが細かい。

『その調子で、明日《あした》の朝までに違う種類のを三〇個作れ。怠けるなよ』

男はそう言って、ネズの前に食べ物と革の水筒のようなものを投げ捨てて出ていった。

「もしかして状況が悪いの？」

「ああ、ユニークスキルを連発させられていて危ない」

問いかけるアリサに首肯する。

「大変じゃない！」

「全くだ」

このままだと遠からず、ユニークスキルの使いすぎでネズが魔王化してしまう。

「助けに行かなくっちゃ」

「慌てるな。まずは情報収集だ」

オレ達の魔法を駆使すれば救助できるだろうけど、ネズの方に逃げ出せない事情があるかもしれないからね。

まずは空間魔法の「遠話《テレフオン》」でネズに話しかけてみよう。

空間魔法は秘密なので、勇者ナナシの声で話しかけてみた。

『ネズさん、聞こえますか？　あなたの心の中に話しかけています』

『……だ、誰《だれ》？』

ちょっとスピリチュアルな感じになってしまったけど、ネズはキョロキョロと周囲を見回した後に、小声で返事をしてくれた。

『あなたの友人に頼まれて、あなたを救出する為《ため》に行動している者です』

『ゆ、友人？　僕に、友人なんて……も、もしかして、ケイ？　ケイが君に頼んだの⁈』

ぶっきらぼうだったネズが、急にテンション高く尋ねてきた。

そういえば彼の残した日記にも、「ケイ」という名前があった覚えがある。

『クライアントの名前を明かすわけにはいきません。その方からは「友人からの依頼」と言えば分かるはずだと聞いていています』

『やっぱり、ケイだ！　僕の事を気にしてくれていたんだ！』

詐術スキルも使っていないのに、ネズが簡単に騙《だま》されてしまった。めちゃめちゃ嬉《うれ》しそうな声で喜ばれると、少し後ろめたい。

まあ、救出したいと考えているのは本当だから、大目に見てほしい。

『明日の明け方に助けに行きます。何か気になる事はありますか?』

『……あ』

ネズが何か言おうとして口ごもった。

『どんな事でも構いませんよ?』

『あ、あいつらが、言ってたんだ』

ネズが言うには、「いざという時は迷宮に逃げ込めばいい」と見張りの男達が話していたらしい。

『——迷宮に?』

『……う、うん。そう言っていた』

マップで確認したら、ネズが監禁されている部屋の前の通路は、別マップ——繁魔迷宮の領域で途絶えている。空間魔法の「遠見」の視点を移動したら、そこに扉が設《しつら》えられて頑丈そうな閂《かんぬき》で封鎖されているのが分かった。

この繁魔迷宮には「複数の出入り口がある」って、ルルが言ってたっけ。

『情報を感謝します。それでは明け方に参りますので、なるべく休息を取るようにしてください』

オレはそう言って通信を切り、仲間達にネズとの会話や調べた情報を共有する。

「……迷宮に逃げ込まれると厄介ね」

アリサが言うように、繁魔迷宮の出入り口や通路は人族には狭すぎて、鼠人達に逃げ込まれたら追いかけるのは困難だ。

続いて、ネズを掠《さら》った連中の調査を行う。

『忌み鼠《ねずみ》はキリキリ働いているか？』

『へい、アニキ。明日の朝までに違う種類のを三〇個作れと命じておきました。こっちが完成した品です』

ネズに暴行を働いた子分が、箱入りの模型を兄貴分に見せる。

『ふん、いつも通り、精巧な作りだな……例の件は吐いたか？』

——例の件？

『それが弱気な癖して強情でして、どんだけ脅しつけても「理由なんか知らない」の一点張りでさぁ』

『イタチどもがこんな物に金貨を積む理由が分かれば、もっと儲《もう》けられるんだが……』

『痛めつけやすか？　腕と頭さえ怪我《けが》させなけりゃ、模型作りに支障はありやせん』

『それは最後の手段だ。脅してダメなら、女をあてがえ。お前が脅しつけた後に、あてがった女に親身に世話させればコロッと堕《お》ちる』

『さすがはアニキ！　次の交代で上に行ったら、適当な娼婦を見繕ってきやす』

『あからさまな娼婦は避けろ。十人並みでいいから、カタギに見える女を探せよ』

『へい！』

彼らがネズを監禁しているのは、金儲《かねもう》けの為らしい。

ネズの模型を買い付けているのは鼬人《イタチ》らしいけど、マップ検索した限りでは模型を持つ鼬人は見当たらない。

たぶん、余所《よそ》から買い付けに来るのだろう。

鼬人が模型を高値で買う理由が少し気になるけど、その追及はネズの救出後で構わないはずだ。


「あー！　いたいた！」

能天気な少年の声に振り返ると、勇者セイギと勇者ユウキの二人がいた。

「あら？　待機とか言ってなかった？」

「調査が終わったから、待機は解除されたんだよ、ガキんちょ」

勇者ユウキがアリサの頭にポンと手を乗せる。

「止《や》めなさい、髪型が崩れるでしょ」

アリサがその手をパシッと払った。

「調査結果はいかがでした？」

「シロだよ。瘴気《しょうき》濃度は閾値《しきいち》を超えてないってさ」

オレの問いに勇者セイギが答える。

「そんで、せっかくだから街の観光をしてたんだよ」

竜神殿の参道といい、彼らとは気が合いそうだ。

「お二人だけで？」

「メイコとフウの二人は先にデジマ島の夢幻迷宮に向かっちゃったんだ」

「フウは観光をしたそうだったけどな」

なんでも、勇者メイコがすぐさまデジマ島に行くと主張して、「メイコちゃん一人なんてダメだよ」と心配した勇者フウが一緒についていったそうだ。

「何か面白いものでもあった？」

「見ろ！　土産物屋で木刀を売ってたんだぜ！」

「かっけ～」

「ポチもボクトーさんが欲しいのです！」

勇者ユウキが木刀というか木剣を見せびらかす。

「そうだ。ここでも見つけたんだ」

勇者セイギが無限収納《インベントリ》から、ネズが作ったらしき工芸品を取り出した。

地下で見た戦車や飛行機などのミリタリー模型ではなく、東京タワーっぽい普通の模型だ。

「売ってるヤツがケチでさ～」

「作ったヤツがどこにいるか教えてくれなかったんだ」

「悪人ならボクのユニークスキルで見つけられるんだけど」

彼らがここに来たのはネズの居場所を見つけたからではなく、繁魔迷宮へ向かう途中で偶然通っただけのようだ。

『ご主人様、この二人に陽動役を頼めるんじゃない？』

アリサが空間魔法の「遠話」で提案してきた。

「実はその作成者なのですが……」

勇者二人にネズは監禁されていると伝えてみた。

「「救助に行こう！」」

二人が躊躇《ためら》い一つ見せずに声を揃《そろ》えた。さすがは勇者だ。

即座に乗り込もうとする勇者達に、「子供だけだと侮られるので従者達を連れてきてください」と伝えて、こちらも準備を進める。

「忍者タマに明日のミッションを伝える」

「にんにん～？」

朝一番に透明マントを着た忍者タマにアジトへ忍び込んでもらい、オレが遠話とマップ情報でネズの監禁された地下室へと誘導すると伝える。

「ポチはいらない子なのです？」

「そんな事ないよ。ポチは救出班の方だ」

「はいなのです！　ポチは救出のプロなのですよ！」

しょんぼり気味のポチも、役割を明確にしたら元気になった。

「ミーアはゲノーモスを」

「分かった」

「ナナはミーアを連れて穴を掘っても気付かれない場所へ。ナビはアリサに頼む」

「イエス・マスター」

「おっけー。ついでに『戦術輪話《タクティカル・トーク》』で皆《みんな》を繋《つな》ぐわ」

リザとルルの二人には皆の護衛を頼む。

実行場所の候補をマップでピックアップして、ミーア達に実際に行って確認してもらう。

「ペンペン！　ミカエル達を連れてきたぞ！」

そこに勇者二人が従者達を連れて戻ってきたので、作戦について説明をした。決行はネズに伝えてある通り、翌朝だ。

オレは勇者達と正面から陽動するチームに入る予定だ。

そして宿で一夜を明かし、夜明けの少し前に行動を開始する――。


「それでは作戦開始だ」

「「「応」」」「なのです！」

まずは計画通りタマを潜入させ、目標地点へと誘導し、その間にミーアが土の疑似精霊ゲノーモスの召喚を行う。

ミーアが召喚を終え、勇者達が従者達を連れて集合場所に現れたタイミングでタマから報告があった。

『到着～？』

『よし、しばらく待機だ。物陰で忍んでいてくれ』

『にんにん～』

タマが監視部屋に積み上げられた木箱の上に登って、香箱を作る猫のようなポーズで潜伏する。

追加で、犯罪ギルドの連中がネズを連れて迷宮に逃走しようとしたら阻止するように指示しておく。

『ミーア、縦穴を頼む』

『ん、ゲノーモス』

袋小路のミーアに指示を出すと、見る見るうちに彼女達の現在位置が、ネズとタマがいる地下室と同じ深さまで沈んでいく。

『そこからは横方向に静かに掘り進んでいってくれ』

『任せて』

ミーア達が横方向に移動を始めるのと時を同じくして、勇者ユウキがドンドンと犯罪ギルドの扉を叩《たた》く。

レベル五〇級の彼らが本気で叩くとドアなんて一瞬で吹き飛ぶ。

吹き飛んだ扉が建物の壁に当たって轟音《ごうおん》を上げた。

「カチコミか！」

「トカゲ野郎どもめ！　金の匂《にお》いを嗅《か》ぎつけやがったな！」

建物の中から、鼠人達が抜き身の武器をひっさげて飛び出してくる。

「悪者発見！　人相悪っ」

「ペンペン、あいつらは燃やしていいのか⁉」

勇者セイギと勇者ユウキが口々に言う。

「いえ、まずは口上といきましょう」

悪者退治じゃなくて、陽動が目的だしね。

「お前達が――あいつを監禁しているのは分かっているぞ！」

勇者セイギが一瞬口ごもった。

そういえばネズの名前を教えてなかったっけ。

「そうだ！　この犯罪者どもめ！　監禁した人を解放しろ！」

「ああん？　お前らどこの用心棒だ⁉」

ひときわ人相の悪い鼠人が勇者達を睨《にら》み付ける。

「控えなさい、この下郎ども！」

「この方達をどなたと心得る！」

先の副将軍――みたいな口調で従者達が言って、勇者達の脇《わき》を固める。

「パリオン神の招聘《しょうへい》に応《こた》え、魔王討伐の為《ため》に降臨されたサガ帝国の『勇者』様方にあらせられるぞ！」

翼人のミカエル《ミエーカ》が「神授の護符《タリスマン》」を掲げながら叫ぶ。

よく通る声だ。陽動に相応《ふさわ》しい。

「ゆ、勇者だと⁉」

「若頭！　先生を連れてきやした！」

「ふん、今日の相手は勇者の騙《かた》りか？　人数も多い、報酬は弾んでもらうぞ」

鼬人の剣客が強者の風格を見せながら出てきた。

「お！　用心棒だな！」

「待て。勇者様の聖剣は、こんなザコに振るうものではない」

聖剣を抜こうとした勇者セイギを、彼の従者である侍ルドルーが遮って前に出た。

彼なら腕も確かだし、任せておいていいだろう。

『ご主人様、もうすぐ到着するわ』

『足音いっぱい～。誰《だれ》かこっちに来る～？』

アリサとタマから報告が入った。

『やつらがこっちの狙《ねら》いに気付いたみたいだ。隠密《おんみつ》行動は終了。全速で突貫してくれ』

『ゲノーモス、全速』

『狼藉《ろうぜき》禁止～？』

ミーアの操る土精霊ゲノーモスが一気に通路を貫通させ、驚いてネズを連れ去ろうとした犯罪ギルドの構成員を、タマが阻止して叩きのめす。

『対象確保、安全圏に脱出するわ』

アリサ達を示す光点が、最初の袋小路に瞬間移動した。

『ゲノーモス、埋めて』

ミーアが後始末を指示し、袋小路の縦穴が元通りに埋め戻される。

「勇者様、要救助者は私の仲間が救出しました」

「え？　マジで？　いつの間に」

「よっしゃー！　後は悪人退治だな！」

勇者セイギと勇者ユウキが戸惑いつつも喜び、「なら、手加減は不要だな」と呟《つぶや》いて、用心棒と接戦を演じていたルドルーが、さくさくと用心棒を打ち倒す。

「行くぞ、俺様に続け！」

「ユウキ、ずるいぞ！　ボクも行く！」

「セイギ様、一人で突っ込んではいけません！」

「ユウキ様！　せめて矢避《よ》けの加護を！」

勇者ユウキと勇者セイギがルドルーを露払いに突っ込んでいき、従者達が慌てふためいて追いかけていく。

「まったく。ペンドラゴン卿《きょう》、貸し一つですよ」

「ええ、お二人の魔王討伐の際は助力させていただきます」

「その言葉お忘れなきよう。こちらは私どもに任せて、要救助者のところにどうぞお行きください」

後詰めをしている太鼓腹の従者にそう促されたので、ここの後始末は彼らに任せて皆の所に駆けつける。

「皆、怪我《けが》はないか？」

「オールオッケー！　ネズたんも含めて、誰も怪我してないわよ」

アリサの言葉に合わせて、ポチとタマが頭の上で大きく両手で○を作る。

「ケイは？　ケイはいないの？」

「ケイという方はいません」

「え？　ここにいないって事？」

ネズが戸惑いの声を上げる。

「はい、あなたを助け出す為に、あなたの勘違いをそのままにしていました」

「僕を助け出す為？」

素直に謝ったら、心底分からないという顔をされた。

「——ど、どうして」

地面に座り込んだままのネズがぽつりと呟く。

皆の視線がネズに集まった。

「どうして僕みたいなバケモノを……」

俯《うつむ》いたままネズが自虐の言葉を吐き出した。

その手が紫色の体毛を握りしめる。

「あんたと同じだから」

アリサがカツラを押し上げ、自分の紫髪を見せて言う。

「同じなもんか！」

悲痛な叫びと共に、ネズが顔を上げた。

「君は綺麗《きれい》じゃないか！　僕なんか醜いネズミのバケモノだぞ?!」

ネズが体毛を引きちぎりそうな勢いで内心を吐露する。

「僕も、『人間』に生まれ変わりたかった」

彼は鼠人として転生した事に絶望しているらしい。

「僕は前世で親を殺したから、今世は畜生道に堕《お》ちたんだ」

泣きながら絶叫する。

いや、こっちの世界はそういうシステムじゃないから。

彼の勘違いを正そうと話しかけるが、「うるさい！」とキレられて話にならない。

「六道の考え方って、仏教だっけ？」

「たぶんね」

困惑するアリサと顔を見合わせる。

濃い宗教観を持つ人を諭すのは専門外だ。

どうしたものかと思案しているオレの下に、大勢の怒号とざわめきが届いた。

「――何かしら？」

「調べて参ります」

「ポチも一緒に行くのです！」

止める間もなく、リザとポチが通りに飛び出していく。

タマは既に近くの蟻塚《ありづか》風の家のてっぺんに登って周囲を見回していた。

マップ情報によると、都市の外縁に無数の光点がある。適当にピックアップして確認したところ、全《すべ》て人族でマキワ王国所属の人達だと分かった。

「ご主人様、大変よ！　ボロボロの人達が街の入り口に殺到しているわ」

空間魔法で確認したのか、アリサが緊迫した声で言う。

何があったのか分からないけど、どうやら緊急事態が発生しているようだ。

戦争難民

〝サトゥーです。「戦争で犠牲になるのは兵士だけじゃない。戦争は大勢の人生を歪《ゆが》める害悪だ」と戦争に行った事がある曾祖父《そうそふ》がよく言っていました。やっぱり平和が一番ですよね。〟


「ご主人様、あちらです」

仲間達と一緒に街の外に向かうと、そこには薄汚れた人々が大勢座り込んでいた。

しかも、遠くの方に第二集団や第三集団も見える。何か災害が起きて、都市一つ分くらいが難民になった感じのようだ。

「人族ばかりですね」

「マキワ王国から来たのかしら？」

アリサが座り込んだ人達を見回して呟いた。

「そうみたいだね」

マップ検索で確認したから間違いない。

「疲労困憊《こんぱい》」

「そうね、ミーアちゃん。ご主人様、この人達にお水と食べ物を――」

懇願するルルに首肯する。

難民達の事情も気になるが、それよりも支援が先だ。

「アリサはリザと首長府まで行って、炊き出しの許可と水の供出を頼んできて。渋るようなら——」

「札束で叩いて協力させる感じ？」

「言い方が悪いけど、概《おおむ》ねそんな感じでいい」

アリサに金貨の袋を渡し、指示を待つ仲間達の方に顔を向ける。

「ミーアは生命の疑似精霊を召喚して怪我人の治療を」

「ん、任せて」

ミーアがこくりと頷《うなず》いて詠唱を始める。

「ポチとタマは怪我人や病人を集めて——」

「はいなのです！　ポチは人集めのプロなのですよ！」

「タマはお助け忍者さん～？」

最後まで言い終わる前に、ポチとタマが駆け出した。

「ルルはオレと炊き出しの準備。ナナは親とはぐれた迷子を集めて」

「はい、分かりました」

「イエス・マスター。幼生体の安寧は私が守ると宣言します」

ルルやナナに指示を出し、現地語で「迷子はここです」と書かれた幟《のぼり》を作ってナナに持たせる。

「ネズさんは犯罪ギルドの連中が狙っているので、オレの傍《そば》にいてください」

一応、ネズにはフード付きの外套《がいとう》は着せてあるんだけど、気候的に暑いのか、パタパタと前を広げて風を取り込むので、角度によっては紫色の体毛が見えちゃっているんだよね。

「準備、くらい、やる」

さっきまで泣き叫んでいたのに、難民達の姿を見て正気を取り戻したようだ。

たぶん、根っからの善人なんだと思う。

「では設営を手伝ってください。まだ本調子じゃないから無理はしないで。疲れたら気兼ねなく休んでくださいね」

「うん」

魔法薬で癒《い》やしたとはいえ、ネズはまだまだ過労状態が抜けきっていないからね。

ここまでだって、ナナが背負って運んだくらいだ。

「——勇者様、どうやら流民のようです」

「ルミンってなんだっけ？」

「昔のアイドルグループかなんかじゃね？」

聞き覚えのある声が人混《ひとご》みの向こうからした。

新勇者二人と従者達だ。

「勇者様」

「あ、ペンペンだ」

大きく手を振ると、勇者セイギがこちらに気付いた。

「いつの間にかいなくなってたけど、あいつは救出できたのか？」

「はい、無事に」

こちらに来る勇者ユウキに、荷物の陰に隠れたネズを視線で指し示し、救出成功の報告が遅れた事を詫《わ》びた。

ネズは勇者が自分の救出に関《かか》わっていたとルルから聞いて驚いている。

「そっか、良かった」

「今はこいつより、あっちだな」

勇者セイギがホッとし、勇者ユウキが難民の方を見る。

「ええ、今は彼らの為《ため》に、炊き出しや療養所の準備や飲料水の確保を行っているところです」

「ペンドラゴン卿、私達も手伝います」

「俺らもやるぜ」

「ボランティアなんて初めてだ」

収納鞄《アイテム・バッグ》経由で折りたたみ式の長机や天幕を幾つも出し、協力を申し出てくれた勇者ユウキの翼人従者を始めとする勇者一行とともに、炊き出しと仮設の救護センターの準備をする。

「ご主人様、許可を貰《もら》って参りました」

「飲料水は樽《たる》で運んできたわよ」

リザとアリサが荷馬車と一緒に戻ってきた。

その頃《ころ》には穴鼠《ねずみ》自治領の野次馬が集まってきたので、手伝いを募って水の入った樽を難民達の間に運び込んでもらう。もちろん、お手伝いさん達は有償で雇った。

「集めてきた～」

「怪我人や病人のヒトは、ミーアの前に集まるのですよ！」

タマとポチが要治療者を集めて戻ってきた。

彼らにも水を配り、衰弱している者には栄養補給薬を飲ませる。

「ミーア、頼む」

「ん、任せて」

ミーアがポンッと薄い胸を叩《たた》く。

「リーヴ、《生命の波動《リカバリー・ウエーブ》》」

――LWEEEBYN。

ミーアが命じると、生命の疑似精霊リーヴが、子守歌のような優しい音色を奏でた。

キラキラとした光の波動が、集めてきた怪我人達を癒やすのみならず、一〇〇〇人を超える難民達の全員を優しく撫《な》でるように包み込み、長旅で蓄積した疲労を洗い流していく。

「――ああ、神よ」

「お兄ちゃん！　お母ちゃんが目を覚ましたよ！」

「なんだかほかほかするね」

「足が、足が動くぞ」

「気持ちいい……なんだか幸せな気持ちだ。天へ召されるのかねぇ」

リーヴの波動に癒やされた難民達に明るい笑顔が戻る。

若干、危ない発言が交ざっているが、一時的な気の迷いだろうからスルーしよう。

「すっげーな。ラファエルより凄《すご》いんじゃね？」

「さすがに、ラフィーネの神聖魔法の方が凄いと思いますが、あの広範囲さは有用そうですね」

勇者ユウキが命精霊リーヴの治癒を見て驚いた。

翼人従者《ミカエル》以外にも、大天使系のあだ名を付けた従者がいるようだ。

「あれって、召喚魔法？」

「いいえ、エルフの精霊魔法です」

「え？　あの子、エルフなの？」

「耳長くないじゃん？」

勇者セイギと勇者ユウキがミーアの方を見る。

幸いな事に、ミーアには聞こえていないようだ。

「エルフの耳は長くありません。耳が長いのは長耳族《ブーチ》です」

「あー、ウィーヤリィ教官みたいな？」

「そうです。エルフと長耳族を間違うのは禁忌なのでご注意ください」

「「はーい」」

翼人従者の注意に、新勇者二人がおどけたように手を挙げて応える。

その姿が不安に思えたのか、翼人従者は「本当に注意してくださいよ？　振りじゃありませんからね」と言葉を重ねていた。


「ご主人様、スープが煮えました」

「よし、配っていこう」

ルルと一緒に、子供から順番にスープを配る。

ここまで碌《ろく》な物を食べていなかったのか、大人達が我先にと殺到した。

「落ち着け！　食料は全員に行き渡るだけ用意した！」

オレは威圧スキルと拡声スキルを意識して、殺到する人達を制する。

「並んで並んで～？」

「小さい子が先なのですよ！」

動きを止めた人達を、タマとポチが手慣れた感じで並ばせていく。

迷宮都市で何度も炊き出しをしていたから、実に手際がいい。

「マスター、老生体が接近すると告げます」

ナナの声に視線を巡らせると、難民達の間から比較的身なりの良い老人がこちらに歩いてくるのが見えた。

「なんとお礼を言って良いやら」

マキワ王国ケルダンの街の守護代理と名乗る老人が、オレ達の前で平伏している。

彼は難民達をここまで導いてきたそうで、衰弱していた難民達に食料や水を提供した事について感謝の言葉を口にする。

「マキワ王国の守護代理との事ですが、何か大きな災害でもあったのですか?」

「――戦争です。鼬《イタチ》帝国が攻め込んできたのです」

そういえば、この穴鼠自治領でも、鼬帝国がマキワ王国に攻め込んでくるんじゃないかって噂《うわさ》があったっけ。

「鼬帝国の狙《ねら》いはマキワ王国の占領ですか?」

そう守護代理に尋ねたのは、いつの間にか近くに来ていた翼人従者だ。

「最終的な目的はそうでしょう」

「他《ほか》に狙いがある、と?」

「それが何か断言する事はできませんが、戦争の初期段階から鼬帝国から遠いケルダンの街にまで兵を出した理由が気になります」

「……確かに。普通なら王都を真っ先に攻め落とすはず」

翼人従者と守護代理が難しい顔で話す。

「隣国からの援軍を警戒したのでは?」

「ペンドラゴン卿《きょう》、その可能性は低い」

「そうなのですか?」

「はい、私達マキワ王国とスィルガ王国は大きな戦争をするほど憎み合っているわけではありませんが、たびたび小競り合いをする程度には険悪です」

オレの素朴な疑問を、翼人従者が否定し、守護代理がその理由を説明してくれた。

「今回の件をスィルガ王国が知ったなら、この穴鼠自治領の権益を得る為に軍を進める事はあっても、マキワ王国を救援するような事はありません」

「そうなの？　マキワ王国が鼬帝国に占領されちゃったら、次は穴鼠自治領やスィルガ王国が狙われるんじゃない？」

「その可能性は高いですが、おそらく鼬帝国にスィルガ王国の王都を落とす事はできません」

「どうして？」

「――竜ですよ、アリサ」

アリサの疑問に答えたのは守護代理ではなくリザだった。

「王都を攻め落とす前に、竜達の遊び相手になって撤退するのが落ちでしょうね」

翼人従者がそう言った後、「少し話が横に逸《そ》れましたね」と言って会話を軌道修正する。

「鼬帝国の目的が援軍の阻止ではないのなら、考えられるのはマキワ王国から要人が逃げ出さないように包囲する事かもしれません。守護代理、鼬帝国が狙いそうな人物や物品に心当たりはありませんか？」

「……ありますね。幾つか考えられますが、戦争をしてまで手に入れたい品となれば限られます」

守護代理が少し考えてから口を開いた。

「王国を包囲してまで手に入れたい品となると、四大貴族の持つ四本の宝杖《ほうじょう》でしょう。国王陛下や王都を守る天護光蓋《てんごこうがい》や覇護巨人も重要ですが、そちらが目的なら王都を急襲するはずです」

「なるほど、マキワ王国の四宝杖ですか。それを手に入れれば、『神の浮島』ララキエを現代に蘇《よみがえ》らせると伝わる秘宝《アーティファクト》ですね。ならば、鼬帝国の最終目的は――」

――ララキエ。

鼬帝国はラクエン島で穏やかな日々を手に入れた「ララキエ最後の女王」レイとその妹ユーネイアに手を出そうというのか。

「――ご主人様！」

アリサに腕を引っ張られて我に返った。

知らず知らずのうちに殺気を放っていたのか、周りの人達が青い顔でこっちを見ている。

「ごめん、レイやユーネイアを連想して、つい」

「そうだろうと思ったわ。あそこはエルフ達の結界があるし、緊急報知システムもあるんだから大丈夫よ」

アリサがそう言ってオレを宥《なだ》める。

オレは深呼吸して心を落ち着け、魔法欄から精神魔法の「平静空間《カーム・フィールド》」を発動して周囲の人達の恐怖心を癒やす。

「ペンペン怖ぇ～」

「おとなしい人がキレると怖いって本当だね」

勇者二人が震える声で軽口を交わす。怯《おび》えさせてすまない。

「二人とも、その発言は失礼ですよ」

翼人従者が咳払《せきばら》いしてから、そう窘《たしな》め、腰を抜かした守護代理に手を差し伸べる。

「鼬帝国の狙いは概《おおむ》ね想像が付きました」

翼人従者がそんな風に切り出し、守護代理に次の話を振った。

「それで、マキワ王国は鼬帝国に敗北したのですか？」

「分かりません。最東端のダザレス侯爵領に帝国軍が攻め入ったと早馬が来た翌日には、私どもの暮らしていた西端の街にも帝国軍の魔物使い部隊が襲ってきたのです」

守護代理と翼人従者の会話を聞きながら、脳内にマキワ王国の地図を思い浮かべる。

東端に攻め込まれた数日後に西端まで攻め落とされるなんて、マキワ王国の現状はかなりヤバイのでは？

「私どもの力が足りず、常備軍だけでは籠城《ろうじょう》もできずに攻め落とされ、無辜《むこ》の民が鼬帝国の操る魔物に虐殺され、運良く生き残った者も戦争奴隷に……」

凄惨《せいさん》な戦いを思い出したのか、守護代理が血涙でも流しそうな顔で唇を噛《か》み締めた。

上司のシガ王国宰相にも禁止されているし、戦場で軍隊同士が殺し合うのに割り込む気はないけど、一般人が巻き込まれて犠牲になっているなら話は別だ。

それに戦争を放置して鼬帝国が四宝杖を手に入れたら、ラクエン島のレイとユーネイアまで危険に晒《さら》される恐れがある。

こっちを見ていたアリサと頷《うなず》き合う。

そんな時、炊き出しのスープを受け取っていた一人が、何かに驚いたように飛び出してきた。

「――ネズ殿！」

ボロボロの神官服を着た老女がネズを見て叫んだ。

「……え、誰《だれ》？」

「私です。使徒様と一緒にいた神官でございます」

――使徒？

そういえば彼女はザイクーオン神殿の神官服を着ている。

ネズもザイクーオン神の使徒と知り合いだったらしい。

「ケイは？　一緒じゃないの？」

ネズがキョロキョロと周囲を見回しながら、老女神官に早口で尋ねた。

日記に書かれていたケイというのは、使徒の名前だったらしい。あの無愛想な使徒にしては可愛《かわい》らしい名前だ。

「使徒様は私達信者を逃がす為《ため》に一人奮戦なさって、最後は力尽きてイタチどもに掠《さら》われてしまわれました」

――え？　マジで？

老女神官の言葉に驚きを隠せない。

あの酷薄な感じの使徒が、ザイクーオン神の信徒を助ける為とはいえ、普通の軍隊に捕らわれるものだろうか？

普通に敵軍を纏《まと》めて塩に変えちゃいそうな気がする。

「ケイが?!　助けに行かなくっちゃ」

ネズの体毛の上を暗紫色の光が流れ、身体《からだ》のあちこちから黒い瘴気《しょうき》が溢《あふ》れる。

――マズい。

地下で酷使されたせいで、魔王化寸前だ。

「待て、ネズさん！」

オレの制止の声も聞こえていないようで、ネズがあっという間にＳＦっぽい戦闘機に変形して飛び立った。

噴射の勢いで、炊き出しの机や救護センターの天幕が吹き飛ばされる。

「無茶しやがるな」

強風にマントをはためかせながら、勇者ユウキが口の中に入った土を吐き出す。

「あいつ、戦場に行ったのかな？」

勇者セイギが飛び去るネズを目で追う。

「そのようです」

「俺達も行こうぜ！」

「ああ、戦争なんて止めなきゃ！」

勇者達がそう言って、飛空艇の方へ駆け出した。

従者達が慌ててそれを追いかける。

「れっつら～」

「ごーなのです！」

「待ちなさい、二人とも」

タマとポチが釣られて飛び出そうとするが、リザが素早く二人の襟首を掴《つか》んで制止した。

「ご主人様、どうする？　わたし達もマキワ王国に急行する？」

アリサや他の仲間達が一斉にオレを見る。

飛び出していったネズや若い勇者達も心配だが、それ以上に戦争被害者を減らしたい。

「初動は勇者達に任せて、オレ達は彼らの後方支援をするぞ」

守護代理に炊き出しメンバーを集めてもらい、ミーアの命精霊リーヴを必要とする患者達以外は自治領の神官や薬師《くすし》や治癒魔法使い達に任す。後者はボランティアではなく、オレが金に物を言わせて動員した。

それらの作業は仲間達に任せ、オレは難民を運ぶ足――大型飛空艇を用意する為に、クロとしてエチゴヤ商会に遠話《テレフォン》をする。

『ティファリーザ、エチゴヤ商会のドックに入っている大型飛空艇の艤装《ぎそう》は、いつくらいに終わりそうだ？』

『三番艦が五日後、四番艦が一〇日後です』

唐突な呼び出しなのに、ティファリーザの返答に驚きや淀《よど》みはない。

『クロ様がお望みならば、工期を早める事も可能です』

さらに、オレの意図を汲《く》んでそんな提案までしてくれた。

『どのくらいまで早められそうだ』

『最速をお望みならば、エルテリーナ支配人に任せればよろしいかと。彼女なら三番艦が明後日《あさって》、四番艦も三日後には、王都を出発可能にしてくれるはずです』

『分かった、支配人にそう伝えてくれ』

『――僭越《せんえつ》ながら、クロ様が直接ご命令なさった方が良い結果が得られると思われます。耳元で囁《ささや》くように「君だけが頼りなんだ」と言って差し上げれば、確実に先ほどの納期が実現できるでしょう』

ティファリーザが冗談を言うなんて珍しい。

オレは通話を切り替え、支配人に出港の前倒しを頼む。

『頼んだよ、エルテリーナ。君だけが頼りなんだ――』

『――お任せください！』

そして最後に、そんなティファリーザの冗談を伝えようとしたのだが、途中で喰《く》い気味の支配人のセリフが遮った。

『明日《あした》と言わず、今日中に両艦とも出港させてみせます。残りの艤装作業は飛行中に行わせれば良いのです』

――おお、効果は抜群だ。

『戦場に乗り込んで難民達を確保する。その為に必要な人員を、乗組員に加えておいてくれ』

『承知いたしました。準備が完了したら、順次発進させます』

よし、これで難民輸送艦の調達はバッチリだ。

とはいえ、難民を輸送する足は今すぐ欲しいので、今回はボルエナンの森で秘密裏に建造していた大型飛空艇を使う予定だ。

どこか安全な場所までのピストン輸送を行い、そこからの輸送にはエチゴヤ商会で調達した大型飛空艇を使おう。

まあ、勝手に使うのは悪いので、続けてシガ王国の王都にいるヒカルへ遠話を繋《つな》いで、現状を伝えた上で国王の許可を取ってくれるように頼んでおいた。


「ご主人様、首長さんが来たわ」

輿《こし》に乗った首長がこちらにやってきた。視察だろうか？

「守護代理殿は首長殿と面識がありますか？」

「面識はありますが、交流はほとんどありません」

なんでも、この都市がマキワ王国に編入された時に、形ばかりの交流会が開かれて事務的な挨拶《あいさつ》を交わしただけらしい。

「マキワ王国の代表者はいるか⁉」

「いるならば出頭せよ。首長様がお呼びだ！」

鼠人の兵士達がこちらにやってきて叫ぶ。

守護代理が名乗り出たので、オレも一緒についていく。

「その方の顔は見覚えがある。マキワ王国の役人だな？」

首長は輿に乗ったままこちらを睥睨《へいげい》する。

「ケルダンの街の守護代理で――」

「名乗りはいらぬ。そなたらにとって我らは、迷宮という穴蔵から資源を回収する鉱山奴隷のようなものであろうからな」

「――いえ、そのような事は」

守護代理は否定したが、彼に付き従う部下達は苦々しげな顔を背けた。

彼らの様子を見る限り、マキワ王国の人達の認識は、本当に首長が言ったような感じなのかもしれない。

「マキワ王国は鼬《イタチ》帝国に敗れたのだな」

「いえ、まだ王都は無事なはずでございます。あの地には天空人の残した『天護光蓋』があるのですから！」

首長の冷たい言葉に、守護代理が推測を口にして抗弁する。

天護光蓋といえば、南洋の魔導王国ララギで見たのを思い出す。あの時は、巨大なクラーケンの攻撃から都を守っていた。

あれと同じモノがマキワ王国の王都にあるのなら、守護の言う言葉も根拠がないとは断じられない。

「それにマキワ王国には『火を司《つかさど》る紅蓮《ぐれんじょう》杖を持つ、東のダザレス侯爵』『地を司る轟震《ごうしん》杖を持つ、北のジザロス伯爵』『水を司る波濤《はとう》杖を持つ、西のミザラス伯爵』『風を司る颶風《ぐふう》杖を持つ、南のムザリス伯爵』がいる！　イタチどもの奇襲で後れは取ったが、まだまだ負けぬ！」

守護代理の従者らしき男が、舌鋒《ぜっぽう》鋭く叫んだが首長はうるさそうに手を振って黙らせる。

「ならば、ここではなく、王都や四大貴族のいる領都へと向かうがいい」

「そ、それは……」

守護代理や従者が口ごもる。

「首長様、彼らはともかく、危地を逃れてきた民にはご慈悲を」

「ペンドラゴン子爵か。同族を救いたいなら、貴公のシガ王国で保護すれば良いのではないか？」

——同族？

そういえばマキワ王国の難民は人族ばかりだ。

「首長がそうお望みであれば、そういたしましょう。ですが、シガ王国は遠方です。輸送手段を確保するまで、この地で難民の一時受け入れをお願いしたい」

「良かろう。一人金貨一枚で受け入れよう」

交渉スキルの助けを借りて一時保護を訴えたら、首長がニヤリと笑ってふっかけてきた。

「そ、そんな！」

「それは暴利だ！」

守護代理や従者が抗議したが、首長は彼らを無視する。

「どうする？」

「受け――」

「首長様、発言をお許しください」

オレの言葉をアリサが遮った。

「ペンドラゴン子爵の連れか。よかろう、聞いてやる」

「ありがとうございます。条件の確認ですが、一人金貨一枚で受け入れくださるとの事ですが、期間は輸送手段を確保できるまで、と考えてよろしいのでしょうか？」

「ふむ、無限に引き延ばされても困るのう。最長で三ヶ月だ。それまでに手配できぬのなら、この地から追い出す」

「承知いたしました。二つ目の確認ですが、三ヶ月間の間の彼らの安全と水や食事の確保はしていただけるのですね？」

「ふむふむ、人族の小娘に見えたが、その実は長命種であったか」

首長が誤解してる。まあ、アリサは転生者だから、見た目通りの精神年齢じゃないけどさ。

「水と飢えぬ程度の食事は与えてやろう。兵士を巡回させてやるが、難民同士のいざこざまでは関知せぬ」

食料はオレの方で少し足しておいてやるか。

大人はともかく、子供が飢えるのはかわいそうだからね。

「また、我らの兵力を超える敵軍が現れた場合も関知せぬ。物見は出してあるゆえ、その場合は早々に逃げ出すがいい」

まあ、それはしかたないよね。

難民達の為《ため》に、犠牲になってくれとは言えない。

「害獣や魔物が出ても意図的に見なかった事にしたりは――」

「小娘、我ら誇り高き穴鼠人族を愚弄《ぐろう》するか？」

「――失礼いたしました。そのような悪意はございません」

アリサが続けて幾つかの質問を重ね、最後にオレを見た。

「ご主人様、他《ほか》に確認漏れはありませんか？」

「ないよ。ありがとう、アリサ」

オレはアリサに頷《うなず》き返して、格納鞄《ガレージ・バッグ》から人数分の金貨が入った袋を取り出して、首長の部下に渡す。ぴったりだとアレなので、少し多めに入れてある。

「即金とはな。最初から貴公の筋書き通りか？」

「とんでもございません。このような事態になるのが分かっていたなら、ここではなくマキワ王国のダザレス侯爵領に赴いていたでしょう」

そして、軍事侵攻なんてできないように、国境に深い谷を刻んでやったのに。

「貴公は敵に回したくないな」

ぜひ、そうしてください。繁魔迷宮はオレ好みの巻物をたくさん産出してくれるから、穴鼠《ねずみ》自治領の人とは仲良くしておきたいしね。

「ペンドラゴン子爵、どうしてそこまで……」

「ちょっとしたお節介ですよ」

守護代理が震える声で尋ねてきたので、そう返事しておいた。

彼の従者達が「何を企《たくら》んでいるんだ」とか「マキワ王国をシガ王国の属国にする気か」とか見当違いな事を囁き合っていたが、守護代理に叱責《しっせき》されて黙った。

「ご主人様、書類を」

アリサが書写板でささっと纏《まと》めた契約書を渡してくれた。今日のアリサは有能な秘書みたいだね。

最後に、オレと首長が契約書にサインして、難民保護のとりまとめが終わった。

「首長様、難民達の救助や偵察に、繁魔迷宮の探索者達を雇っても構いませんか？」

「それは禁ずる。何人か雇って偵察には出しておるが、それは我が自治領を守る為。それに大金を積もうと、我らを蔑《さげす》むマキワ王国の民の為に命を賭《か》ける鼠人はおらん」

人種差別のツケってやつか。

今後の為にも、マキワ王国の人達にはぜひ意識改革をしてほしいところだね。

「余は首長府に戻る。しばらくは相手をしてやれぬゆえ、訪問するなら戦が終わってからにせよ」

都市へと戻る首長を見送り、オレ達も次の行動に移る。

「では守護代理殿には、難民達の事をお任せします」

「ペンドラゴン子爵は、どちらに？」

「シガ王国に戻って、援軍と難民支援の要請を訴えて参ります」

「子爵から受けた恩は、必ず陛下に奏上して、この命に懸けて相応《ふさわ》しき対価を――」

「守護代理殿、そういった話は全《すべ》てが終わってからにしましょう」

今は時間が惜しい。オレ達は別れの挨拶もそこそこに小型飛空艇に乗り込み、穴鼠自治領を出発した。

◆

「ナナ、あの草原に降りてくれ」

「イエス・マスター」

スィルガ王国の国境近くで小型飛空艇を着陸させる。

「あら？　シガ王国に戻るんじゃなかったの？」

「そっちの用事は遠話で終わらせているよ。皆《みんな》は黄金鎧《よろい》に着替えて、勇者の従者として周辺国に難民の受け入れを打診してきてほしい」

いくら強くても、人間同士の紛争地に多感な年頃《としごろ》の子達を連れていきたくない。

できればオレも行きたくないけど、無辜《むこ》の人々が理不尽な目に遭わされるのを知っていて放置するのも寝覚めが悪いし、仲間達も負い目に感じそうだ。

なら、嫌でもオレが一人で行って解決してくるのがベスト――とは言えないけど、少なくともべターだと思う。

「ご主人様は？」

「オレは勇者ナナシとしてマキワ王国に向かう」

帰還転移《リターン》用の刻印板を設置してないけど、隣国だし閃駆《せんく》で行けばすぐだ。

「ご主人様、一人でなんてダメよ」

「ん、ダメ」

アリサとミーアに即行でダメ出しされた。

「そうです。私かこの二人を護衛にお連れください」

「マスターは私が守ると宣言します」

ポチとタマを抱えて主張するリザと一緒に、ナナも詰め寄ってきた。

「分かって、皆を戦場に連れていきたくないんだよ」

「にゅ～？」

「ポチ達の心はジョジョセンジョーなのですよ？」

タマとポチが首を傾《かし》げる。

「今回の相手は魔物じゃない。人間なんだ」

「イエス・マスター。盗賊や海賊と同じだと告げます」

「ナナの言う通りです。少し数が多いだけで、やる事は変わりません」

ナナとリザはいつもの事だと言う。

「そーいう事よ、ご主人様。それに、ご主人様の身体《からだ》は無敵でも、メンタルは普通というか、こっちの標準に比べたら、かなりナイーブな感性をしているから、一人で背負わせたくないの」

ナナにリフトアップしてもらったアリサが、オレの頭を優しく胸に抱き寄せる。

「ご主人様、私達はいつも一緒です」

反対側からルルが抱きしめてくれた。

子供達に心配させるなんて、保護者失格だね。

「ナナ、私も」

「タマもやる～」

「ポチだってやりたいのです」

二人の腕から抜け出して、身をかがめて年少組を軽く抱きしめてやる。

「分かった。一緒に行こう」

殺し合いに行くのではなく、奴隷狩りから戦争難民達を救出する為に。

「「「応！」」」

仲間達が声を揃《そろ》え、オレも立ち上がる。

「救援に行くのはいいとしてさ、実際のところシガ王国の勇者として戦争に介入していいの？」

「クボォーク王国の時も参加していませんでしたか？」

アリサの問いにリザが疑問を呈す。

「あれは虐げられていた人達を解放するって名目があったじゃない」

「今回も侵略戦争を止めるという名目があると主張します」

「戦争、ダメ」

ナナが主張し、ミーアが顔の前でバッテンを作った。

「なら、勇者ナナシではなく、謎《なぞ》の獣人パーティーで乱入しよう」

オレ達が介入したのが原因で、シガ王国と鼬帝国の関係が険悪になっても困る。

「謎の獣人パーティー？　幻影《イリユージョン》の魔法？」

「別の方法だ。幻影だと戦闘中に剥《は》がれちゃうからね」

エルフの里で手に入れた包帯オリハルコンが大量にあるので、オレの偽装スキルや工作系のスキルを活用すれば、黄金鎧を特殊メイクばりに装飾する事が可能だ。

「マキワ王国には恩を売れないかもしれないけど、あの国の獣人への偏見が減るかもしれないわね」

うん、それも狙《ねら》いの一つだ。

「とりま、わたしは黄金鎧を着てスィルガ王国に行ってくるわ。悪いけど、リザさんも一緒に来てもらっていい？」

「スィルガ王国に、ですか？」

「うん、ご主人様が最初に言ってたでしょ？　『勇者の従者として周辺国に難民の受け入れを打診してきてほしい』って。まだ有効よね？」

「ああ、頼む」

マキワ王国の難民が辿《たど》り着くのは、狭い穴鼠自治領よりも、広く国境線を接するスィルガ王国の方だろう。

「行く？」

「うーん、ミーアはご主人様の方に付いていてあげて。スィルガ王国への移動は長距離転移と飛翔《ひしょう》木馬を使うわ。帰りは飛空艇の転移ポイントに戻ってくるから、空けておいてね」

「必ず、スィルガ王国に難民の受け入れを了承させてみせます」

黄金鎧に着替えたアリサとリザが、転移でスィルガ王国へと向かう。

「皆、手伝って。オレ達も準備をしよう」

オレはなるはやで仲間達の特殊メイクと飛空艇の偽装を行った。

最初こそ手間取ったけど、包帯オリハルコンは便利だ。飛空艇の方も、強化外装の試作ユニットを装着する事でお手軽な偽装をしておいた。シルエットが変われば誤魔化せるだろう。

偽装が終わった頃、アリサから遠話が届いた。

『ご主人様、ようやく交渉が終わったわ』

『ご苦労様、結果はどうだった？』

オレはジェスチャーで皆に飛空艇に乗り込むように指示する。

『国境の砦《とりで》でマキワ王国の難民達を一時保護するのは承諾させたわよ。最初は渋っていたけど、上級の体力回復薬五本と金貨の山を見せて、ようやく納得してくれたわ。三ヶ月を超えるようならシガ王国から大型飛空艇を派遣して難民を引き受けるって条件は付けられたけどね』

面会はすぐできたようだけど、交渉が難航したらしい。

『スィルガ王国とマキワ王国の仲はかなり険悪ね。マキワ王国の人達はスィルガ王国の人を「文化の遅れた蛙喰《かえるく》い」って罵倒《ばとう》していたらしいし、スィルガ王国の人達もマキワ王国の人を「血吸いの蛮人」って呼んでたみたい』

観光省の資料によると、マキワ王国の名物はブラッドソーセージらしいから、血吸いうんぬんはそれを揶揄《やゆ》したものだろう。

『そろそろ転移で戻――』

会話が途中で途切れた。

『――ご主人様、リザさんがちょっと寄り道したいって言ってるんだけど、いい？』

リザが寄り道なんて珍しい。

『構わないよ。それが終わったら戻っておいで』

この状況で彼女がそんな事を言い出すのなら、間違いなく必要な事だろう。

『あはは、さすがはご主人様。リザさんへの信頼が厚いわね』

『リザだけじゃなく、アリサ達も信頼しているよ』

『ありがと。じゃ、また後で』

少し照れた声のアリサの声がして通信が切れた。

「マスター、発進シークエンスが完了。いつでも発進可能だと告げます」

「よし、発進を許可する」

偽装を終えた飛空艇がマキワ王国に向けて飛び立った。

◆

穴鼠《ねずみ》自治領からマキワ王国へと向かう途中、難民らしき小集団を何度も見かけた。

国境まであと少しというところで——。

「——戦闘？」

難民達に傭兵《ようへい》らしき集団が追いすがって、見るに堪えない狼藉《ろうぜき》を働いている。

オレは甲板に駆け上がり、魔法欄から対人制圧用の「誘導気絶弾《リモート・スタン》」を選択すると、視界にＡＲ表示されるターゲットマークが、次々と傭兵達をロックオンしていく。

地上の傭兵達がオレに気付いたが、もう遅い。

誘導気絶弾一セット一二〇発の対人スタン弾の雨を、三セットほど降らせてタフな隊長クラスも余さず打ち倒した。

「出番なし〜？」

「しおしおなのです」

「ごめんごめん」

緊急事態だったから許してほしい。

「——ご主人様！」

ルルが震える手でオレの手を引っ張る。

「げっ」

傭兵が打ち倒されたのを見て、狼藉を働かれていた難民達が傭兵に逆襲し出した。

命の軽い世界だけあって、立場が逆転した瞬間、彼らが落とした武器を拾い上げて傭兵達を血祭りに上げ始める。

「あわわわ」

殴る蹴《け》る程度の報復なら見逃すけど、惨殺行為の片棒を担ぐ気はない。

「大変なのです」

ポチとタマがルルに抱きつく。

地上の暴力的な雰囲気が苦手みたいだ。

「サトゥー」

ミーアがオレの手を握って見上げてくる。

「ご主人様、どうすれば……」

「止めてくる」

オレは飛空艇から飛び出し、彼らの上空で火球《ファイア・ボール》を派手に爆発させる。

「戦闘行為を禁止する！」

オレは拡声スキルと威圧スキルを意識して、暴徒と化した難民達に言葉を叩《たた》き付ける。

なおも殺戮《さつりく》行為を続ける難民達は「理力の手《マジック・ハンド》」で掴《つか》んで投げ飛ばした。

「蜥蜴人《とかげ》？　蛙喰いどもがなんで空から？」

「邪魔するな！　そいつらは俺達の家族を殺したんだ！」

「どけ！　蛙喰い！」

蜥蜴人の偽装をした状態で降りたら、罵声《ばせい》を浴びせられた。

「助けた相手を罵倒するのがマキワ王国の流儀か？」

威圧スキルを意識して言ったら、マキワ王国の血の気の多い人達が黙り込んだ。

こういう時はクロの口調が一番だ。

「シュタッ」

「シュタタッ、なのです」

鼠人の偽装をしたタマとポチが降りてきた。

「――達も頑張るのです」

「おういえすぅ～」

黄金鎧《よろい》の身バレ防止機能がポチの一人称をカットする。

二人とも兜《かぶと》と偽装で顔は見えないけど、頑張って応援に来てくれたようだ。

「今度は穴蔵の虫喰いども？」

「なんだ？　イタチどもだけじゃなく、蛙喰いと虫喰いまで攻めてきたのか？」

二人を見た難民達が勘違いを口にする。

というか、未《いま》だに蔑称《べっしょう》で呼び続けるとは、差別意識というのはなかなか根深いようだ。

そんな事より――。

「二人とも、傭兵達を一箇所に集めてくれ」

「あいあいさ～」

「らじゃなのです」

タマとポチがポポポイと傭兵達を投げ飛ばしていく。

二人の常識外の力を見た難民達が呆気《あっけ》に取られている。

「聞け！」

オレは拡声スキルを意識して難民達の注目を集める。

「この傭兵達は戦争奴隷として、鉱山や迷宮に送る。もし、こいつらに復讐《ふくしゅう》したいというのなら、戦争終結後に買い取りに来い」

ポチとタマが一箇所に集め終わった傭兵達がいる場所を、土魔法の「落とし穴《ピット》」で地下五〇メートルくらいの穴にして、物理的に逃げ出せないようにする。

穴の底に石を投げ込むヤツらが出たので、「理力の手」で投げ飛ばして止《や》めさせる。

「あいつらは息子の敵なんだ！」

「俺の母ちゃんもあいつらに殺された！」

「止めておけ――」

怒りに燃えた人達の頭を貫きかけたクロスボウの短矢を手で掴む。これは穴の底から傭兵達が放った短矢だ。

難民達の復讐したい気持ちは分かるけど、今みたいに武装解除は完璧《かんぺき》じゃないから危ないんだよね。

尻餅《しりもち》をつく人達を穴の傍《そば》から離れさせ、怪我《けが》をしている難民達を水魔法で治癒してやる。

「お前達は穴鼠自治領かスィルガ王国の国境砦を目指すがいい。そこならば水や食料の供給を受けられる。お節介なヤツらに感謝するがいい」

難民達に避難先を伝え、仲間達に馬の回収を指示する。

「馬、捕まえてきた～？」

「ポチからは逃げられないのですよ！」

――LYURYU。

――フォン。

タマ、ポチ、幼竜リュリュ、ミーアの召喚した小シルフ達が、傭兵達の乗っていた馬を集めて戻ってきた。今日のリュリュは鼠人コスのポチに合わせて、鱗を濃い鼠色に染めている。

ルルとナナは飛空艇から周囲の警戒だ。

「この馬と馬車はお前達にくれてやる。老人や子供や妊婦を優先的に乗せろ」

ストレージにストックしてあった荷車や馬車を取り出して馬と繋《つな》ぐ。

これらの馬車は身バレの可能性のないヤツを選んである。

「ご主人様、遠方に土煙です！」

飛空艇のルルから報告が来た。

「どうやら追っ手のようだ。我らがなんとかするから、さっさと逃げろ」

オレはそう言って難民達を出発させる。

戦える者は傭兵達に殺されたようだし、丸腰で行かせて盗賊や不埒《ふらち》者に襲われてもかわいそうだ。

魔法欄から「石製構造物《ストーン・オブジェクト》」と「地従者作製《クリエート・アース・サーバント》」の魔法を選択して、ケンタウロス型のゴーレムを一〇体作製した。

「ケンタウロス・ゴーレムは難民達を守護せよ」

――MVA。

体高三メートル級の中型ゴーレムだが、一騎当千のレベル四〇級だ。

聖剣バッテリーから魔力を補充し、ケンタウロス型のゴーレムを一〇〇体ほど量産して追っ手に差し向ける。

「オレ達も行こう」

「あいあいさ～」

「キーンなのです！」

ポチが両手を翼のように広げてダッシュをする。

たぶん、アリサが昔の漫画のネタを何か吹き込んだのだろう。

――フォン。

小シルフの一体がオレ達に併走する。

『サトゥー』

『ご主人様、接近する集団は従魔に騎乗した鼬人《イタチ》の兵士達のようです』

小シルフからミーアとルルの声が聞こえた。

どうやら、小シルフを伝声管代わりに使っているようだ。

「分かった。従魔は狙撃《そげき》して良い。兵士はなるべく殺さないように」

『任せて』

『はい！　――狙《ねら》い、撃ちます！』

飛空艇から狙撃銃を構えたルルの攻撃が、遥《はる》か遠方の影を撃ち落とす。

おっと、いつの間にかマキワ王国の国境を越えたようだ。オレは素早く「全マップ探査」の魔法を使って相手の情報を得る。

接近するのは、鼬帝国の第九魔獣戦団所属の一部隊らしい。噴進狸《ロケット・ラクーン》や鉄鋼蝗《アイアン・ホッパー》という魔物をテイムして騎乗している。噴進狸が突撃戦車、鉄鋼蝗が短距離飛行可能な騎馬といった感じのようだ。

それが接敵も許されず、ルルの狙撃銃の餌食《えじき》になって転がっていく。

狙撃前に転倒したヤツは、小シルフの音波攻撃で三半規管を揺らされて昏倒《こんとう》したに違いない。

『バカな……我ら魔獣戦団が一方的にやられる、だと?!』

指揮官らしき鼬人が、地面に這《は》いつくばりながら鼬人族語で呟《つぶや》いた。

落馬しても元気そうなヤツらが多いので、誘導気絶弾の雨を降らせて動けなくした後、さっきの傭兵達と同じように、一箇所に纏《まと》めて脱出不能な落とし穴の底に沈めておく。

「お肉さんの頭に飾りが付いているのです」

「ネジ～？」

従魔にはメロンほどもある巨大なネジが埋め込まれていた。

そういえばシガ王国の国王や宰相から、鼬帝国の従魔軍団は「ネジ」と通称される魔法道具《マジック・アイテム》で魔物をテイムしているって聞いた覚えがある。

再利用されたら面倒なので、死骸《しがい》からネジを全《すべ》て回収しておく。


「よし、次に行こう」

今いるのはマキワ王国の西を占めるミザラス伯爵領で、一つの都市と二つの街、そして無数の小村からなる。広さ的にはセーリュー伯爵領の半分ほどだ。ほとんどの村と街は壊滅しており、抵抗を続けているのは領都のミザラス市だけらしい。

奴隷狩りに捕まった人達は、壊滅した街に集められていたので、順番に巡って解放した。

そして領都のミザラス市では――。

「包囲」

「ずいぶん疎《まば》らですね？」

都市を二〇〇〇ほどの鼬帝国軍が包囲していた。

さきほどの噴進狸が一〇体、鉄鋼蝗が五〇体、シガ王国の王都で鼬商会が使っていた有人ゴーレムが五〇体、残りは虎人や獅子《しし》人といった体格の良い兵士達だ。

「範囲攻撃を警戒しているんだろう。ほら、見てごらん」

既に一撃喰《く》らったのか、都市の西側の畑が深く抉《えぐ》られて水浸しになり、そこに兵士達の死骸やゴーレムらしき残骸《ざんがい》が幾つも転がっている。

ゴウンッと音がして鼬帝国の陣地から砲弾が放たれ、市壁の表面に浮かぶ障壁に命中して砕ける。

「たいほ～？」

「前に見た事があるのです！」

ゴーレム達が四体一組で、前にムーノ市防衛戦で見た「岩射筒《ロック・シューター》」という魔物を大砲代わりに使っているようだ。

「障壁」

「あまり長く持ちそうにないな」

市壁の上には都市核《シティ・コア》由来の防御障壁があるが、それもボロボロで今にも崩れそうだ。

「マスター、都市側の攻撃は届いていないと告げます」

市壁塔には投石機《カタパルト》や大型弩《バリスタ》や魔力砲などが設置してあるが、どれも岩射筒ほどの射程距離はない。

これだけ攻め手が分散していたら、都市から騎馬隊が出撃して各個撃破しそうなものだけど、そういった兵種は初期のうちに全滅してしまったようで、都市の外に遺体や馬の死骸が転がっている。

「オレとルルが従魔を殲滅《せんめつ》するから、ポチとタマは有人ゴーレム部隊の所に斬《き》り込んで、ゴーレムを行動不能にしてきてくれ」

「私は？」

「ミーアはイフリートの召喚を頼む」

「イフリート？」

「できる？」

「ん」

ガルーダやベヒモスに並ぶ、炎の疑似精霊イフリートは威圧感が最強なので、鼬帝国軍を領外へ追い払うのに使いたいのだ。

「ナナ、飛空艇で鼬帝国軍の陣地を周回してくれ、対空砲に注意するんだよ」

「イエス・マスター。オーダーを受領したと報告します」

飛空艇が機首を巡らせ、陣地の一つに向かう。

「第一戦闘速度に移行。アフターバーナー、オンと告げます」

ナナの言葉と同時に、蹴《け》りつけられたような急激な加速が身体《からだ》を襲う。

「らりほ～」

「はらひらへれ～なのです」

甲板の手すりに掴《つか》まったタマとポチが、楽しそうに急加速で浮かんだ足を宙に彷徨《さまよ》わせている。

ミーアとルルの二人はオレが「理力の手」で支えてやる。

「地上から砲撃と警告します」

陣地から無数の氷弾や火弾が飛んでくる。

それらは全て飛空艇の障壁が受け流し、あるいは相殺した。

「たーげっと、みっけ～」

「ドッカン、なのです！」

効果音なのか「吶喊《とっかん》」なのか迷う言葉を残してポチとタマが飛空艇から飛び降りてゴーレム達の陣地に向かう。

「乱れ、撃ちます」

地上の鉄鋼蝗が羽を広げて陣地から飛び上がってきたのをルルと一緒に撃ち落とす。

ルルは連射タイプの輝炎銃、オレは誘導矢《リモート・アロー》と誘導気絶弾の合わせ技だ。

「避《よ》けられました――次は逃がしません」

瞬動並みの加速でルルの砲弾を回避した噴進狸を、換装した狙撃銃で追い撃ちして撃破する。

「魔刃旋風《ヴァンキッシュ・スライサー》、なのです！」

「魔刃影牙《ボーパル・シャドウバイター》～？」

ポチとタマが無慈悲な斬撃《ざんげき》でゴーレム達や岩射筒をバラバラにする。

ゴーレム頭部の操縦席に乗っていた鼬人達が、悲鳴を上げて逃げ出すのが見えた。

ぐるりと一周して全ての陣地を蹂躙《じゅうりん》し、最後にミーアが召喚したイフリートが、逃げ遅れた鼬帝国軍兵士を焦がしながら追い立てて終了だ。

彼らが逃げる方向に巻き添えになりそうな人がいないのは確認してある。

高度を下げてポチとタマを回収し、都市の周囲をゆっくりと一周して、彼らを助けたのが鼠人や蜥蜴《とかげ》人の集団だと見せつけてから都市を離れた。

これで、少しでもマキワ王国の亜人差別が減ったらいいんだけど。

◆

「――見つけた」

ミザラス伯爵領を抜け、マキワ王国の王領へと入り、全マップ探査の魔法でようやく転生者ネズや新勇者達を見つけた。

だが、使徒を示すUNKNOWNな存在はいない。

使徒は異空間的な場所に退避して探知不能になるので、探すのが大変なんだよね。

ネズもまた使徒を見つけられていないようで、王都の周辺を右往左往しているようだ。

攻め込んできた鼬帝国軍は王都の北西に位置し、総勢一万もの兵力を草原に展開している。

従魔軍団を前面の左右に配置しているが、なぜかここには有人ゴーレム部隊や傭兵《ようへい》部隊は来ていない。

王国直轄領の三つの街は壊滅し、捕虜となった人達は幾つもの集団に分けられて、領外へと移動させられている。

そのうち一つはこの近くだ。

新勇者二人は飛空艇に乗って、マキワ王国の近傍にいる。既に王都前の草原で戦闘が始まっているようだけど、停戦交渉は決裂してしまったんだろうか?

『――ご主人様、今いい？』

次の行動を選ぼうとしていると、アリサから遠話が入った。

『リザさんがやったわ。とびっきりの増援と余計なオマケを二、連れて合流する。驚くわよ～』

アリサが興奮した声で捲《まく》し立てる。

増援？　それを詳しく聞こうと思ったのだが――。

「マスター、もうすぐ捕虜の上空に達すると報告します」

「遠くにお城が見えるのです！」

ナナとポチが報告してくれた。

ここからだと王都が見えるようだ。

「ご主人様、地上の様子が変です」

「えまーじぇんしー？」

「大変なのです！　一人を大勢で虐《いじ》めているのです！」

何か緊急事態らしいので、続きはそちらが片付いてから聞こう。

『アリサ、すまん、何か急ぎみたいだ』

『おっけー、こっちはサプライズした方が面白そうだから、合流を楽しみにしてて』

通信を切り、地上を確認すると一人が囮《おとり》になって、捕虜達を逃がそうとしているようだ。

地上の声を聞き耳スキルが拾ってくる。

「囲め！　絶対に逃がすなよ！」

「殺すな！　ロープを上手《うま》く使え！」

「団長！　他《ほか》の捕虜が逃げ出したぞ！」

「後回しだ！　こいつの方が高値で売れる！」

傭兵達が怒鳴り合いながら、フード付きの外套《がいとう》を着た捕虜の一人を包囲する。

オレはポチとタマを連れて、飛空艇から飛び降りた。落下しながら、包囲の外側にいる傭兵達に対人制圧用の「誘導気絶弾」を放つ。これだけ乱戦状態だと、誘導式の魔法でも件《くだん》の捕虜に誤爆しそうだったので、その可能性のない外側のヤツらだけをターゲットに選んだ。

件の捕虜が腕を翻すと、外套の下にザイクーオン神の神官服が見えた。

「罪人どもめ、ザイクーオン神の天罰を畏《おそ》れよ！」

「やべぇ、盾を構えろ！」

件の捕虜が少女の声で叫ぶと、追跡する傭兵達が足を止めて盾を構えた。

ばふんと音がして白い靄《もや》が広がり、傭兵達の装備が白く染まる。

「使徒めっ、厄介な！」

傭兵の盾がボロボロと崩れる。

——使徒？

さっきの白いヤツは使徒の権能だったらしい。

「ちゃくち～」

「らんでぃんぐなのです」

丘の手前に着地して使徒の姿が視界から消えた。

使徒に気を取られていたせいか、ロックオンだけして誘導気絶弾を放つのを忘れていた。

「行くよ」

ポチとタマを連れて丘の向こうへ飛び出す。

傭兵達が視界に入るのと同時に、誘導気絶弾を発射して彼らを打ち倒す。

「なんだお前達は！」

「悪党《あくとー》に名乗る名前はないのです！」

「にんにん～」

ポチとタマが使徒に向けて弓を構えていた傭兵達を打ち倒す。

「使徒を押さえ込め！」

他の傭兵が邪魔で倒しきれなかったやつらが、使徒を組み伏せようとのしかかる。

「離れろぉおおおお！」

白い靄が広がり、傭兵達の装備を全て塩に変えた。

勢い余って、傭兵の手足まで塩に変わって、次々に倒れていっている。死んではいないようなので、戦争後に気が向いたら治療してやろう。

白い靄の向こうから小柄な人影が出てきた。

「――けほっ、けほっ」

あの使徒にしては可愛《かわい》い咳《せき》だ。

「使徒殿、お久しぶりです」

塩化した使徒のフードが崩れて中から現れたのは、そばかすが似合う少女の顔だった。

「――誰《だれ》？」

いや、本当に誰だ。

「君こそ誰さ。鼠人はともかく、蜥蜴人の知り合いなんていないけど？」

「オレはゆ――ウーティス。戦争を止めに来たお節介な蜥蜴人さ」

勇者ナナシと名乗りかけ、すぐに蜥蜴人の変装をしている事を思い出して言い直した。

ウーティスというのはギリシャ神話か何かに出てくる「誰でもない」という意味の有名な偽名だ。

「君は？」

「私はケイ。私の事を使徒って呼ぶ人もいるけど、私はただのザイクーオン神の神官見習いよ！」

そう名乗った彼女のフードが完全に塩になって崩れ、レモンイエローのカツラが脱げて、紫色の髪が露《あら》わになった。

なるほど、彼女がネズの言っていた「ケイ」か。ＡＲ表示される情報によると、彼女は「無限塩製《ソルト・メーカー》」というユニークスキルを持っている。

彼女もまた、ネズと同じ転生者のようだ。

「――あっ」

露わになったのは彼女の髪だけではなかった。

オレの目の前に、服が砕けた彼女の裸身が晒《さら》される。

「へっ？」

傭兵達の装備を塩に変えた時に加減をミスったのか、相手の傭兵だけでなく、彼女の着ていた衣服まで全《すべ》て塩に変わって崩れてしまったらしい。

「見ないでよ、このすけべ」

「不可抗力だ。この外套を着ろ」

オレはストレージから出した外套や衣服を、顔を真っ赤に染めたケイの頭に被《かぶ》せて身体を隠してやる。

彼女は意外とうっかりさんのようだ。

「しゅ～りょ～」

「悪の栄えた例《ため》しはないのです！」

タマとポチが傭兵の残党を打ち倒し、ロープでくるくると拘束していく。

傭兵達は後で落とし穴を作って、そっちに収監しておこう。

「君はネズさんを知っているかい？」

「うん、知っているけど？　ネズさんがどうかしたの？」

ケイが素早く衣服を着込みながら答える。

「君が掠《さら》われたと知って、飛び出していったんだよ」

「ええっ！　大変じゃない！　捜しに行かなくっちゃ！」

どうやらケイもネズの事を大事に思っているようだ。

『ネズさん、聞こえるか?』

空間魔法の「遠話」でネズに話しかけてみたが、何度コールしても応答がない。

試しに『ケイを発見した』と報告したら、即反応で『どこ?!』と返ってきたので、おおよその場所を伝えて、目印の狼煙《のろし》を上げておく。

「ねぇ、ネズさんの行方に心当たりはないの?」

「心配ない。ネズさんに連絡がついた。しばらくここで待てば、彼が迎えに来る」

まだ魔王化していないし、大丈夫だろう。

「そっか、良かった〜」

安堵《あんど》して地べたに座り込むケイを横目に、オレ達は傭兵達を深い穴の底に閉じ込める。

ケイと一緒にいた難民達の避難用に、背中が荷台になった亀型ゴーレムを何体か作った。護衛用にケンタウロス型のゴーレムも一〇体ほど作っておこう。

「にゅ!」

タマが高速で王都の方を振り向いた。

それと同時に、真っ赤な炎が王都上空を染める。

「——何だ?」

「えまじぇんし〜?」

「緊急が急ぎで大変なのです!」

慌てるポチを落ち着かせ、ケイ達に鼬《イタチ》帝国軍がいない安全な場所を教えて、避難を勧める。

ネズにも狼煙からの方角を伝えておこう。

「あなた達は？」

亀型ゴーレムに乗り込むケイが振り向いて尋ねた。

「戦争を止めてくる」

「待って！　私も行く！」

「危ないから、ネズさんと一緒にいて」

一緒に来ようとするケイを押しとどめ、オレ達は戦場へと向かった。

戦地にて

〝「戦争はいけない事だ」と小さい頃《ころ》から学校で教えられてきたし、「ダメな事」なんだろうなって漠然と思ってきた。でも、実際にこの目で見た「戦争」は想像の何倍も酷《ひど》いものだった。こんなのはもう二度とやっちゃダメだ。心からそう思う。

――勇者セイギ〟

時を少し遡《さかのぼ》り、サトゥー達が戦地を訪れる前日。

マキワ王国の王城では――。

「東のダザレス侯爵領と北のジザロス伯爵領に同時に襲いかかってきたと思ったら、今度は西のミザラス伯爵領だと?!」

「やつらは兵法を知らぬのか? 兵力を分散してあちこちで戦を仕掛けるなど、素人の思いつきで行動しているようではないか……」

謁見の間で、軍務大臣を始めとする高官や高位貴族達が、自国に攻め込んできた鼬帝国の軍勢について喧喧囂囂《けんけんごうごう》に言葉を交わしている。

「強大な海軍を持つ鼬帝国が、なぜ港を持つ南のムザリス伯爵領を襲わぬのか……不思議な事もあったものですなぁ」

「そう言う財務大臣の持つ鉱山も鼬帝国に襲われていないそうではないか」

財務大臣がムザリス伯爵領出身の高官に嫌みを言い、高官がそれに嫌みを返す。

「なんだと？　わしが鼬帝国に与《くみ》しているとでも言いたいのか？」

「それは私のセリフです。忠義に篤《あつ》いムザリス閣下を貶《おとし》める発言は容赦できません」

「よりにもよって領主が領地を離れている時を狙《ねら》って侵攻してくるなど、獅子《しし》身中の虫がいるに違いない」

そんな会話がそこかしこで交わされる。

「諍《いさか》いは止《や》めよ、団結せねばならぬ国難のさなかに身内同士で啀《いが》み合っていかがする」

「「「陛下！」」」

別室で打ち合わせをしていた国王が謁見の間に入室してきた。

白い髭《ひげ》の国王に続いて、初老男性のジザロス伯爵、初老女性のミザラス伯爵、中年男性のムザリス伯爵、少女といってもいい年齢のダザレス侯爵代理が続く。

ダザレス侯爵のみ代理なのは、ダザレス侯爵がシガ王国のオーユゴック公爵領にあるプタの街で中級魔族との激戦の末に命を落として以来、侯爵家内で跡継ぎ争いが激化している為《ため》だ。

ここにサトゥーがいれば、「ダザレス侯爵？　ああ、公都横の黒街で白虎姫を殺そうとしていた放火魔貴族か。最後は魔王信奉者に騙《だま》されて魔族になったんだっけ？」という回想をしただろうが、生き延びた侯爵の家臣が隠蔽《いんぺい》した為に、その事実は国許《くにもと》には伝わっていない。

「四つの領都は健在だ。西のミザラス伯爵領は全ての街や村々が襲われているが、東のダザレス侯爵領と北のジザロス伯爵領は進軍経路の村々が襲われているだけで、それ以外の街や村に被害はない」

「なぜ、鼬帝国から一番遠いミザラス領だけが？」

「おそらくは、隣国に救援を求めさせぬ為だろう。我が領の哨戒艇《しょうかい》が海上を封鎖する鼬帝国の戦列砲艦を確認している」

大臣の一人の問いに、港を持つ南のムザリス伯爵が答える。

「伝令！」

駆け込んできた伝令兵が、国王に緊急事態を告げる。

「王領の北端に鼬帝国軍を発見！　魔獣部隊を擁する数千から一万に及ぶ軍勢です」

「バカな、速い、速すぎる」

「このような速さで進軍できるものか！　まるで疾風のごとき用兵ではないか！」

将軍や軍務大臣が驚きの声を上げる。

軍隊の進軍速度は遅い。騎馬隊や軽歩兵ならともかく、攻城戦の装備や輜重隊《しちょう》まで込みの侵略軍なら、どんなに訓練を積んでいても、もっと時間が掛かるはずだ。

「ゴーレム部隊はおらんのか？」

「未《いま》だ発見できておりません」

「足の遅いゴーレム部隊は、北のジザロス伯爵領の押さえに残したか」

「足が遅いとはいえ、重歩兵や輜重隊ほどではあるまい？」

「別働隊か？」

「将軍、物見部隊は――」

「既に街道沿いだけでなく、行軍できそうな間道も全て派遣しております」

軍務大臣の言葉に、抜かりないと将軍が答える。

「それにしても、これほどの大軍勢とは……鼬帝国の目的は、本当に我が国の占領だけが目的なのでしょうか？」

魔導大臣が難しい顔で発言する。

「天空人の残した『天護光蓋《てんごこうがい》』が狙いであろう。以前も、『天護光蓋を皇帝に献上せよ』などと厚顔無恥な要求をしておったではないか」

「陛下にまでそのような要求を……。一年以上前だが、我が家の轟震杖《ごうしんじょう》も同じような要求を受けた」

「我が家の波濤《はとう》杖もだ。もっとも骸骨王《がいこつおう》に破壊されて残っておらんがな……」

四領主の家に伝わる神代の秘宝《アーティファクト》は行方不明の紅蓮杖《ぐれんじょう》を除いて、「神の浮島」ララキエの復活を目論《もくろ》む骸骨王に破壊され、秘宝の核をなす属性結晶を奪われた。

国防を担う三秘宝が破壊された事は、当然のように箝口令《かんこうれい》が敷かれたが、何者かによって市井の民草にまで広められてしまった。おそらくは鼬帝国の間者達の仕業だろうというのが、マキワ王国諜報部《ちょうほうぶ》の見解だ。

「秘宝による補助がなくとも、王城前に座する『覇護巨人』の前では、従魔と獣人の軍勢など烏合《うごう》の衆も同然だ」

大臣の一人が、王都の最後の守りをなす巨像を挙げて虚勢を張る。

「ジザロス伯、轟震杖の助けなしで覇護巨人が動かせるのか？」

「この老骨の命を代償に、動かしてみせましょう。何、心配召さるな。『地を司る《つかさど》』とまで讃《たた》えられたジザロスの名にかけて、王の期待に応《こた》えてみせましょう」

「ならば、私もミザラスの名に懸けて、水龍《すいりゅう》を呼び出してみせましょう。魔導大臣、宮廷魔導師団の半分はお借りします。よろしいですわね？」

王の問いに、ジザロス伯爵が請け合ってみせれば、ミザラス伯爵もまた秘術を使ってみせると張り合う。

「勇ましいのはお二人に任せて、私は前線と王城の間の通信を担いましょう」

「うむ、頼んだぞ、ムザリス伯」

「お任せください。颶風《ぐふう》杖がなくとも、その程度の役割は果たしてみせましょう」

その程度と謙遜《けんそん》しているが、普通ならば数十人単位で分業するような偉業だ。

「え、えっと、私は、その――」

「シェルミナ嬢、――いや、ダザレス侯爵代理。貴公は最後の守りだ。ここで私や大臣達を守れ」

「は、はい。承知いたし、ました」

王の慈悲に、ダザレス侯爵代理が唇を噛《か》み締める。

火魔法には守りの術はない。火を司るダザレス侯爵家の者に、最終防衛線で自分や大臣を守れというのは、未熟な彼女を体よく後方に下げる詭弁《きべん》だ。

年若いダザレス侯爵代理――シェルミナ嬢も、その事に気付いていたが、家の体面を考えてくれた王に抗弁する事はなく、おとなしく王の傍《そば》に控えた。

（ここに叔父上が――ドォト・ダザレス侯爵がいてくれれば……）

シェルミナ嬢は遠い異国の地で散った偉大なる叔父に、内心で恨み言を呟《つぶや》いた。

翌朝、早くも鼬帝国の軍勢が王都前に広がる平原に現れた。

「ついに来たか……」

「大型の従魔や飛空艇を兵員輸送に使うとはな」

「あれが、疾風のような用兵の秘密か」

「それにしても奇妙な飛空艇ですな？」

斥候部隊より届いた、鼬帝国の異常な行軍速度の理由を、遠見筒《とおみづつ》で実際に目にした将軍や大臣達が口々に語る。

「二つの飛空艇を上下に繋《つな》げたようというか、魚の浮き袋のような物を載せているようにも見える」

飛空艇のフォルムは国によって大きく異なるが、共通しているのは空力機関によって浮かぶという事だ。

もし、その飛空艇を現代知識がある者が見たならば、「――飛行船？」と首を傾《かし》げた事だろう。

「魔力砲あるいは巨砲の類《たぐ》いは確認できません」

「鼬帝国の宮廷魔導師部隊や聖堂騎士団も行軍していない模様です」

斥候達から追加情報が入る。

「……解せんな」

「鼬帝国は本気で『天護光蓋』に守られた我が国を落とせると思っているのでしょうか？」

天空人の残した「天護光蓋」の守りは絶大ゆえ、その力を知る者は、鼬帝国の陣容を訝《いぶか》しんだ。

「鼬帝国とて愚かではあるまい。何か隠し球があるのであろう。油断せず、何か不審な動きがあれば警戒せよ」

敵を侮る気配を感じた国王が家臣達に釘《くぎ》を刺した。

「相手は一代で周辺諸国を侵略して、大陸有数の帝国を築き上げた者達だ。油断していい相手ではない」

国王の言葉に家臣達が気を引き締める。

「西より、中型の飛空艇が接近！」

「鼬帝国か⁉」

「いいえ！　あれはサガ帝国の飛空艇です！」

予想外の報告に、国王や家臣達が虚を衝《つ》かれた。

「勇者旗が揚がっています。あれは勇者様です！　勇者様が救援に駆けつけてくれました！」

◆

「おお！　すげー！」

「映画みたいだ」

マキワ王国の王都前に布陣する鼬《イタチ》帝国軍を見て、年若い勇者達が目を輝かせた。

勇者達を乗せた中型飛空艇は、鼬帝国軍から距離を取りつつマキワ王国の王都へと向かう。

「飛空艇もいるじゃん」

「変な形だな——って、飛空艇じゃなくて、飛行船じゃね？」

勇者達が鼬帝国軍の後方に浮かぶ飛行船を見て言葉を交わす。

「あー、言われてみればそうだな」

「こっちにもあるんだな」

「勇者ユウキ、飛行船とはなんですか？」

「水素で浮かぶ飛空艇みたいな乗り物だ」

「違うって、水素じゃなくてヘリウム。要は空気よりも軽い気体で浮かべている飛空艇みたいなもんだよ」

翼人従者の疑問に、勇者達が答える。

「それにしても、あれだけいると俺のユニークスキルでも、一撃で蹴《け》散《ち》らせないな」

勇者ユウキが飛行船の話題に飽きたのか、物騒な事を言い出した。

「二発か三発撃てば、逃げ出すんじゃないの？」

「二発も三発も撃てるか！　一発撃ったら魔力がすっからかんだよ」

勇者達が気軽に言う。

彼らは、勇者ユウキのユニークスキルが鼬帝国軍に炸裂《さくれつ》すれば、多くの命を奪う事になる事を本当の意味では理解していない。

まだ、ゲームの主人公の気分が抜けていないようだ。

「勇者様、ご冗談はそのくらいに」

「冗談？　俺は冗談なんて言ってないぞ？」

勇者ユウキは従者の諫言《かんげん》した意味が分からずに首を傾げる。

「座学の内容を聞き流していましたね？　勇者は国家間の戦争に関与できません」

「えー、なんでさ？　侵略してきた悪者を退治したらダメなのか？」

「勇者の力は絶大です。特に勇者ユウキのユニークスキルと火魔法は、軍隊相手に絶大な威力を発揮するでしょう」

「だよなー」

自分の力を褒められた勇者ユウキが、まんざらでもない顔でソファーにふんぞり返る。

「ですが、それ故に、戦争に関与してはいけないのです」

「なんでさ？」

「戦争に利用されるからですよ」

「あー！　そうか」

一緒に話を聞いていた勇者セイギが、ソファーから身を起こした。

「誘い受けして敵軍を引き込んでから、『勇者様、タスケテー』ってされたら困るのか」

「言い方は悪いですが、勇者セイギの言う通りです。相手国を挑発して攻め込ませ、相手の軍勢を誘い出した上で勇者に助けを求めて壊滅させ、相手国に逆侵攻をかけて侵略してしまったという事件が過去にあったのです」

「ふーん？　でも、今回のはそうじゃないんだろ？」

勇者ユウキの顔には「難しい話は嫌いだ」と書かれてある。

「それでも、です。それに、次は鼬帝国のデジマ島の迷宮を調査しなければいけません。ここで鼬帝国と矛を交えては、調査ができなくなってしまいます」

「なんでさ？　魔王の調査ができなくて困るのは、鼬帝国じゃないのか？」

「それはその通りですが、それ以上に困るのは我々です。後手に回ったら、魔王が迷宮で育ってしまいます」

翼人従者が噛んで含めるように説明する。

「そうなった魔王を倒すのは一筋縄ではいきません。いいえ、歯に衣《きぬ》を着せずに申し上げますと、そのような魔王を倒すのは不可能です」

「ミェーカ、不可能は言い過ぎだ。初代勇者様や勇者王ヤマトを始め、何人かの大勇者はそれを果たしているぞ」

「それは一部の例外です。命を落とした勇者様がどれだけいるか、あなたも知っているはずですよ」

割って入った他《ほか》の従者の言葉を、翼人従者は舌鋒《ぜっぽう》鋭く切って捨てた。

「私はあなた達をそんな目に遭わせたくないのです。分かってくれますね」

「ユウキ、魔王までレベリングするRPGなら、早めに倒すのはセオリーだよ」

「まあ、それはそうだけどさ。だからって、侵略戦争してくる悪者を見逃すなんて、正義の味方らしくないだろ？」

「それはそう。ミカエルさん、何かいい方法ないの？」

「もちろん、あります」

「あるのかよ！」

「もったいぶらずに言ってよー」

勇者達がソファーで脱力する。

「でなければ、こんな所までやってきませんよ。戦争に参加する事はできませんが、勇者には国家間の戦争を調停する権利があります」

厳密には、近隣で魔王の存在が確認され、戦争による瘴気《しょうき》が魔王の成長を促進する場合に限られるのだが、今の世の中では有名無実なので翼人従者はその事を口にしなかった。

「必ず停戦させる事ができるわけではありませんが、両者を話し合いのテーブルに着かせる事はできますよ」

「よっしゃー！　それじゃ気合いを入れていくぜ！」

勇者ユウキが拳《こぶし》を打ち合わせて気合いを入れる。

「勇者様の出番はまだですよ。まずは私が鼬帝国軍の陣営に使者に立ちます。マキワ王国側の使者は勇者セイギの従者からお願いしたいのですが――」

「私が行くよ。マキワ王国には知り合いもいる」

「ワトソンが行くなら、ボクも行く！　こっちは危険がないんだろ？」

太鼓腹の従者がお洒落《しゃれ》な髭《ひげ》を指で撫《な》でながら名乗り出た。

勇者セイギにワトソンと呼ばれているが、彼の名はワァトソーだ。勇者セイギが言うには、偉大な探偵の相棒はワトソンと決まっているらしい。

「その代わり、礼儀が必要になりますよ。堅苦しい交渉の場に行きたいと言うなら止めませんが」

「やっぱり、止《や》めた。ここで待っているよ」

太鼓腹の従者は柔和な笑顔で「それがいいです」と告げて、飛行甲板から小型飛翔艇《ひしょうてい》で発進する。

鎧《よろい》を装備した翼人従者は勇者旗を抱えて自前の翼で飛び立った。

◆

「あ！　ミカエルが戻ってきたぞ」

中型飛空艇の甲板で、従者達の帰りを待っていた勇者ユウキが声を上げる。

既に翼人従者が出発してから一刻が過ぎていた。

「後ろから来るのが、鼬帝国の代表かな?」

「あれか?　ダチョウみたいなのに乗っているぞ」

空を飛ぶ翼人従者の背後からは、走鳥に乗った騎鳥の一団がやってくる。

「おい、セイギ、あれ!」

「飛行船二隻がこっちに来るね。もしかして、交渉に失敗したのかな?」

「何か聞こえないか?」

「音楽?　クラシックかな?　ユウキ知ってる?」

「知らん、俺に聞くな」

クラシックの素養のない二人には、その曲の名前までは分からないようだ。

「なんか、進軍曲みたいじゃね?」

「もしかして交渉が決裂したのかな?」

そこに翼人従者が帰還した。

「どうだった?」

「交渉は成功です。前線司令官という将軍がこちらに来ます」

「ミカエルさん、あの飛行船は何?」

「あの騒々しい飛空艇については何も。非武装の輸送艦だとしか聞いてません」

そんな会話をしている間に、飛行船は二手に分かれ、王都と一定の距離を取って低空を飛行する。

「下に吊《つ》り下げているのって、スピーカーかな？」

「見た目はそんな感じだな」

暢気《のんき》な二人を尻目《しりめ》に、翼人従者が地上にいる鼬帝国の代表達を問い質《ただ》しに向かう。

「俺らも行こうぜ。ガブリエル、飛空艇を降ろせ」

「私はガビーリエです。半分しか合ってませんよ」

操縦室に飛び込んだ勇者ユウキが、兎耳族《うさぎ》の従者に命じる。

「ミーカさんからは上空待機を厳命されているんですけど？」

「いいから降ろせ」

渋る兎耳従者に「勇者の命令が聞けないのか！」とパワハラ寸前の発言で無理やりに飛空艇を降下させる。

「着陸はしませんよ。途中からは縄梯子《なわばしご》で降りてください」

「それで十分だ」

地上まで五メートル近かったが、勇者ユウキはレベル五〇超えのステータスを存分に発揮して余裕で飛び降りる。

「えー、マジかよ」

釣られて飛び降りようとした勇者セイギだったが、彼は勇者ユウキほど思い切りが良くないのか、おっかなびっくりで縄梯子を伝って地上に降りる。

「ミカエル！　何か分かったか？」

「ユウキ！　どうして降りてきたんですか！」

勇者ユウキは翼人従者の叱責《しっせき》を「悪い」の一言で終わらせ、先ほどの質問を繰り返す。

「それが……」

『あれは一時停戦を指示する鼬帝国伝統の音楽であーる』

言い淀《よど》む翼人従者の言葉を、鼬帝国の武官が上書きする。

武官は鼬人族語《イタチ》で喋《しゃべ》っていたが、勇者二人はパリオン神から与えられた「言語理解《パーフェクト・ランゲージ》」で問題なく理解できた。

「一時停戦を指示する音楽？　あれが？」

「むしろ進軍曲だよね」

勇者達が顔を見合わせる。

『それよりも、マキワ王国の使者はまだで――来たようであるな』

武官の視線の先で、王都の門が開いて騎士に護衛された馬車がこちらにやってくる。

鼬帝国の飛行船は王都の外を遊弋《ゆうよく》し、反対側へと消えていく。

やがて馬車が到着し、太鼓腹従者ワァトソーとマキワ王国の軍務大臣が姿を現した。

『遅かったであるな』

『蛮族どもと違って、天空人の末裔《まつえい》たる我らマキワ王国には格式というものがある』

横柄な態度の武官に、軍務大臣も相手を見下した態度を取る。

それぞれ自国の言葉での会話だったが、翻訳者に頼るまでもなく相手の雰囲気でおおよその内容を悟っていた。

「なんか険悪じゃね？」

「戦争するくらいだし、あんなもんだろ」

勇者セイギの言葉に、勇者ユウキが肩をすくめる。

「それでは勇者ユウキ様の従者ミェーカが、勇者様に代わって停戦調停の進行を務めさせていただきます」

『鼬《イタチ》帝国軍を我が国の領土から即時撤退させろ、話はそこからだ』

『この状況を見ても分からないようであるな。お前達にできるのは無条件降伏だけであるぞ』

翼人従者の宣言直後に、両者が真っ向から相手を否定する要求を突きつけた。

「ワトソン、なんか調停とか無理っぽくない？」

「調停の始まりはあんな感じですよ。あそこから両者が妥協点を探るのです」

勇者セイギが太鼓腹従者に尋ねた。

勇者ユウキは難しい話が嫌いなのか、視線を周囲に彷徨《さまよ》わせる。その視界に王都を一周して戻ってきた飛行船が映った。

「なーんだ、本当に音楽を流して終わりか？」

「変形して大砲でも出てくるのかと思ったけど、何もないね」

勇者ユウキと勇者セイギが自軍の方に戻る飛行船を眺める。

「――落ち着いてください。双方譲れぬ点があるのは理解いたしますが、そこまで平行線だといつまで経《た》っても停戦合意などできませんよ」

『交戦前に合意などできるはずもない。我らに妥協を求めたくば、力を示すのであーる』

『何を偉そうに！　貴様らごとき蛮族など鎧袖一触《がいしゅういっしょく》で蹴散《けち》らしてくれる』

『威勢のいい事であるな。四大貴族の秘宝を骸骨王に奪われた斜陽の国に何ができるのか、見極めてやるのであーる』

『四宝杖《ほうじょう》だけがマキワ王国の力ではないぞ！　覇護巨人の鉄槌《てっつい》に潰《つぶ》されて後悔するがいい！』

『ほうほう、轟震杖《ごうしん》なしで覇護巨人を動かすのであるか。何人の魔法使いが犠牲になるのか哀れであるな』

「お待ちなさい。国の代表なら短慮を――」

『話し合いは終わりであーる。覇護巨人を案山子《かかし》にして、天護光蓋の陰に篭《こ》もっているのがお似合いである』

『蛮族の分際で、天空人の末裔たる我らマキワ王国を愚弄《ぐろう》するか！　一騎当千と謳《うた》われたマキワ王国魔法騎士団の力を見せつけてくれるわ！』

『それは楽しみであーる。我が魔獣兵団に抗《あらが》えるか楽しみであるぞ』

翼人従者がなんとか話し合いのテーブルに戻そうとするが、双方ともに一歩も引かず交渉は早々に決裂した。

「えー、ちょっと待ってよ、停戦は？」

「決裂したみたいだな」

勇者セイギが戸惑い、勇者ユウキが憤慨する。

「——解せませんね」

「何が？」

太鼓腹従者の呟《つぶや》きを勇者セイギが拾う。

「鼬帝国の使者は始めから交渉する気がなかったようなのです」

わざとマキワ王国の使者を煽《あお》って決裂させたようだったと太鼓腹従者が補足する。

「時間稼ぎがしたかったとか？」

「私もそう思ったのですが、鼬帝国の布陣は終わっています。ここで時間を稼いでも、マキワ王国に対策をする時間を与えるだけのはずなのですが……」

セイギ達は悩む太鼓腹従者の背を押して飛空艇に乗り込んだ。

それと同時に飛空艇が高度を上げる。

「マキワ王国は野戦を選択したようですね」

「自信があるのでしょう。この国の魔法騎士団の強さはサガ帝国にも聞こえてきますから」

太鼓腹従者と翼人従者が言葉を交わす。

正門から歩兵が出撃し、魔法騎士団が正門に向けて移動を始めるのが見えた。

「どうしよう、このままだと戦争が始まっちゃうよ」

「いいえ、セイギ。すでに戦争は始まっていますよ」

太鼓腹従者に諭され、勇者セイギはこれまでに見た光景を思い出す。

マキワ王国の幾つかの街や村は壊滅し、瓦礫《がれき》の山に変わっていた。

「それはそうだけど――」

直接の戦闘を禁じられた勇者は、ままならない現状に歯がみする。

◆

勇者達による停戦交渉が決裂する少し前、マキワ王国の東の山岳地帯に蠢《うごめ》く者達がいた。

「車長！　前方にマキワ王国の王都が見えました！」

「停車。通信士、後続も停車させろ」

鉄の箱のような形をした鼬人族の兵器――特車が崖《がけ》の上で停車する。

ゴーレム馬車に見えなくもないが、平たい箱の上にもう一つ箱が載ったような奇妙な形をしており、上の箱には細長い中空の棒が刺さっている。

車両の上に乗っていた虎人や獅子《しし》人の兵士達が、車上から飛び降りて周辺を警戒する。

兵士達が周囲を見回して危険がない事を確認した後に、上の箱の蓋が開いて車長と呼ばれていた鼬人の男が顔を出した。

車長は崖の上に寝そべり、遠見筒を二つくっつけたような魔法道具《マジック・アイテム》で王都を確認する。

兵士にしては鎧《よろい》を着ておらず、頑丈そうな軍服を着ているだけだ。

ここから王都まで鼬帝国の単位で一里半、地球の単位なら三キロメートルほどもある。

「噴進《ロケット》・狸《ラクーン》部隊と鉄鋼《アイアン》・蝗《ホッパー》騎兵団はマキワ王都の前に展開済みか……さすがは機動力重視の魔獣兵団だけある」

「歩兵達もいますよ。飛行船部隊の輸送力もバカにできませんね」

都の前の広大な平地に大人の三倍ほどの体高をした噴進狸が一〇〇騎と馬ほどの大きさの鉄鋼蝗が二〇〇〇騎並んでいる。

魔物達の頭にはネジのような形の怪しい魔法道具が装着されていた。

鼬帝国ではこの魔法道具によって、背中の篭《かご》に乗る騎手達が魔物を意のままに操るのだ。

「隊長、マキワ騎士団の方は出てきますかね？」

「出てくるさ」

隊長と呼ばれた車長の横に、遠見筒を持って滑り込んできたのは後続車の若い車長だ。

「——というより出てこなきゃ、噴進狸と鉄鋼蝗が外壁を飛び越えて王都をいいように荒らされるだけだ」

「天護光蓋っていう凄《すご》い障壁で王都を覆うっていいますけど？」

「そんなものを張り続けられるわけがなかろう。都市の魔力が切れたら、それこそ何もできずに終わるさ」

「まさしく、軍師様の掌《てのひら》の上ってわけですね」

話に出てきた軍師が嫌いなのか、隊長が渋面になる。

「ここからだと射程がギリギリすぎる。あそこに見える狩猟館跡に移動するぞ」

「了解」

隊長の号令で、再び車両が出発する。

ドルドル、キュラキュラと外見にも負けない奇妙な騒音を撒《ま》き散らしながら、不思議な轍《わだち》を残して移動していく。

勇者達がこの場にいたら、きっとその車両をこう呼んだだろう。

——戦車、と。


「車長、司令部より入信。王都に潜入した斥候が王城で確認したのは『水』と『地』と『風』の三つのみ、と『火』はおらず、との事です」

「よし！」

車長がニヤリと笑みを浮かべて自分の掌に拳《こぶし》を打ち付けた。

「この戦——勝ったぞ」

「そんなに火——ダザレス侯爵の紅蓮杖が怖かったんですか？」

暇そうに合いの手を入れた装填《そうてん》手の頭を、車長が軍靴で踏みつける。

鼬人族の領域からマキワ王国だとダザレス侯爵領が一番近いが、獅子人の王国や虎人の王国を攻め滅ぼした後でも、一度もマキワ王国へ侵攻した事はない。

そして、鼬帝国に滅ぼされる前の獅子人の王国が、幾度もマキワ王国に攻め込んで、毎回の風物詩のように歴代のダザレス侯爵に撃退されていたのは有名な話だ。

侯爵は領内に攻め込んだ敵軍は容赦なく焼き殺すが、領外へと逃れた敗軍には情けを掛けて追撃しない仁将としても名が通っていたらしい。

「将軍からもダザレス侯爵が現れたら攻撃せずに引き上げろと命じられている」

「軍師様は何と？」

将軍よりも軍師の方が偉いと言わんばかりの装填手の頭を、車長がもう一度踏みつける。

「いいか？　ダザレスが怖いんじゃない。あいつの持つ紅蓮杖が怖いんだ」

ダザレス侯爵家に伝わる紅蓮杖は、炎の精霊を封じ込めた宝杖として有名だが、同時に火の魔物を集めるという呪《のろ》いがかかっているとも言われている。

このマキワ王国には紅蓮杖のダザレス侯爵だけでなく、他《ほか》の四大属性の杖《つえ》を持つ領主達がいる。

地を司《つかさど》る轟《ばと》震杖を持つ、北のジザロス伯爵。

水を司る波濤《とう》杖を持つ、西のミザラス伯爵。

風を司る颶《ぐ》風《ふう》杖を持つ、南のムザリス伯爵。

先ほどの通信では、紅蓮杖のダザレス侯爵以外が王城にいたと報告があったわけだ。本当はダザレス侯爵代理のシェルミナ嬢もいたのだが、斥候は彼女を数にカウントしていなかった。

また、この間違えやすい四家の名前は、外交官や士官希望の若者達から不評らしい。

「この特車や砲弾は火に弱い。耐火魔法の付与だけじゃ、紅蓮杖の炎は防ぎ切れんのだ」

四家の強大な魔法杖の威力の前では、ただの属性の違いでしかないのではと思う通信士だったが、車長の軍靴は彼の後頭部にも届くので賢明にも口にしなかった。

◆

「始まった！」

勇者達が地上の戦いを見守る。

「流れ弾が心配です。もう少し東に飛空艇を移動させなさい」

翼人従者が飛空艇の退避を指示した。

「なんだ？　あのタヌキみたいなの」

「まるでジェット推進付きの装甲車みたいだ」

もう自分達にできる事はないと思ったのか、勇者二人の言葉が軽い。

戦場では噴進狸が重装歩兵を吹き飛ばし、堅い前衛を飛び越えた鉄鋼蝗隊が後方の弓兵や軽歩兵を蹂躙《じゅうりん》する。

「勇者様、不謹慎ですよ」

どこかスポーツ観戦のような雰囲気の勇者達を、翼人従者が窘《たしな》める。

「ごめんごめん、でもさ、なんか圧倒的じゃない？」

「セイギ、マキワ王国もやられてばかりではありません。ご覧なさい、魔法騎士団が鉄鋼蝗隊と互角にやり合っています」

太鼓腹従者が勇者セイギに戦況を語る。

「だけど、あのタヌキみたいなのは止められてないぜ？」

「それも今少しの事です。ほら——」

勇者ユウキの呟きを聞いて、翼人従者が王城の方を指し示した。

「なんだ、あれ？」

王城の方から巨大なゴーレム——覇護巨人が出撃する。

「見ろ、セイギ！　巨大ロボだ！」

「す、すげぇ」

その軽薄な物言いに、翼人従者が眉間《みけん》に皺《しわ》を寄せた。

「あのサイズだとリアル系じゃなくて、スーパーロボットってやつか？」

「確かにスーパーだけど、ロボじゃなくてゴーレム。サガ帝国にもあったけど、やたらとデカいな」

「体重も凄いから、歩いてくる道路がボロボロだ」

覇護巨人が歩くたびに広いメインストリートの石畳が砕けて陥没し、豪快に土煙が巻き起こっている。

「うわっ、外壁をジャンプで跳び越えたぞ」

「バーニアもないのに、どうやって跳んだんだろう？」

「魔法じゃね？」

着地した震動で外壁の隙間《すきま》から土埃《つちぼこり》が舞い、戦場の騎馬が驚いて嘶《いなな》きを上げ、歩兵達がよろめく。

覇護巨人が劣勢の戦場に乱入し、鉄鋼蝗隊を蹴散《けち》らし、噴進狸を踏み潰《つぶ》す。

「うわー、すげー」

「ゴーレムって強いんだな」

「――これを」

太鼓腹従者が遠見筒を二人に手渡す。

「ワァトソー！」

その意図に気付いた翼人従者が非難の声を上げるが、遠見筒に伸ばそうとした彼女の手をそっと止めて首を横に振った。

「うわー、迫力ぅ……」

遠見筒で戦場を間近に見た勇者セイギの楽しげな声が尻《しり》すぼみに消える。

「一人で楽しむなよ。俺にも見せろ！」

血の気が引いた勇者セイギの手から、勇者ユウキが遠見筒を奪って覗《のぞ》き込む。

「――すっげ、えっ？」

勇者ユウキもまた、遠見筒で見た光景に言葉を詰まらせた。

そこにあったのは「リアル」だ。血飛沫《ちしぶき》が舞い散り、人間がゴミのようにバラバラに引き裂かれ、無造作に命を摘み取られる。そんな「戦場のリアル」がそこにあった。

「これが、『戦争』です」

太鼓腹従者が淡々と言いながら、勇者ユウキの手から遠見筒を取り上げる。

「私達が阻止できなかった『戦争』ですよ」

「ワァトソー！　今回の調停は初めから決裂するような流れでした。ユウキやセイギに非はありません」

「それでも、です。私達はこの結果を重く受け止めなくてはいけません。違いますか？」

太鼓腹従者の言葉に翼人従者は沈黙で答えた。

「……これが戦争」

「もう止められないの？　ボク達の力なら――」

「勇者様達の力があれば、戦況をひっくり返す事はできるでしょう」

「だったら！」

「ですが、それを行えば、片方の兵士達をあなた方の力で蹂躙する事に他なりません」

「悪いヤツらを懲らしめるくらい――」

「盗賊や魔族ならそれもいいでしょう。しかし、大半の兵士は領主や王に徴兵された農民達です」

故郷に戻れば、良き父良き夫だと太鼓腹従者が言葉を続ける。

「だったら、どうすればいいのさ！」

「今は見守るしかできません」

「何もせずにただ見てろってのかよ！」

「『今は』です。必ず、私達が介入できるタイミングがあります」

だから、今は「忍」の一字で耐えろと太鼓腹従者が勇者達に告げた。

「……分かった」

「悔しいけど、待つ」

勇者達は口を真一文字に引き締め、涙の浮かぶ瞳《ひとみ》で戦場を見つめる。

そこには先ほどまでの浮ついた表情はなく、少しでも勇者たらんと覚悟を決めた男の顔があった。

戦場では乱戦に移行し、覇護巨人がうかつに攻撃できない状況を作り出している。

そして――。

◆

「車長、物見に出していた豹人《ひょう》から報告！　外壁の三倍はある超巨大ゴーレムが現れたそうです」

通信士が特車の通信機に届いた情報を車長に告げる。

「ついに現れたか。水の龍《りゅう》は出ていないんだな？」

「はい、ゴーレムだけです」

「よし、発動機を回せ！　外の跨乗兵《こじょう》達に隠蔽《いんぺい》用の草をどけさせるんだ！　通信士、他の車両にも準備を始めさせろ」

「了解」

戦の始まりを予感した跨乗兵達が準備を進める。

「信号弾はまだか？」

「――来ました！　黒玉二つ、交戦許可です」

観測手からの報告に、車長が号令を出す。

「よし！　射撃位置へ出せ。砲手、無理に足を狙《ねら》わなくて良い、ゴーレムのでっかい胸板をぶち抜いてやれ！」

「車長、隊長機が日和《ひよ》ってどうするんですか――」

装填手が砲身に長細い巨大な砲弾を詰め、砲手がハンドルを回して砲の角度を変える。

「側面からだと狙いにくい――いや、魔獣兵団がやってくれましたよ」

挑発するようにヒット&アウェイを繰り返していた噴進狸と鉄鋼蝗が、ゴーレムを特車隊と正対するように誘導したのだ。

「これならいける！　車長、巨大ゴーレムが戦場の華だった時代は終わりますよ。バカみたいな投影面積を晒《さら》しやがって――」

計算尺の結果とスコープ内の目盛りをチェックする。

「狙いますよ、狙っちゃうよ、よーし、ここだ！　カガクの前に砕け散れ！」

砲手の叫びと共に鋼鉄の砲弾が一キロメートル以上の距離を飛び越える。

噴進狸と鉄鋼蝗を相手に無双していた覇護巨人が、轟音《ごうおん》と共に動きを止めた。

「対象命中！」

「次の砲弾急げ！」

覇護巨人の足首が砕けたのを確認した観測手の報告を聞いた車長が、装填《そうてん》手に指示を飛ばした。

その間にも僚機が次々に砲弾を放ち、足首が砕けて動けずにいる覇護巨人の胸に無数の砲弾を的中させる。

さすがにそれだけの砲弾を受けては、覇護巨人といえど耐えられず、そのまま王都の外壁を砕きながら後方へと倒れた。

凄《すさ》まじい勢いで砕けた土砂と土埃が王都を蹂躙する。

「「「やったー！」」」

特車隊の快挙に歓声が上がる。

覇護巨人から外れた砲弾が、マキワ王都に幾つも着弾して被害を出していたのだが、そんな事は彼らには関係ないようだ。

「よーし、良くやった！　次は騎士がこっちに来るぞ！　散弾砲準備」

「隊長、特務班から入信。『魔喰《く》い』作戦の実験をするので護衛を頼むとの事です」

「ほう、ついに『魔喰い』を実戦投入か――上はシガ王国にまで手を出す気かもしれねぇな」

通信士の報告に車長が舌なめずりをする。

「隊長、返信はどうしますか？」

「了解と伝えろ。『魔喰い』の中でまともに戦えるのは俺達カガク特車隊だけだからな――」

「身体強化のない騎士なんざ、ただの美味《おい》しい肉団子だ。無限軌道で轢《ひ》き殺してやるぜ」

車長の言葉に、無言を貫いていた操縦士がケヒケヒと乾いた嗤《わら》いを漏らす。

「発進するぞ！　跨乗兵、乗り遅れるな！」

車長の命令に、隠蔽用の草を片付けていた跨乗兵達が慌てて特車に飛び乗る。

「全車、全速前進！」

車両の上に跨乗兵達を乗せ、特車隊は王都へと進撃を開始した。


「魔法騎士二〇、軽騎士一八〇が接近中！」

「マキワ王国の精鋭を回してきたな」

王都まで数百メートルのところで、マキワ王国の精鋭部隊が迎撃に現れた。

「魔法騎士の『火　球《ファイア・ボール》』が来ます！」

「魔導チャフを撃て！」

車長の命令で放たれた小さな榴弾《りゅうだん》が、特車の前方で破裂し、キラキラとした粉を撒《ま》き散らす。

粉に触れた火球が次々と誘爆し、その余波が戦車を揺らす。

「――被害軽微。跨乗兵が何名か脱落したもよう」

「回収は帰りでいい。今は突き進め！」

戦車跨乗兵《タンクデサント》は、この世界でも命が軽いらしい。

「信号弾――赤玉三。『魔喰い』発動するようです！」

「振動抑制機が止まるぞ。舌を噛《か》まないように注意しろ！」

車長の叫びに、全員がその時に備える。

◆

その少し前——。

「なんだ、今の？　巨大ロボが急に壊れたぞ」

「魔法か？　火魔法じゃなかったよな？」

目の前の光景に、勇者達が驚きの声を上げた。

戦車砲弾によって砕かれた覇護巨人が地面に倒れ伏し、巨体によって外壁が砕け、外壁の向こうの街が破壊される。

「どうやら、鼬《イタチ》帝国の隠し球のようです」

遠見筒を覗いていた翼人従者が、東方から土煙を上げて接近する集団を見つけた。

「え？　あれって戦車じゃない？」

「戦車型のゴーレムじゃないのか？」

「黒煙を出しながら走っているし、違うと思う」

「マジかよ、どこからあんなものを……」

勇者二人が戦車を見て驚いている。

「——マズい。ミェーカ殿、マキワ王都の民が！」

太鼓腹従者の言葉に振り返ると、戦車砲弾によって破壊された家々から這《は》い出した人達が、騎手を失った鉄鋼蝗に引き裂かれ食い殺されている姿があった。

「う、嘘《うそ》だろ？　あ、あんなの……」

それを見てしまった勇者セイギが、あまりの光景に胃の内容物を戻す。

「ミカエル！　あれでも手出しするなって言うのか！」

「いいえ、言いません。救援に向かいましょう。ガビーリエ、機首を王都に向けてください」

中型飛空艇が旋回を始める。

マキワ王国も覇護巨人を失った事で守勢に立つ事を決めたのか、王城の頂に設置された魔法装置から、光の膜が王都上空に広がっていく。

「あれが天護光蓋――」

博識な太鼓腹従者をもってしても、その発動を見た事はなかったらしい。

そんな彼の視界の端に、鼬帝国軍のものらしき赤い信号弾が三つ見えた。

「――あれは？」

「もっと、速く！」

太鼓腹従者の疑問の言葉を勇者ユウキの声が掻《か》き消した。

「噴進狸と鉄鋼蝗が突っ込んできたぞ！」

「くっそっ、やらせるかよ！」

勇者ユウキの脳裏に、先ほどの鉄鋼蝗が行った残虐行為が過《よぎ》る。

「無限射程《どこまでもとおくへ》！」

「ユウキ！　威嚇だ！」

ユニークスキルを発動した勇者ユウキに、勇者セイギがアドバイスをする。

「――インッ、フェルノォオオオオオオオオ！」

勇者ユウキの体表を青い光が流れ、ユニークスキル「無限射程《どこまでもとおくへ》」によって射程拡張された上級の火系攻撃魔法「火炎地獄《インフェルノ》」が戦場の空を赤く染め上げた。

紅蓮《ぐれん》の炎が従魔軍団の頭上に届こうとしたその時――。


『――「魔喰い」起動』


鼬帝国特務部隊の「魔喰い」が、勇者ユウキの魔法ごと戦場を魔力中和空間で満たした。

「インフェルノが途中で消えた⁈」

「勇者ユウキの魔法だけではありません！　天護光蓋も消えていきます！」

天護光蓋が消えたのは「魔喰い」のせいではなく、破壊工作の為《ため》に侵入していた鼬帝国の間者達による破壊行動の成果だったのだが、タイミングが重なった為に、太鼓腹従者には見分けが付かなかったようだ。

そして――。

「非常事態発生！　魔力炉が緊急停止！　空力機関への魔力供給が途絶えている模様！」

操縦席のガビーリエが悲鳴のような報告を叫ぶ。

「このままでは落下します」

「総員！　墜落の衝撃に備えなさい！」

空力機関で浮かぶ飛空艇もまた「魔喰い」の餌食《えじき》となり、浮力を失った飛空艇が正門前へと墜落する。

「ユウキ！　セイギ！　私に掴《つか》まりなさい！　脱出します！」

自前の翼を持つ翼人従者が二人の勇者を連れて飛空艇から飛び降りた。

もちろん、少年とはいえ男二人を抱えて飛べるほど、翼人の翼は大きくない。せいぜい、落下の致命傷を大怪我《けが》程度にするのがやっとだ。

だが、それでも、彼女は勇者二人を生還させる最善手だと信じて実行した。

戦場の理不尽

〝偉大なる皇帝陛下がもたらした「カガク」は無敵だ。魔法とは違う未知の力を使うカガク特車隊は、ゴーレムや従魔軍団を凌駕《りょうが》する次世代の力なのだ。カガクがあれば、鼬帝国は大陸全土に覇を成す事も夢ではない。

――鼬帝国軍第一特車隊、車長〟


「マスター！　聖樹石炉および空力機関、機能停止。エマージェンシーだと告げます」

緊急警報がサトゥー達の飛空艇に満ちる。

「ナナ、こっちへ！」

サトゥーは常時発動している「理力の手《マジック・ハンド》」で仲間達を集めようとしたが、いつもの手応《てごた》えがなくなっているのに気付いて戸惑った。

もちろん、それも一瞬だけ。次の瞬間には飛空艇をストレージに収納し、すぐに仲間達へ指示を出した。

「タマ、ムササビ！」

「にんにん～」

タマがピンク色の布で「ムササビの術」を披露して空を舞い、ポチが両足でタマの身体《からだ》をホールドし、空いた両手でルルをキャッチした。なかなかアクロバティックだ。

「天駆はまともに発動しない――ならば」

サトゥーはミーアを空中で掴まえ、そのまま空中遊泳でナナと合流する。

「回収する〜？」

「いや、六人は無理だ」

タマが器用に寄ってきたが、サトゥーは冷静な判断でそれを拒否した。

「なんとかしてみせる」

「サトゥー、上」

「上？」

サトゥー達の上に大きな影が落ちる。

「ご主人様！　来たわよ！」

「今、救助いたします！」

アリサとリザの声に視線を向けたサトゥーの視界に映ったのは意外な存在だった。

「あなた達、ご主人様達を傷付けてはいけませんよ」

――ＧＵＲＯＲＯＷＮ。

リザに命じられた下級竜が、サトゥー達を回収する。

「スィルガ王国の下級竜？」

そこにいたのはサトゥーが言う通りの存在だった。

しかも、リザとアリサに背を許している。周囲を見回すと、他《ほか》にも何体もの下級竜が一緒にいた。

どうやら、スィルガ王国の下級竜全《すべ》てがここに来ているようだ。

「リザはともかく、よくアリサが背中に乗れたね」

「それは至近距離での『火炎地獄《インフェルノ》』でビビらせたからよ」

「なるほど、それで他の子達も普通に乗せてくれているのか」

「竜は強者を見抜けるのかもね」

――GUROGUGO。

会話するサトゥーとアリサに割り込むように、下級竜が背中を見上げて吼《ほ》えた。

上空で旋回するのに飽きたのだろう。

「確か、ボウ――ボウリョクだっけ？」

「――竜様の名前を間違えるな！」

「その方はボウリュウ様だ！」

素で呼び間違えたサトゥーの言葉に、鋭い突っ込みが入った。

「え？　誰《だれ》？」

予想外の声にサトゥーが戸惑いの呟《つぶや》きを漏らす。

声の方を覗《のぞ》き込むと、下級竜ボウリュウの運ぶ大きな食糧コンテナの中から、二人の白鱗《はくりん》族の青年達がサトゥー達を見上げていた。

「スィルガの王子と下級竜に叩《たた》きのめされていた御曹司？」

『ごめんなさい、ご主人様。救援物資の中に隠れて密航していたみたいなの』

アリサが遠話《テレフォン》でサトゥーに耳打ちする。

「なるほど、まあいいか。ボウリュウ、救援物資をあの丘に降ろせ」

――GUROGUGO。

お前の命令は聞かないと、ボウリュウが抗議の声を上げる。

「命令に従いなさい。逆鱗《げきりん》を引っこ抜きますよ」

――GUGYAAA。

それは止《や》めてくれと懇願するように、ボウリュウは運んでいた救援物資を丘の上に降ろす。

ボウリュウは地表ギリギリでコンテナを離したのだが、慣性の法則でコンテナが地上を転がる。

王子達が勢い余って、コンテナから転がり落ちていた。

一瞬だけ怪我を心配したサトゥーだったが、二人のレベルやAR表示される体力《HP》ゲージの値を確認して、問題ないと判断する。

コンテナから少し離れた場所に、ボウリュウ達が着地した。

「二人の変装は――そのままでいいか」

リザとアリサは黄金鎧《よろい》――勇者ナナシの従者を示す姿をしたままだが、下級竜を連れてきた事をスィルガ王国の王子やマッチョ戦士に知られている事を鑑《かんが》みて、そう判断した。

ちなみに、魔喰《く》いによって魔力中和された今でも、サトゥーを含めた年長組は蜥蜴《とかげ》人族、年少組は鼠人族に変装したままだ。纏《まと》っていた幻影が消えているので、近づいて細部をよく見ると特殊メイクだとバレるが、少し離れれば見分けが付かない。

「むぅ？　使えない」

「本当だわ。魔法が使えなくなってる」

ミーアに言われたアリサが、無詠唱で魔法を使おうとして使えなくなっている事に気付いた。

「飛空艇が落ちたのは、なんらかの方法で魔力中和空間を展開されたからみたいだね」

「ご主人様達を狙《ねら》ったのかしら？」

「状況的に考えて鼬《イタチ》帝国の仕業だろうから、戦争を有利に運ぶ為だろう」

「まあ、そうよね。魔力障壁で王都を守らなくっちゃいけないマキワ王国が使うとは思えないわ。現に、王都の障壁は消えちゃっているみたいだし」

アリサとサトゥーが現状を鼬帝国の仕業と判断する。

「オレ達の変装が解けてないから、完全に魔力が霧散するわけではないみたいだね」

「みたいね。外に出す魔法は完全にダメだけど」

「魔刃《やいば》も刃をなすと同時に霧散するね」

「集中すれば身体強化はできるようです」

「いえすぅ～？」

「キアイがあれば大丈夫なのですよ！」

サトゥー達ができる事できない事をチェックする。

「魔力中和装置を最優先で無力化したいところだけど――さすがに、そのままの名前じゃないか」

サトゥーがマップ検索でそれらしき品を探すが、検索ワードが噛《か》み合わずに「魔喰い」装置を上《う》手《ま》く発見できなかった。

「魔法が使えないし、ミーアとアリサは後方で待機していて――」

「ダメ」

「そうよ、ダメよ」

即座にミーアとアリサがサトゥーの提案を拒否した。

「戦場は危ないよ」

「それはご主人様達だってそうでしょ。それに、魔法が使えなくても、黄金鎧の防御力なら大抵の飛び道具は無力化できるし、リザさん級の使い手がいても接近戦をしなければ危険はないわ」

「心配性」

「そうそう。もっと自分の作ったチート装備を信用しなさいって」

なおも悩むサトゥーに、ミーアとアリサが大丈夫だと告げる。

最終的に、接近戦可能な距離に近寄らない事を条件にして、サトゥーが折れた。

「ご主人様、準備が完了いたしました」

下級竜達に鞍《くら》代わりのロープや篭《かご》を結びつけていたリザがサトゥーに報告する。

「よし、戦争を止めに行こうか」

こうして、チーム「ペンドラゴン」は下級竜達に分乗して、魔力が中和された戦場へと向かった。

◆

「車長、『魔喰い』でサガ帝国の飛空艇が墜《お》ちちまいましたけど、大丈夫なんすかね？」

サトゥー達が行動を開始した頃《ころ》、特車隊は王都近傍まで接近していた。

「戦場にいつまでもいるヤツが悪い。それに墜落寸前に脱出し――っち、噛んじまった。振動抑制機が止まってると舌を噛むぜ」

「『魔喰い』もいい事ばかりじゃないって事っすね」

魔力で動く振動抑制機が止まった車内は、激しい震動と騒音に満たされている。

「前方、騎士来ます」

「砲手！　蹴《け》散《ち》らせ！」

「おう！　狙い撃つまでもないぜ！　喰らえ！」

戦車砲が黒煙を吹き、巨大ゴーレムを倒した時とは形の違う砲弾が騎士に向かって撃ち出される。

「当たらぬ弾丸など無視して進め！」

「「応！」」

誰にも当たらないコースで迫る砲弾を無視して騎士達が進むが、砲弾が空中で分解して無数の散弾を撒《ま》き散らす。

「この程度の礫《つぶて》など、魔法鎧とワシの『金剛』スキルと鍛え上げた筋肉で――」

先頭の騎士は最後まで言葉を発する事もできずに散った。

最後まで魔法が付与された鎧がただの金属鎧になっていた事も、自慢のスキルが無力化されていた事にも、全く気付かずに天に召されたようだ。

運良く生き残れた騎士達も、特車の無限軌道《キャタピラ》に轢殺《れきさつ》されるか、戦車跨乗兵の放った銃弾に貫かれるかの二択しか残されていなかった。

「前方に人影を発見！」

砲手が最初に観測窓からそれを発見した。

「騎士の生き残りなんぞ、そのまま轢《ひ》き殺せ！」

「青い鎧を着た剣士！　あれは勇者様です！」

「構うな！　立ち塞《ふさ》がるヤツは全部、敵だ！」

車長が宣言し、操縦士が特車の速度を上げる。

「戦争を止めろぉおおおおおおお！」

勇者ユウキの聖剣が特車の前部装甲に叩き付けられる。

「げげげっ、特車の装甲をぶち抜きやがった」

わずかだが聖剣の一部が車内に突き抜けていた。

魔力がない状況で分厚い装甲を貫いたのは、レベル五〇級の勇者の筋力と頑丈すぎる聖剣による力業だ。

「砲塔旋回！　砲身をぶつけて吹き飛ばせ！」

「了解！」

車長が素早く指示を出す。

「ぐぐ、抜けない――ぐへっ」

聖剣を抜こうと必死な勇者の身体《からだ》を、特車の砲身が吹き飛ばす。

「ユウキぃいいいい！」

併走する特車に轢かれそうになった勇者ユウキを、追いついた勇者セイギが飛びついて無限軌道の下敷きになるのを防いでみせた。

「見たか？　あのサガ帝国の勇者だってあの有様だ。俺達カガク特車隊なら、魔王だって倒せるぜ！」

車長が特車の中で哄笑《こうしよう》する。

「従魔部隊の本隊が王城に突入したようです」

従魔に騎乗した者達が次々に正門を越えて、王都へと攻め入る。

「やつらに後れを取るな！　西門前の丘から、王城に焼夷弾《しよういだん》を撃ち込むぞ！」

普段なら都市核《シテイ・コア》の作り出す防壁に守られて手が出せない王城に、都市外から傷を付けるという戦史に残る偉業を刻もうと車長が野心に燃える。


だが、世の中、そう甘くないようだ。

「車長、従魔部隊が王都から逃げ出してきました」

「なんだ？　待ち伏せでもされたか？　まあ、いい。俺達特車隊が罠《わな》ごと食い破ってやる」

車長が室内灯の明かりに獰猛《どうもう》な笑みを浮かべる。

「しゃ、車長！　ヤバイヤバイヤバイヤバイ」

「落ち着け！」

壊れたように叫ぶ砲手の後頭部を蹴《け》りつける。

――GWLOROOOOOUNN！

咆哮《ほうこう》を聞いた兵士達が恐怖に硬直する。

車長は固まったままだった腕を無理やり動かして天井のハッチを開け、青ざめた顔を空に向ける。


そこには絶望があった。


王都の空を舞うのは竜の群れ。

たった一体でも軍隊を蹴散らす絶対的な破壊の象徴がそこにいた。

しかも、一体ではない。全長三〇メートルを超える黒灰色の下級竜「ボウリュウ」を筆頭に八体もいる。一番後を飛ぶ焦げ茶色の下級竜「シップウ」は二〇メートルしかないが、それは何の慰めにもならない。

「スィルガ王国の竜がなぜこんな場所に……」

車長が愕然《がくぜん》とした顔で呟きを漏らす。

「……さっきの従魔達はあれを見たんだ」

砲手が絶望と共に呟く。

「車長、来ます！」

下級竜「シップウ」が特車に向かって降下を始めた。

「超信地旋回！　やつの意表を突いて逃げるぞ！」

「隊長、ダメだ」

「突撃バカは黙っていろ。今は特車を故郷に持ち帰るのが最優先だ」

「――違う」

「何が違う！」

「あれは、ただの竜じゃない――竜騎士だ」

「バカな……」

それはお伽噺《とぎばなし》に出てくるような非現実的な存在だ。

この千年あまりの間で、竜騎士と呼ばれる存在はシガ王国の王祖ヤマトとスィルガ王国の放浪王ラゥイの二人しかいない。

「八体のうち六体が、竜騎士だと⁈」

味方ならばこれ以上に頼もしい存在もないが、敵として現れたら悪夢でしかない。

唯一の勝機があるとすれば――。

「車長、やろう！　今なら『魔喰《く》い』がある」

「そうだ！　試作の対空榴弾《りゅうだん》を使えば、相手がたとえ無敵の竜だって！」

「よし、待ち構えて砲撃するぞ！　僚機が逃げる時間を稼ぐ！」

やけになっている者もいるが、彼らはわずかな可能性に賭《か》けるようだ。

「自慢の鱗《うろこ》を守る魔力障壁がないと気付いた瞬間のヤツの顔が見物だぜ」

下級竜「シップウ」の背で、鼠人の子供が尻尾《しっぽ》をブンブンと振りながら突撃してくる。

その傍《そば》には黄金の鎧《よろい》を着込んだ幼竜が付き従っている。

「なんで鼠人ごときが竜の背に？」

「そんな事はどうでもいい！」

砲手の疑問を車長が怒声で却下した。

「撃て！」

「喰らい、やがれ！」

相対距離三〇メートルという至近から放たれた砲弾が、空中で炸薬《さくやく》を燃やし金属片を撒き散らす。

たとえ相手が竜でも必殺の間合いだ。

「びっくり、なのです」

下級竜の前に飛び出した鼠人の子供が、全《すべ》ての金属片を剣で弾《はじ》き飛ばしていた。

普通の剣ならば、金属片を一つ弾いた時点で折れている。

――ＬＹＵＲＹＵ！

幼竜の「竜の吐息《ドラゴン・ブレス》」が、直撃コース以外の金属片を薙《な》ぎ払った。

「——の手裏剣に比べたら楽勝なのです」

——LYURYU。

くるん、と一回転して着地した鼠人の子供と幼竜が、シュタッと不思議なポーズを取る。

言葉の最初に奇妙な空白があったが、それを気にする余裕がある者は特車隊にはいない。

「降参するなら許してあげるのですよ?」

「轢き殺せぇぇぇぇぇぇぇぇぇぇ!」

鼠人の慈悲の言葉は、恐怖に駆られた車長の叫びに掻《か》き消される。

無限軌道が土を後方に吹き上げ、その反動で急加速した特車が鼠人の子供に突っ込んでいく。

「——ぱーんち、なのです!」

「『魔喰い』に気付いていないのがお前の敗因だ! 轢き殺されてから後悔しろ!」

魔力のない状況で、小さな拳《こぶし》と何十トンもある鉄の塊が激突するのだ。

その結果は語るまでもない。


——はず、だった。


衝撃音と共に特車が宙を舞う。

「勝利、なのです!」

――ＬＹＵＲＹＵ。

地面に落ちてごろごろと転がる特車の横で、鼠人の子供――に変装したポチと幼竜リュリュがシユピッのポーズで勝ち誇る。

「にんにん、キャタピラ返しの術～？」

その隣では鼠人に変装したタマが、特車の無限軌道をピンポイントで切り裂いて、行動不能に陥れていた。

「竜槍徹甲撃《ドラグニック・ペネトレイター》！」

逃げようと無防備な側面を晒《さら》した特車の動力部を、黄金鎧のままなリザの竜槍《りゅうそう》が軽々と貫いて爆散させる。

「シールド投げだと告げます」

蜥蜴《とかげ》人の姿をしたナナが、大盾に乗り上げさせた特車を投げ飛ばす。

高レベルの筋力値《ＳＴＲ》だけでは成し得ない無双状態だ。

二〇両近くいた第一特車隊の車両が次々に擱座《かくざ》していく。

「くそっ、なんなんだ、あいつらは！」

竜騎士の一団から少し離れた場所を進軍していた第二特車隊の隊長が、その光景に悪態を吐《つ》いた。

「隊長！　あっちにもバケモノが！」

「従魔部隊が次々に倒されている、だと？」

噴進狸《ロケット・ラクーン》がアリサの指示する下級竜達の爪《つめ》で引き裂かれ、鉄鋼蝗《アイアン・ホッパー》がルルの銃弾とサトゥーの投げ槍《やり》とミーアの弓矢で、次々に倒されていく。

魔力の補助がない状況なら、体格と素の防御力に優れる従魔達が圧倒的に有利のはずなのに、害虫を駆除するかのように淡々と倒されていた。そんな状況でも、従魔に乗る騎手達に死人や重傷者はいない。

「前方に別のバケモノです！」

第二特車隊の前方には、ゴーレムのような存在がいた。

「主砲をぶち込んでやれ！」

「うちは徹甲弾と焼夷弾しか積んでません！　走りながら当てるなんて――」

「外れてもいいから撃て！」

あまりの急展開に、彼らは失念していた。

魔力中和空間でゴーレムが動けるはずがないという事に。

そして、その正体は――。

◆

「ネズさん！　戦車が突っ込んでくる！」

「に、逃げよう」

ロボットに変身した転生者ネズと同じく転生者で偽使徒のケイが戦場にいた。

サトゥー達を追って来たのだろう。

「う、撃ってきた」

戦車砲弾がネズの近くを通り過ぎる。

でこぼこの地面を走る特車の射撃は、命中率が低いようだ。

「よくもやったわね！」

砲弾が近くを通った事に驚いたネズが、ケイと一緒に地面に転がった。

そんな二人を轢《ひ》き殺そうと、特車が迫る。

「に、逃げないと」

横列で迫る特車の迫力に、気の弱いネズが圧倒される。

「私に任せて――」

地面から飛び起きたケイが、紫色の光を帯びる。

「これでも、喰らえ！」

特車の履帯が白く変色し、塩となって砕けた。

ケイの持つユニークスキル「無限塩製《ソルト・メーカー》」の力だ。

制御を失った特車がぐるぐると旋回する。

その様子に気付いたサトゥーが、そちらを振り返った。

「ネズさん達もこっちに来ちゃったのか？」

安全地帯に置いてきたケイと、ケイを捜して右往左往していたネズがセットで戦場に現れたのを見つけて、サトゥーが嘆息する。

「ご主人様、応援に向かいますか？」

「いや、ネズさん達の救援はオレが行く。こっちはリザ達に任せるよ」

再合流したサトゥー達が、再び散開する直前、地上では――。

「このバケモノどもめ！」

特車から投げ出された跨乗兵《こじょう》達が、火薬式の小銃をケイに向けて発砲した。

「――危ない！」

ネズが慌てて、銃弾の雨からケイを庇《かば》う。

ロボに変身したネズの身体《からだ》が、銃弾の雨を軽々と弾き返した。

「痛たた」

ダメージはないようだが、それでも身体を打つ弾丸はネズに痛みを与える。

「は、早く逃げないと」

この期に及んでも、ネズに相手を倒すという選択肢はないらしい。

「ネズさん、大丈夫――あ、痛っ」

地面で跳弾した弾丸が、ケイの腕を貫いた。

「ケイ！」

「だ、大丈夫、だから」

心配しないでと続けようとしたケイだったが、あまりの痛みに言葉を詰まらせた。

「ケイを、ケイを虐《いじ》めるなぁああアアア！」

激高したネズの身体が暗紫色に発光し、ケイを両掌《てのひら》に包み込めるほどの巨体に再変身した。

先ほどまでのロボット然とした姿ではなく、生物的なフォルムの宇宙服っぽい姿だ。

「ミ、ミンナ、いなくナレェエエ！」

身体の各所にあった宝石のようなパーツが光を帯び、周囲で小銃を構えていた跨乗兵達を、レーザー光線で薙ぎ払う。

兵士達の手足が血飛沫《ちしぶき》とともに舞い散った。

その血飛沫が風に流され、ネズの顔面に付着する。

「アアッ、アア」

拭《ぬぐ》った手に、真っ赤な血がこびりつく。

自分のしでかした事に、ネズが悔恨の呟《つぶや》きを漏らした。

「ネ、ネズさん？　何がどうなったの？」

掌の中に守られ、周囲が見えないケイが問いかける。

『アア、殺シTA、僕ぐぁ殺シタンDA』

心配するケイの言葉も、罪悪感の虜《とりこ》となったネズには届かない。

ネズは呂律《ろれつ》が回らない鼠《ねずみ》の咽《のど》で、違和感のある日本語を呟く。

『僕、ミタイNA、バケモノは、死ネバ、イインDA』

「ネズさん！　落ち着いて！」

掌に押しつぶされそうになりながらも、ケイは苦しそうなそぶりを見せずにネズを気遣う。

「ネ、ネズさ、ん」

ケイの声に苦悶《くもん》が乗る。

「そこまでだ、ネズ！　このままだとケイが死ぬぞ」

手の上に飛び乗ったサトゥーが、強引にネズの指を開く。

「今のうちに負傷兵を運べ！」

ネズの足下で、兵士達の声がした。

無事だった跨乗兵達が、レーザー光線に焼かれた仲間を引き摺《ず》っていく。

『ダRE？』

「オレだ！」

サトゥーが頭部だけ蜥蜴人の変装を解いてネズに顔を見せる。

『ケイWO、奪イニ、来タNO？』

「違う。君達を助けに来たんだ」

真摯《しんし》な言葉も視野狭窄《きょうさく》を起こしたネズには届かない。

『ケイハ、渡サナI』

悲鳴のような、縋《すが》るような叫びを上げ、ネズの身体を光が走る。

暗紫色の光がネズの体毛を瞬かせると、生物のような姿から鉄の城みたいな巨大ロボットへと変形した。

「止《や》めろ！　それ以上、ユニークスキルを使ったら、魔王化するぞ！」

『ケイHA、僕DAケノ、ケイDA！』

ネズはサトゥーを振り払い、大切な物を奪わせまいとケイを頭頂部にできたコクピットへと収納する。

『――ぐアっ』

そんなネズの身体を戦車砲弾が揺らした。

生き残りの特車がネズを包囲して砲撃を再開したのだ。跨乗兵達も特車の陰から小銃で銃弾の雨を降らせる。

サトゥーに銃弾を浴びせる跨乗兵もいたが、その弾丸は全《すべ》てバールのようなもので弾《はじ》き飛ばしていた。

『痛イ、イTAい』

砲弾がネズの装甲を凹《へこ》ませる。

何発も喰《く》らったら、装甲を貫かれそうだ。

「ネズ！　戦場から離れるんだ！」

サトゥーが投げ槍で特車の砲弾を打ち落としながら叫ぶ。

「え？　あれ紫鼠の人なの？」

「マジで？　かっけー！」

勇者二人が盾に隠れながら近くまで来ていた。

レーダーで彼らの接近に気付いていたサトゥーは、すでに頭部の蜥蜴ヘッドを再装着済みだ。

「手伝え、勇者。戦車を無力化する」

サトゥーが別人の声音と口調で勇者達に声を掛ける。

「誰《だれ》か知らないけど、任せとけ！　セイギ！　リベンジだ！」

「えー、マジで？　銃弾の雨の中を飛び出すとか嫌なんですけど！」

「そっちは任せろ」

サトゥーが跨乗兵達に穴鼠自治領で入手した捕縛玉を投げつけて無力化する。

「え、凄《すご》い」

「俺も使ってみたいな。なんてアイテム？」

「——働け、勇者」

戦場で緊張感に欠ける勇者に、サトゥーがめまいを覚える。

「お、なんか大技が来そう」

「なんだか、ヤバくない？」

ネズの胸の鉄板が赤熱する。

『ミンＮＡ、消エＣＨＡえ』

「マズい——」

サトゥーの姿が消え、ネズの背後に出現する。

「——止《や》めろ！」

ネズの膝裏《ひざ》に体当たりをかけ、ネズの姿勢を崩す。

特車部隊を破壊し尽くそうとした熱光線が、マキワ王国の空に放たれ、低い雲を一つ吹き飛ばした。

「俺のユニークスキルみたいじゃん」

「あれは魔法みたいに無力化されないんだな」

「魔法じゃないんだろ」

「じゃあ、科学？」

「俺が知るか」

無駄話を続ける勇者達だったが、ちゃんと特車の履帯を聖剣で斬《き》り付けて無力化していく。

ここに来るまでの間に、タマ達の戦闘を見て学習したようだ。

「落ち着け、ネズさん。ケイの治療をさせろ」

サトゥーがネズの頭部に駆け上がり、ケイを保護したコクピットのカバーをノックする。

『ケイＨＡ、僕ＧＡ、守ル。ケイＨＡ、僕ＤＡケノ、ケイＤＡ』

ネズは聞きたくないとばかりに、幼児のように丸まってしまう。

「守りたいなら、治療をさせろ！　このままだとケイが死ぬぞ！」

ネズがようやく、サトゥーに顔を向けた。

『ケイＨＡ、僕ＤＡケノ、ケイＤＡ――デモ』

そして、頭部をサトゥーに寄せる。

『ケイGA、死ヌノハ、モット嫌ダ』

サトゥーはコクピットのカバーが開ききるのも待たずに中に滑り込み、手当スキルを使ってケイの応急処置をする。

「手当だけじゃ——そうだ」

サトゥーがケイの胃の中に上級体力回復薬の中身だけをストレージから取り出した。

ケイの傷が見る見るうちに癒《い》え、死相の見えていた顔に朱が戻る。

『ケイHA？』

「傷は治したよ。もう大丈夫だ」

サトゥーは魔喰いによって魔力が中和される前に、魔法薬が効果を発揮する裏技を使ったようだ。

「ご主人様、一通り無力化してきたわよ」

アリサを筆頭に仲間達が集まってきた。

残っていた特車は、獣娘達が完全に無力化したようだ。

「あれ？　下級竜達は？」

「飛んできた戦闘機相手に遊んでるわ」

「戦闘機？」

「うん、爆撃機六機の護衛に付いてたの」

「爆撃機もいたのか！」

慌てて周囲を見回したサトゥーだったが、そういった機影は見当たらなかった。

『大丈夫よ、爆撃機はルルが撃墜しちゃったわ』

アリサが遠話で身バレしそうな情報を伝える。

サトゥーはルルを示すマーカーが、爆撃機の不時着ポイントに向かっているのに気付いた。

『ルルは爆撃機の方に？』

『うん、ミーアやナナと一緒に、重傷者がいないか確認に行ったわ』

その組み合わせなら大丈夫だな、とサトゥーは胸をなで下ろす。

「もう終わっているのか？　活躍しそびれたな」

救援物資と一緒に置いてきた王子とマッチョ戦士が現れた。

「ご無事で何より」

「魔力が使えぬくらいで、スィルガの男が不覚を取るものか」

そう勝ち誇る王子の肩で、何かがもぞもぞと動く。それは簀巻《すま》きにされた鼬人《イタチ》だった。

「捕虜ですか？」

「偉そうな格好をしたやつが逃げだそうとしていたから、捕まえてきた」

そう言って、王子が簀巻き鼬人を地面に落とす。

「えもの～？」

「捕虜さんなのです」

タマとポチが拾った枝で、つんつんと簀巻き鼬人をつつく。

「尋問いたしますか？」

リザの問いにサトゥーが首肯する。

リザが竜槍《りゅうそう》の切っ先で鼬人の猿ぐつわを切った。

「このような扱いは無礼である！　我が輩は南西方面軍司令、ヨハトーポーゲなるぞ！　速やかに縄を解くがいい！」

「ご主人様、首を落とせば静かになりますが、いかがなさいますか？」

「まずは尋問から始めよう」

リザの常ならぬ殺意の高い発言に、サトゥーが苦笑して彼女を宥《なだ》めた。

「ふん、つまらぬ脅しだ。その程度で――」

鼻を鳴らした鼬司令の鼻先にリザの槍《やり》が突きつけられる。

「死にたいならそう言いなさい。いつでも兵士達の後を追わせてあげましょう」

リザが本気の殺気を篭《こ》めて鼬司令を威圧する。

チーム「ペンドラゴン」の攻撃対象に死者はいないのだが、下級竜を率いたその攻撃力の高さが身にしみていたのか、鼬司令が虚勢を忘れて震え上がった。

「知っている事を話しなさい。その間だけ生存を許しましょう」

鼬人への嫌悪感からか、リザの言葉がいつもより殺伐としている。

「な、何が知りたい？」

「まずは、この魔力中和を解除する方法かな？」

「それは――」

口ごもる鼬司令の咽に、リザの槍がちくりと刺さる。

「――『魔喰い』に解除方法はない。竜を使って装置を破壊したようだが、魔法が使えるようになるまで半日はかかるだろう」

鼬司令の視線の先では、パラボラアンテナが付いた車両が黒煙を上げていた。

おそらくは竜達が「竜の吐息」で燃やしたのだろう。

「にゅ！」

――危機感知。

タマとサトゥーがほぼ同時に、東の空を見上げた。

遥《はる》か高空に、何かが飛んでいる。

「くはあはははは」

それを見た鼬司令が哄笑《こうしょう》する。

「言いなさい！　あれは何です⁈」

「あれは破滅だ。我らの敗北を知った皇帝陛下が決断されたのだ。愚神どもにカガクを気付かせぬ為《ため》、全てを焼き滅ぼす原初の炎――」

鼬司令が壮絶な笑みをサトゥー達に向けた。

「――『あいしーびーえむ』だ」

「ＩＣＢＭ？」

サトゥーが遠見筒《とおみづつ》と望遠スキルを重ねて飛行物体に焦点を合わす。

そこには確かに、地球の核保有国の国旗と略称が書かれていた。

「なんでそんなものが……」

「デジマ島に封じた魔王が皇帝陛下を弑《しい》し奉ろうと、異なる世界から招き寄せた悪魔の兵器だ。まさか、このような終わりが――」

アリサの呟《つぶや》きに反応した鼬司令が、つらつらと来歴を語る。

そんな事はどうでもいいとばかりに、サトゥーはストレージから聖槍を取り出し、助走を付けて投擲《とうてき》する。

「――ダメか」

いかにレベル三〇〇超えの彼でも、「加速門《アクセラレーション・ゲート》」の魔法による補助もなく、この距離を届かせる事はできなかった。

「くはははあは、鳥も飛べないような高さだぞ！　地上からなど、届くものか！」

「黙りなさい！」

アリサが猿ぐつわで鼬司令の口を塞《ふさ》ぐ。

「リザ、竜達を呼びに行ってくれ」

サトゥーは指示を出しながらストレージを開き、手持ちの手段でＩＣＢＭを撃墜する方法を探す。

「承知！」

「――にお任せなのです！」

リザとポチが遠くで戦闘機達を相手に飛び回る竜を呼びに向かった。

それを見送っていた勇者ユウキが、何かを思いついて勇者セイギの方を振り向く。

「セイギ！　弓貸せ！　スィルガ王国で買ってたろ？」

「いいけど、どうするのさ？」

「ＩＣＢＭを射落とすんだよ！」

「できるわけないだろ？　そもそも届かないよ！」

「届く！　俺のユニークスキルなら、どこまでだって届けてみせる！」

「ならば、この弓を。迷宮産の強力な長弓だ」

サトゥーが魔弓を勇者ユウキに渡す。

「うおおおお――って、こんな強い弓が引けるかぁああ！　セイギ！」

「はいはい、最後までかっこ付けなよね」

ノリツッコミで魔弓を投げ捨てた勇者ユウキが、勇者セイギから受け取った弓を構える。

「無限射程《どこまでもとおくへ》――」

勇者の身体《からだ》を青い光が流れる。

「――当たれぇえええええええええ！」

勇者の放った矢が明後日《あさって》の方向へ飛んでいく。

飛距離は十分だったが、弓の練習も碌《ろく》にした事のないような初心者が、数キロも先にあるような
ターゲットに当てられるわけがない。

「ニ、逃ゲヨウ。けいト、二人ナラ」

人間サイズに戻ったネズが、ケイを抱き起こす。

「ダメだよ、ネズさん。マキワ王国の人達を――いいえ、鼬帝国の兵士達も、死なせたくないの」

「デモ――」

抗弁しようとするネズの手を、ケイは包み込むように握った。

「お願い、ネズさん。力を貸して」

ケイがネズに懇願する。

「ワカッタ。けいガ、ソウ、ノゾム、ナラ」

「待ちなさい！　今の状態でユニークスキルを使ったら取り返しが付かないわ！」

ネズが魔王化寸前なのに気付いたアリサが止める。

「構ワナイ」

ネズの身体を黒に近い暗紫色の光が流れる。

むくむくとネズの身体が膨れ上がり、紫色の体毛が金属質の光沢を持つ金属の装甲板へと変わった。そして、ついには頭部にコクピットがあるロボットの姿へと変わる。

限界を突破しかけているのか、ロボットになったネズの体表がひび割れ、内側から暗紫色の不気味な光が漏れて明滅している。

「コノ、れーるがん、ナラ、届クト、思ウ」

紫電が瞬き、レールガンが唸《うな》りを上げて電力をチャージする。

チャージが進むたびに、ひび割れから漏れる暗紫色の光が濃く淀《よど》んでいく。

「やって、ネズさん！」

「分かっタ」

ネズが膝《ひざ》立ちの構えから、腕に固定されたレールガンを発射した。

空気との摩擦熱で弾丸が赤熱し、赤い軌跡を描いて空の彼方《かなた》へと飛翔《ひしょう》する。

そのままICBMを撃墜するかに思えたが、途中で失速し、遥か手前で落ちてしまう。

続けて何発も発射するが、残念ながら結果は変わらなかった。

「くそっ、俺のユニークスキルが他《ほか》の人に使えたら」

それを見守っていた勇者ユウキが悔しそうに、掌《てのひら》に拳《こぶし》を打ち付ける。

「それだ！　ユウキ、それだよ！」

勇者セイギが喜色を浮かべて、勇者セイギとネズを交互に見る。

「ちゃんと説明しろ」

「ユウキがロボのコクピットに乗って撃つんだ！」

「そうか！　それなら、俺のユニークスキルを重ねられる！」

勇者達がキラキラした目でネズを見るが、ネズは腰が引けている。

「ネズさん、お願いできる？」

「……けいガ、言ウ、ナラ」

ネズは嫌々な感じで、腰を落としてコクピットを開いた。

「おお、なんかワクワクする」

「ボクも乗っていい?」

「狭いから来るな」

「ちょっと、遊んでないで早く乗りなさい」

「わ、分かってるよ」

状況が分かっていない勇者達をアリサが窘《たしな》める。

二人の勇者がコクピットへ潜り込む。

「ネズさん、時間がないわ」

ＩＣＢＭがどんどん近づいている。

このままでは後、目測で一発か二発くらいの時間しかないだろう。

「ちゃーじ、シタ」

レールガンが紫電を帯び、発射態勢になった。

体表のひび割れが増し、暗紫色の光に黒い瘴気《しょうき》が混じり始めている。

そろそろ本気でヤバい。このまま続けたら、ネズが本当に魔王化してしまいそうだ。リミットまであと数発といった感じだと思う。

「よし、無限射程《どこまでもとおくへ》!」

コクピットに座る勇者ユウキの身体を青い光が包んだが、その光がネズの身体へと流れ出す事はない。

「くそっ、ダメなのか?」

「ユウキ！　考えるな、感じろ！」

「馬鹿《ばか》セイギ！　そんなのができるのは天才だけだ！」

「それなら、ネズロボを身体の延長だと考えなさい！　思い込みで天元突破するのよ！」

言い争う勇者二人にアリサが助言する。

まあ、アリサの助言後半も勇者セイギの発言と大差ないけれど。

「くそっ、やってやるっ！」

勇者ユウキがやけくそ気味に叫んでから、ぶつぶつと「ロボは俺の手足」と繰り返して自己暗示を掛ける。

「うぉおおおおおおおおおおおおお！」

勇者ユウキが叫びと共にユニークスキルを発動し、彼の身体を包んだ青い光がゆっくりとネズの身体へと流れ出した。

「その調子！」

「ぬぅぉおおおおおおおおおおおおおおおお！」

青い光は勢いを増し、ネズの身体を伝ってレールガンの砲身へと集まる。

勇者のユニークスキルと相性が悪いのか、ネズが痛みを感じたように砲身をブレさせた。

「大丈夫？」

「うん、平気ダ、これくらイ」

案じるケイに、ネズが強がってみせる。

「今よ、ネズさん！」

「わかっタ。行くよ、ケイ」

ケイが合図し、ネズが小さく頷《うなず》いた。

「いっけぇえええええええええええ！」

勇者ユウキの叫びと同時に、ネズのレールガンが火を噴く。

青い光を帯びた砲弾が、轟音《ごうおん》とともにＩＣＢＭへと撃ち出された。

「行けー！」

「当たれー！」

皆《みんな》が見守る中、青い砲弾はＩＣＢＭへと届き、自ら避《よ》けるようにしてすり抜けてしまう。

「え？　外れた？」

「今のは当たる流れでしょ？」

「砲弾が届くまでの時間で位置がずれたんだ」

「そんなの、どうやって当てるんだよ」

「未来位置を狙《ねら》うんだ」

意味が分からないと呟く勇者ユウキに、サトゥーが助言する。

「当たるまで撃ってやる！」

「待て、無策で撃っても当たらないぞ」

サトゥーはそう言って、人外の跳躍力をもってネズのコクピットにとりつく。

「だったら、どうしろってんだ！」

勇者ユウキがサトゥーの助言に噛《か》みつく。

「照準を手伝う。さっきの一撃で、観測射撃は十分だ。次は絶対に当てるぞ」

サトゥーが交渉スキルと説得スキルを意識して勇者ユウキに告げる。

「――ちっ、分かった。手伝わせてやる」

「ネズさん、砲身に触るぞ」

「ワカッタ」

サトゥーは素早い動きでコクピットから脚部へと移動し、手を伸ばして砲身を押して微調整する。

「おい、ずれてるぞ」

「これで、いい。タイミングを合わせろ――九、八、七」

「はえーよ、無限射程《どこまでもとおくへ》！」

先ほどのようにレールガンの砲身に青い光が集う。

一回目で慣れたのか、二回目はスムーズだ。

「六、五、四」

レールガンの砲身が帯電を始め、砲身を支えるサトゥーの身体を感電させる。

「ご主人様！」

「大丈夫」

常人には耐えられない高電圧の電流に晒《さら》されながらも、サトゥーは心配する仲間達に笑みを向ける余裕があった。

そのまま感電しながら砲身の角度を微調整する。

「二、一、撃てぇえ！」

「当たれぇえええええええええええええ！」

――ZYUGGG。

サトゥーの指示で勇者ユウキが引き金を引き、ネズの咆哮《ほうこう》と共に青い砲弾が撃ち出された。

大気を震わせ、風を切り裂き、砲弾が蒼穹《そうきゅう》へと吸い込まれていく。

明らかにICBMとは違う方向に打ち出された砲弾に、見守る人がやきもきし出した時、先ほどとは反対に砲弾に当たりに行くようにICBMが重なる。

「当たった？」

静かな反応に不安になったケイが呟《つぶや》く。

次の瞬間、遥《はる》か高空でICBMが二つに折れ爆発四散した。

盛大に広がる爆煙と千切れ飛んだ破片が炎と煙を引いて虚空に散っていく。

「「やったぁあああああああああああ！」」

見守っていた人々が、それを飛び上がって喜んだ。

「ふぃいいいいいいい」

「お疲れさん」

コクピットで勇者ユウキが脱力し、サトゥーが冷たい果実水の入った水筒を渡して労《ねぎら》う。

「やったわね、ネズさん」

「うン、やったヨ、ケい」

ケイの掲げた手とネズが伸ばした指とがハイタッチを交わす。

こうしてマキワ王国を侵略せんと攻め入った鼬《イタチ》帝国の野望は、勇者と転生者と謎の蜥蜴人《サトゥー》の協力によって潰《つい》えた。

エピローグ

〝サトゥーです。運命という言葉が流行《はや》った時代があったそうですが、個人の意志や努力がないがしろにされているような気がして、あまり好きではありません。『運命の相手』みたいなロマンチックなのは別ですけどね。〟


「破壊できて良かったけど、放射線とか大丈夫かしら？」

爆散したＩＣＢＭを見上げて、アリサが心配そうに呟いた。

「マップだと、破片が落ちたのは人が住んでいないあたりだし、後で虚空服でも着込んで放射性物質を回収してくるよ」

アリサに後は任せろと言って安心させる。

「ご主人様、遅れて申し訳ありません」

「出番なしだったのです」

下級竜を連れ戻しに行っていたリザ達が戻ってきた。

「あんなに遠くの的に当てるなんて、ネズさんって凄《すご》いんですね」

ルルに褒められたネズが、巨大ロボのまま照れて恥ずかしがる。

ロボのほっぺが赤いのは、どういう理屈だろう？

「「「勇者様ー！」」」

「あ、ワトソン達だ！」

勇者達を見つけた従者達が駆け寄ってくる。

ボロボロの姿を見るに、彼らは彼らで戦っていたようだ。

「ユウキ！　そこから早く降りてください！」

勇者ユウキがネズのコクピットにいるのを見つけた翼人従者が、必死の形相で勇者ユウキに向かって叫ぶ。

「ミカエル！　俺の活躍を聞いてくれ――」

コクピットを開けて身を乗り出した勇者ユウキに、翼人従者が勢いよく抱きつく。

「ミ、ミカエル？」

動揺して真っ赤になる勇者ユウキを無視して、翼人従者は彼をコクピットから引き抜き、そのままの勢いで空を舞う。

「ユウキは確保しました！」

「一旦《いったん》、魔王から距離を取ります！」

翼人従者の報告を受け、太鼓腹従者が他《ほか》の従者達に指示を出す。

――魔王？

言われて気付いた。

ネズの称号が「魔王：未覚醒《かくせい》」になっている。

最後の数回のユニークスキル行使で、魔王化してしまったようだ。

「え？　ちょっと、どういう事？」

当惑する勇者セイギを抱えたマッチョ兎耳族の女性が一番に駆け出し、侍のルドルー氏を始めとした弓持ち達がネズに矢を向けながら後ずさる。

「ルドルー〜？」

「ネズさんは悪い鼠《ねずみ》さんじゃないのですよ？」

そんなルドルーを見て、タマとポチが不思議そうに首を傾《かし》げる。

「ＢＯ、僕ガ、バケ、バケモノ、ダカラ……」

従者達から敵意を向けられた鼠魔王ネズが、身体《からだ》の各部から漆黒の瘴気《しょうき》を噴き出しながら苦しみ出す。

このままだと理性を失って、完全な魔王になってしまう。

「ご主人様、これをネズたんに！」

アリサの魂殻花環をネズに持たせるが効果がない。

「ネズさん、これを飲め！　エリクサーだ」

「貸してください。私が飲ませます」

蹲《うずくま》るだけでエリクサーを手に取らないネズに業を煮やしたケイが、オレの手からエリクサーを取り上げた。

「ネズさん、お願い、飲んで――」

口移しで飲ませるのかと思ったら、ケイがネズの口にエリクサーを瓶ごとねじ込んだ。

意外とワイルドだ。

「げほ、げほ、げほ――ケイ、もう少シ優しくシテほしイ」

エリクサーの効果が出たのか、ネズの身体から噴き出る瘴気が薄れ、呂律《ろれつ》が回っていなかった口調もかなりマシになった。

残念ながら「魔王」の称号は取れていないけれど、これなら秘密基地の庵《いおり》で隠棲《いんせい》している魔王シズカみたいに、平和に暮らせそうだ。

◆

「――にゅ！」

タマが西の空を振り返る。

それと同時に、空間が歪《ゆが》んでサガ帝国の中型飛空艇が、次元の狭間《はざま》を渡って出現した。

従者の一人が神授のタリスマンを翳《かざ》して手を振っている。

彼がタリスマンの力を使って、勇者召喚を行ったのだろう。

「メイコ様！　魔王はここです！」

魔喰《く》いの影響が残る場所に召喚された中型飛空艇が、ゴリゴリと地面を削って不時着する。

止まりきる前にハッチが開いて、勇者メイコが飛び出してきた。

「紫色の体毛をしたネズミが魔王です！」

「あいつね！　『無限武器庫《はてなきつるぎ》』——無銘の聖剣！」

勇者メイコの体表を流れた青い光が右手に集まり、瀟洒《しょうしゃ》な細身の聖剣が現れる。

「我が刃《やいば》に——『最強の刀《きれぬものなし》』」

再び流れた青い光が、聖剣を包む。

対するネズは、ただ頭を抱えて縮こまるだけだ。

「だめぇえええええええ！」

聖剣を振りかぶる勇者メイコの前に、両手を広げたケイが立ち塞《ふさ》がる。

「どいて、そいつ殺せない」

「殺さないで！　ネズさんはいい人なの！」

「人？　そのネズミは魔王よ」

「鼠人よ！　ネズミなんて言わないで！　それに、ネズさんは魔王は魔王でも良い魔王なんだから！」

ケイと勇者メイコがネズの前で睨《にら》み合う。

「ユウキ！　セイギ！　あなた達も手伝いなさい！　日本に帰りたくないの?!」

勇者ユウキと勇者セイギが傍観しているのに気付いた勇者メイコが激高した。

「いや、まあ——でも、なあ?」

「うん、ちょっとネズさんを討伐するのは何か違くね?」

二人はネズに同情的なようだ。

「ご主人様――」

アリサがオレに耳打ちする。

「――誰《だれ》かに見られてる」

アリサに言われて神経を研ぎ澄ましてみれば、かすかに空間魔法の気配がする。

ミーアやタマもそれを感じているのか、落ち着かない様子だ。

誰が見ているのかは分からないが、「魔喰い」で魔力中和されているこの場を覗《のぞ》くなんて、なかなか卓越した使い手のようだ。

「……なに、これ？」

「ふははは！　我がサガ帝国が誇る魔導工学の粋――『幼神縛鎖』の味はどうだ！」

こっそりと背後に回っていた従者が、投網のようなアイテムでネズを捕縛した。

縛った相手の魔力を奪い続ける「魔封蔦《つた》」の、上位互換みたいなアイテムらしい。

「……うごけ、ない」

搦《から》め捕られたネズがもがく。

「余計な事をしないで！」

勇者メイコが従者達を叱責《しっせき》した。

「ネズさん！」

ケイがネズに飛びついて、鎖を必死に剥《は》がすのを協力する。

「手伝うよ」

自作魔剣の中でも特に頑丈な剣で、鎖を切り裂く。

魔刃を作ろうとするとすぐに魔力が拡散するけど、鎖を切る瞬間くらいなんとかなる。

「何をする！　貴様ら、魔王信奉者か！」

「まさか。でも、戦友を拘束されたままにするのは気が引けるからね」

オレは肩をすくめ、従者達の相手をする。なるべく、サトゥーにも勇者ナナシにも近くない口調を意識した。

後ろでガラガラと音がして、ネズが鎖から抜け出す。

「あんたが私の相手をするって事？　女の子相手ならともかく、武器を持ったトカゲ相手に容赦はしないわよ？」

「できれば、平和的に解決したいんだけど？」

このまま引き上げてくれると助かる。

帰還の為《ため》に魔王討伐が必要なら、預言にある残り二箇所での魔王討伐を手伝うからさ。

もっとも、その二箇所に出なかったら、他の方法を考える必要があるけど。

「――ケイ」

「え、ネズさん？」

後ろでそんな会話が聞こえた後、勇者一行が驚いた顔になった。

ほぼ同時に、後ろから轟音《ごうおん》とともに噴煙と熱風が流れてくる。

振り向くと、ロボっぽいロケットに変身したネズが空へと飛び上がるシーンだった。ケイはネズのコクピットに乗っているらしい。

「逃がすか——」

斬《き》りかかろうと飛びかかったメイコの足を掴《つか》んで止めると、ノータイムで振り向きざまの斬撃《ざんげき》を放ってきたので、魔剣で受け流す。

くるりと身体をひねって拘束から抜け出そうとしたので、そのまま手を離してやる。掴んだままだと足首の骨が折れちゃうからね。

「降りてこい！」

勇者メイコが空に向かって叫ぶ。

「そうだ、飛空艇！　飛空艇で追うわよ！」

「はい、メイコ様！」

勇者メイコ一行が飛空艇に走っていく。

「ご主人様、今って飛空艇は飛べないわよね？」

「魔力が中和されているからね」

アリサの言うように追跡は不可能だろう。

「あ！　消えたぞ！」

「テレポート？」

勇者ユウキと勇者セイギが空を指さす。

確かに白煙を噴いて上昇していたネズがいなくなっている。

「ご主人様、さっきの空間魔法使いだわ」

アリサに言わせると、空間の歪み方の癖が似ているらしい。

「覗き見ならともかく、他者の転移までするって事はユニークスキルかな？」

「うん、少なくともわたしにはできない」

純粋な魔法使いで、空間魔法のスキルレベルが最大のアリサが無理なら、大抵の人物は無理だろう。オレもここで帰還転移《リターン》をするのは無理だ。

マーカー一覧を確認すると、ネズの現在位置が鼬《イタチ》帝国の帝都になっている。

ネズとケイを連れ去った何者かは、鼬帝国の関係者のようだ。

「何か落ちてきます」

ネズが消えたあたりを見ていたルルが言った。

「紙切れ」

「——が取ってくるのです！」

「負けない～」

ポチとタマがダッシュで紙切れを追いかける。

ちなみにポチの一人称が消えたのは、黄金鎧《よろい》の身バレ防止機能だ。

「拾ってきたのです！」

ポチが紙切れ——手紙を持って戻ってきた。

お礼を言ってポチの頭をわしゃわしゃ撫《な》でる。鼠人の偽装の下は黄金鎧の兜《かぶと》なんだけど、ポチは嬉《うれ》しそうだ。タマも撫でてほしそうだったので、手紙に軽く目を通してからアリサに渡して、一緒に撫でてやる。

「『同郷の仲間は私が保護する』？　下の判子みたいなのは何かしら？」

「——これは鼬皇帝の印璽ですな」

後ろから覗き込んでいたのは勇者セイギの太鼓腹従者だ。

その後ろには勇者セイギと勇者ユウキがいる。わざとらしく視線を逸《そ》らしているところを見ると、彼らも太鼓腹従者と一緒に覗き込んでいたらしい。

「これは失礼。勇者様を止めに来たのですが、目に入ってしまいました」

「これが『鼬皇帝の印璽』というのは？」

「私は従者になる前に皇帝陛下の文官をしておりまして、その時に鼬帝国から来た正式な書状に押してあるのを見た事があります」

なるほど、この手紙に書かれた文章が本当なら、鼬皇帝も転生者って事になる。

「同郷の仲間？　鼬皇帝って、日本人だったのか？」

「それなら戦車とかを作ったのも分かるな」

勇者二人がそんな事を言う。

「それにしても、どうして魔王になったネズを……」

「ここだけの話ですが」

そう前置きして、太鼓腹従者がマキワ王国の王城で聞いたという話を教えてくれた。

——鼬皇帝が魔王だという噂《うわさ》を。

◆

「考え事？」

「ああ、ちょっとね」

戦争終了後、オレ達はいつものように人命救助に走り回り、持ち込んだ救援物資をマキワ王国の人々や捕虜達に分け与え、変装を解く為に下級竜に乗って一度立ち去った。

勇者メイコは即座に飛空艇に飛び乗って出立しようとしたが、不時着時の故障でしばらく足止めを喰らう事になるらしい。

「ネズたんとケイの事？」

「うん、元気にしているかなって」

マップ情報を見る限りだと、ネズは引きこもっているようだけど、ケイは普通に出歩いているみたいだし、拘束されたり監禁されたりはしていない感じだ。

「魔王化が進行してないか心配だけど、それは大丈夫なんでしょ？」

「まあね」

ネズの称号や状態に変化はない。

当然ながらケイも変な状態になっていないし、鼬帝国での二人の扱いは悪くないんじゃないかと思う。

「戦争難民の人達も故郷に帰れそうで本当に良かったです」

リザが感慨深げに言う。

鼬帝国の侵略戦争で故郷を追われ、シガ王国で戦争奴隷になっていた彼女の言葉は重い。

一度、故郷を取り戻したいか尋ねたが、「もう、そこを取り戻しても、故郷は戻ってきません」と静かに首を横に振って拒否されたんだよね。

「ご主人様、私達は何もしなくていいんでしょうか？」

ルルが不安そうに聞いてきた。

「今回はエチゴヤ商会が集めてくれた人材がやってくれるから大丈夫だ」

「そうそう、毎回わたし達がやる必要はないわよ」

支配人が大型飛空艇と一緒に有能な人材を送ってくれたので、難民のケアから移送手続き、支援物資の輸送計画まで丸投げできて楽ちんだった。

オレはサトゥーとして、飛空艇で大型飛空艇に同行して、シガ王国高官としての役目も一応果たしている。

今、オレ達がいるのはマキワ王国の迎賓館だ。

「遺跡で見つけた例の増幅器は使えそう？」

「ああ、あれはなかなかの掘り出し物だと思うよ」

色々な協力の対価として、マキワ王国から国内遺跡の自由探索権を得られたので、隙間《すきま》時間を見つけて調査を行ったのだ。

残念ながら神石そのものは発見できなかったけど、神石を嵌《は》め込んで使う増幅器的な物を発見したので、十分な成果を出せたと思う。

そういえばセリビーラの迷宮下層でヨロイやムクロが言っていた「狗頭《くとう》の魔王」を撃退するような何かがあったっていうのは、最後まで分からずじまいだった。

マキワ王国の空白地帯は全部チェックしたから、既に失われたのか碧領《へきりょう》にあった異空間のように発見しにくい場所にあるんじゃないかと思う。こっちは何か新しい情報が入ったら、再調査する形でいいだろう。

「サトゥー」

「マスター、シェルミナ・ダザレスが面会に来たと告げます」

「なんだろう？　なんの用事か聞いている？」

ミーアとナナが来客を教えてくれた。

「お礼を言いに来たと言っていたと告げます」

「ああ、紅蓮杖《ぐれんじょう》の件か」

川底で回収した紅蓮杖のパーツを、元の持ち主であるダザレス家の現当主代理であるシェルミナ嬢に返還したのだ。

「応接室」

「わたしも行くわ」

「ん、浮気防止」

アリサとミーアを両手にぶら下げ、オレは来客対応に応接間へと向かう。

「ねぇねぇ、次はどこに行くの？」

「夢幻迷宮がある鼬帝国のデジマ島か古竜がいる南の大陸に行ってみようと思う」

鼬帝国は今回の件で入国が難しそうだから、無理そうなら砂糖航路の南にある大陸に足を伸ばしてみようと思う。

ここしばらく、殺伐とした事件が多かったから、のんびり平和に旅をしながら、南の大陸にいる古竜から原始魔法を学んでみるのもいいかもね。

「南の大陸なんていいわね」

「ん、海」

「おおっと、アリサちゃんの新作水着が火を噴くわよ！」

うん、そういう平和なのがいいね。

戦争や殺し合いとはしばらく無縁でいたいものだ。

本心からそう思うよ。

EX：娘さん達の苦難

「ゼナ、公都が見えて参りましたわ」

大河を下る船の甲板で、ムーノ伯爵令嬢カリナが後ろを振り返って言った。

そのアクションで彼女の縦ロールにした金髪と立派すぎる双丘が揺れ、甲板で作業をしていた男達の視線が集まる。

「あれが公都！　王都も凄《すご》かったですけど、公都も凄く栄えているんですね」

キラキラした目で公都を見るのは、お日様色の髪をした美少女――セーリュー伯爵領軍の魔法兵でマリエンテール士爵家令嬢のゼナだ。

「ゼナさん、公都は海産物が美味《おい》しいんすよ！」

「ちょっとエリーナさん、もうすぐ入港なんですから、荷物の整理に行きますよ」

「新人ちゃんは真面目《まじめ》っすね～」

カリナの護衛メイドであるエリーナと新人《リエーナ》ちゃんが、姦《かしま》しく話しながら船室へと向かう。

「ユィットは幼生体との再会が楽しみだと告げます」

「トリアも！　トリアもアシカな幼生体と会うのが楽しみです」

二人がそう言うと、他《ほか》の五人の姉妹達も頷《うなず》いた。

七女のナナはここにいないが、他の七人はこうしてゼナやカリナと一緒に、迷宮都市セリビーラへの旅に同行している。

「二人とも、自分達の荷物は纏《まと》めましたか？　ちゃんとしておかないと、幼生体に会うのが遅れますよ？」

「「すぐやると告げます！」」

姉妹の長女アディーンに指摘され、ユィットとトリアが船室へ走っていく。

それを見た他の姉妹もその後を追った。

「イスナーニは大丈夫？」

「大丈夫、問題ない」

一人だけ後を追わなかった次女のイスナーニが、無表情のまま頷く。

「なら、一緒に船の入港を見物しましょう」

「イエス・アディーン」

◆

「――なんだか落ち着かないですわね」

「何かあったんでしょうか？」

船から降り立った公都の港では、兵士達や神殿騎士が慌ただしく走り回っていた。

「ユィットは賊が出たそうだと聞き込みをした情報を開示します」

「港には色々と珍しい物や高価な物があるっすからね～」

姉妹の末っ子ユィットと護衛メイドのエリーナが呑気《のんき》な会話をしていると、物々しい様子の神殿騎士達がやってきて、港に泊まっていた高速艇に乗り込んでいく。

「『自由の翼』を名乗る不埒《ふらち》な魔王信奉者達を今度こそ根絶やしにするぞ！」

「「応！」」

カリナ達が見守る中、高速艇が何隻も慌ただしく出航する。

「不穏ですわね」

『公都の地下で魔王復活を企《たくら》んでいた連中の残党狩りのようだな』

カリナの呟《つぶや》きに反応したのは、「知性ある魔法道具《インテリジエンス・アイテム》」のラカだ。

「聞いた事あります。王都で騒ぎを起こした人達の同類ですよね」

『うむ、いつの時代でも迷惑な連中だ』

ラカはゼナの問いに、明滅で同意する。

「アディーン、馬車が来た」

「カリナ様、ゼナ様、騒動に巻き込まれる前に移動いたしましょう」

次女イスナーニの手配した馬車に、皆《みんな》で向かう。

「「まずは幼生体に会いたいと告げます」」

「その前に宿の手配をしてからです」

姉妹達の発言を長女のアディーンが却下した。

「アディーン、わたくし達もセーラ様にお会いしてきたいのだけれど」

「あー、だったら、宿の手配はあたしらがやっとくっすよ」

「よろしいのかしら?」

「はい、私とエリーナさんにお任せください」

これもメイドの役目だと、エリーナと新人ちゃんが胸を叩《たた》いて請け負った。

姉妹達はアシカっ子達の下へ、ゼナとカリナはセーラのいるテニオン神殿へ、エリーナ達は宿の手配へと分かれた。


「ようこそテニオン神殿へ。お久しぶりです、カリナ様、ゼナ様」

「「お久しぶりです、セーラ様」」

貴族街にある神殿に行くと、すぐに神殿の奥へ案内され、待たされる事なく巫女《みこ》セーラと面会できた。

「お待ちしていましたわ」

「待っていた?」

セーラの言葉に、カリナとゼナが首を傾《かし》げた。

「はい、ヒカル様が近いうちにお二人が公都を訪れるだろうと仰《おつしや》っていたんです」

「ヒカルさんは予言までできるんですね」

ゼナが驚きの声を上げたが、実際は予言ではなくサトゥーから「遠話《テレフォン》」で「近いうちにゼナさん達が公都に行く」と聞いたヒカルが、世間話として伝えただけだ。

「ヒカルさんと手紙のやりとりでも？」

「いいえ、先日までヒカル様を建国期の遺跡に案内していたんです。お二人の事はその時に」

セーラは理由まで聞いていたが、「昔の知り合いの墓参り」というヒカルのプライベートな話だったので、詳細は口にしなかった。

「ナナさんのご姉妹も一緒と伺っていたのですが――」

「アディーンさん達は知り合いに会いに行くと言って別行動中なんです」

「そうなんですか、お会いできなかったのは残念ですが、用事があるならしかたありませんね」

ゼナの答えに、セーラが残念そうに返した。

「お二人は公都にしばらくいらっしゃるんですか？」

「いえ、ここには迷宮都市セリビーラに行く途中に寄っただけですので、船便の手配ができたら出発しようと思っています」

「まあ、迷宮都市に？　もしかして、サトゥーさんのご用事ですか？」

「いいえ、違いますわ！　修行に参りますの！」

セーラの質問に、カリナが椅子《いす》から立ち上がらんばかりの勢いで答えた。

「修行、ですか？」

令嬢らしからぬ目的に、セーラが言い淀《よど》んだ。

「私はお恥ずかしながら、少し体質的なものを改善しに迷宮都市まで」

「そうですわ！　セーラ様もご一緒しませんこと？」

いい考えだとばかりにカリナがセーラを誘うが、セーラは「神殿の仕事がありますから」と言ってやんわりと断った。

「そういえば、先ほど船便と仰っていましたけど、王都までは飛空艇で行かないのですか？」

「そうしたいのは山々ですが……」

「それでしたら、お祖父様《じい》に紹介状をお書きしますわ」

金銭的な余裕がないとは言い出せずに言い淀んだゼナを、セーラは「伝手《つて》がないから」だと誤解してそう提案した。

『それはすまぬな。海路は魔物が多い。地上では勇猛なカリナ殿も、海上や海中ではその力の半分も発揮できぬ。巫女殿の提案はまさに渡りに船。カリナ殿もそれで良いな？』

カリナの胸で静かにしていた「知性ある魔法道具」のラカだったが、懸案事項を解決するセーラの提案にサクッと乗った。

ラカに問われたカリナは「ラカさんが勧めるなら」と頷く。

セーラはゼナも頷いた事で了承と判断し、その場でサラサラと彼女の祖父であるオーユゴック公爵宛《あ》ての紹介状を書きあげる。

「これで次の王都便に乗れるはずです」

二人はセーラの善意に感謝し、紹介状を受け取る。

もっとも、それぞれの内心では、ゼナは飛空艇の運賃に、カリナは紹介状を携えてオーユゴック公爵と面談する事に、それぞれ青くなっていた。

◆

「ご歓談中失礼します」

セーラ達が楽しそうに歓談していると、部屋の扉が控えめにノックされた。

「セーラ様、そろそろ……」

「あら？　もうそんな時間？」

女性神官が入室し、セーラに耳打ちする。

「楽しくて話し込んでしまいました」

「すみません、セーラ。ご用事があったのに長々と」

「いいえ、謝る必要はありませんよ、ゼナ」

歓談する間に、互いの事を呼び捨てにする関係になったようだ。

「そうだわ！　よろしければ、一緒に行きませんか？」

そう提案したセーラに同行し、カリナとゼナも公都外周にある養護院を訪問する。

「「巫女様」」

出迎えた子供達が嬉《うれ》しそうにセーラに懐く。

「セーラ、お姉ちゃん」

小さな女の子がセーラの足に抱きついた。

「ミッチ！　様を付けろ！　セーラ様はおえら〜い、巫女様なんだぞ！」

「ごめんなさいぃいぃい」

年長の男の子に叱《しか》られた女の子が泣き出す。

「大きな声でびっくりしましたね。私の事はセーラお姉ちゃんで構いませんよ」

セーラが女の子をあやす。

「うん、セーラお姉ちゃん」

「はい」

なんとか泣き止《や》んだ女の子に、セーラが慈母の微笑《ほほえ》みを向けた。

「えへへ」

それを見た女の子も自然と笑顔になる。

ゼナとカリナも周りの子供達も、釣られて笑顔になった。

養護院の慰問は、カリナが持ち前の不器用さで物を壊したり、ゼナに宿る雷獣の暴走で全身がピカピカして子供達に受けたり、といったハプニングがあったものの、つつがなく終わる。

「セーラは子供達が好きなんですね」

「ええ、子供達は国の宝ですから」

ゼナの質問に、セーラは馬車の窓から子供達を優しい目で見て答えた。

◆

翌日、カリナとゼナはオーユゴック公爵に面会する為《ため》に、オーユゴック公爵の城を訪問していた。

社交が苦手なカリナは理由をつけて先延ばしにしようとしたが、アディーンとゼナが宥《なだ》め賺《すか》して、なんとか面会させたのだ。

「――一生分の気力を使い果たしましたわ」

「カリナ様、お疲れ様です」

カリナに懇願されて城までは同行していたゼナだったが、さすがに士爵令嬢の身分では国の重鎮であるオーユゴック公爵と面会する事はできずに、カリナの従者として控え室で待たされていた。

「失礼します。飛空艇の手配が完了したので、旅券をお持ちいたしました」

公爵城の文官がカリナに盆に載った旅券を見せる。

「あとはこちらに受領のサインをお願いします」

ゼナが旅券の日付を確認し、頷《うなず》いたのを見てカリナが書類にサインする。

飛空艇は五日後に出立するらしい。

「では手続きは完了です」

事務的に退出しようとした文官だったが、何を思ったのか足を止めてカリナを振り向いた。

「老婆心ながら一言、貴族令嬢が他領の貴族に面会を希望する時は先触れを出すものですよ」

文官の言葉に思い当たる事があったのか、カリナが「しまった」という顔になった。

当然ながらゼナも先触れのルールは知っていたが、カリナの護衛メイドであるエリーナ達が先触れを出してくれていると勘違いしていたらしい。

「すみません、カリナ様。てっきり、先触れを出しているとばかり思って、確認するのを忘れていました」

「いいえ、ゼナのせいではありませんわ。忘れていたわたくしが悪いのですわ」

「お二人の友情は麗しいですが、礼儀の初歩を忘れては国許《くにもと》のご家族が笑われてしまいますよ。ニナ先輩には手紙を出しておきますから、領に戻ったらたっぷりと再指導されてくださいね」

「文官殿はニナの後輩ですの？」

「ええ、『鉄血』ニナにしごかれたお陰で、先輩の後任に就く事ができました。あの人の指導は厳しいですが、必ず将来の役に立つのでカリナ様も心して受けてください」

文官はそう言った後、「小官の諫言《かんげん》にお耳を貸していただき恐悦至極に存じます」と付け加えて去っていった。


二人はその足でセーラにお礼を言う為にテニオン神殿に向かったのだが――。

「なんだか騒がしいですわね」

「何かあったんでしょうか？」

昨日とは打って変わった騒々しさに、カリナとゼナが顔を見合わせる。

「あの、セーラ様にお会いしたいのですが――」

ゼナが近くを通りかかった神官にそう切り出したのだが、神官は苛烈《かれつ》なほどの勢いで遮った。

「セーラ様?! ダメだ、ダメだ！ セーラ様はお会いにならん！」

「ゼナとカリナ様が会いに来たと伝えて――」

「ダメだと言ったら、ダメだ。帰りなさい」

とりつく島もない神官に神殿の外へと追い出される。

あまりの勢いに、ゼナもカリナも言葉を失った。

馬車へと戻る二人の前に、ナナの姉妹達が駆け込んでくる。

「カリナ！ 緊急事態だと告げます」

「ゼナ！ 幼生体の危機なのだと訴えます」

姉妹達は数人の子供達を抱きかかえている。

すぐにゼナとカリナは、それが昨日養護院で会った子供達だと気付いた。

「何があったんですか？」

「ミッチが悪いやつらに掠《さら》われたんだ！」

「巫女《みこ》様も！」

「ミッチが人質にされて、それで……」

「皆《みんな》、落ち着いて――」

「ミッチという女の子とセーラ様が悪いヤツらに掠われたそうです」

ゼナが子供達を制すると、姉妹の長女アディーンが子供達の話を要約して聞かせてくれた。

「神殿の人達は知っているのでしょうか？」

「まず行動だとユィットは告げます！」

「トリアも！　トリアもお知らせに行くべきだと推奨します」

ゼナ達は子供達を連れ、もう一度神殿に向かった。


「間違いありません、この邪悪なシンボルは魔王信奉集団『自由の翼』の物です」

子供達が現場で拾ったシンボルが決め手となって、ゼナ達は子供達と一緒にテニオン神殿の巫女長と面会を果たしていた。

「ヤツらはまた巫女セーラを魔王復活に利用しようというのか！」

同席していた神殿長が怒りを露《あら》わにした。

「落ち着きなさい神殿長。――その者達は他《ほか》に何か言っていましたか？」

「『しゃしゃのとー』って言ってた！」

「ケガがどうとか言ってたな！」

「そこでギシキをするんだって言って笑ったんだ！」

巫女長に促された子供達が口々に言う。

「巫女長様、それは『死者の塔で穢《けが》れを集めて儀式をする』という事では？」

「それ！」

「そんなこと言ってた！」

「うん！」

神殿長のまとめを聞いて子供達が一斉に指さした。

「そうですか、では神殿騎士達や高位司祭をそこに派遣して――」

「申し訳ございません、巫女長様。腕利きの神殿騎士達や高位司祭は『自由の翼』残党の討伐作戦に出払っております」

神殿に残っているのは見習い達だけだ。

「そうでしたね。私が動ければいいのですが……」

「こうなれば、私が昔取った杵柄《きねづか》で――」

「お止めなさい。足が弱ったあなたに、大立ち回りは無理です」

聖域の外に出られない巫女長と、老齢で足腰の弱った神殿長がともに肩を落とす。

「でしたら、わたくし達がセーラ様を助けて参りますわ！」

「カリナ様、お申し出はありがたいですが、他領の貴族であるあなたを危険に晒《さら》すわけには……」

「いいえ！『義を見て小猿は夕鳴きソバ』とポチも言っていました。友人を助けるのに、立場など関係ありません」

『よく言ったカリナ殿。巫女長殿、ここはカリナ殿を信頼して任せてはくれぬだろうか？』

「ですが、『自由の翼』は魔族を従えている可能性が高いのです」

「魔族ていど、魔王に挑むのに比べたらなんて事ありませんわ！」

カリナがそう言って立ち上がり、ゼナや姉妹達の方を見た。

「カリナ様、私もご一緒します！」

「「もちろん、私達も同行すると告げます」」

ゼナと姉妹達がカリナの手を取る。

「皆様、セーラの事をよろしくお願いします」

巫女長に頼まれ、カリナ達はセーラを救出に「死者の塔」へと出発した。

◆

「チュー吉がセーラと幼生体を見つけたと報告します」

ユイットが従魔のネズミ型魔物からの通知を受けて皆に伝える。

ここは公都に隣接する深い森の奥、公都の神殿が共有する秘密の修行場だ。

「ユイット、セーラ様達はどこにいましたか？」

「あの不気味な塔の最上階だと告げます」

ユイットが指さす先には、死霊が上空を浮遊する白い塔があった。

「下の階には三〇人前後の悪者、その中の三人が特に悪そうだったと告げます」

「バカ正直に正面から挑みかかれば、セーラ様や幼生体が人質にされそうですね」

「だったら、私が飛行魔法で最上階に忍び込んで二人を救出します」

ユィットの情報を聞いたアディーンが思案し、ゼナがそう提案した。

「トリアはゼナが侵入するのを支援すると告げます」

「そうですわね。わたくし達が正面から攻め込んで注意を引いている間に、侵入するのがいいですわ！」

「作戦は日が落ちてからにしますか？」

「ノー・リエーナ。潜入中のチュー吉から緊急通報。今日の日没後にセーラが生贄《いけにえ》にされると悪人のボスが言っていたと報告します」

「日没までそうありませんね。カリナ様、決行しましょう」

「分かりましたわ。やりましょう」

ゼナやアディーンを中心に作戦会議を行い、幾つかの手直しの後に作戦が決定された。

「フォーメーションV、発動同期——理槍《ジャベリン》斉射！」

「「「イエス・アディーン！」」」

ナナ姉妹達の理術で塔の上空を旋回する死霊達を攻撃する。

「新人ちゃん、行くっすよ！」

「はい、エリーナさん！」

それと同時に、エリーナと新人ちゃんの護衛メイドペアが、火杖《ひづえ》の火弾を塔の入り口に撃ち込んだ。

突然の襲撃を受け、塔から剣や杖を持った魔王信奉者達が飛び出してくる。

「キョーメイシスイ――」

カリナが間違えた単語で明鏡止水に至ろうと集中を始める。

キイインと音がして、カリナの獣王葬具が紅色の光を帯びた。

「――カリナ・ナッコォオオオオ！」

赤い光を曳《ひ》きながら、カリナが地を這《は》うような低さで敵に突撃する。

当然ながら魔王信奉者達が火杖や雷杖《かみなりづえ》で迎撃するが、それらの攻撃は全《すべ》てラカの鉄壁の守りが防いでみせた。

「■■……■　飛行《フライ》！」

カリナが魔王信奉者達を薙《な》ぎ払うのを横目で見つつ、森の中からゼナが飛行魔法を発動して空を舞う。

「あの窓――」

最上階の窓に着地する寸前、ゼナは下方から殺気を感じて軌道を変えた。

「勘のいい娘だ。嫌いじゃないぜ」

自前の翼で飛ぶ青い肌の男が嘯《うそぶ》く。

「――魔族」

「その通り！　指導者たる俺様に、魔王様が下賜くださった力だ！」

短角魔族《ショートホーン》と成り果てた魔王信奉者のリーダーが異形の身体《からだ》を誇る。

「巫女を助けたくば、この俺様を倒してからにするがいい！」

叫びと同時に放たれた不可視の波動が、ゼナの飛行魔法を解除した。

「――きゃっ」

「落ちるがいい！　翼を持たぬ脆弱《ぜいじやく》な人間よ！」

魔族は地上へと落下する無力なゼナを嗤《わら》う。

◆

その頃《ころ》、地上では――。

「おいおい、ずいぶん派手にやってくれたじゃねぇか」

「これはいけませんね」

赤い体毛の魔族と黄色い鮫肌の魔族が、塔から出てきた。

彼らの眼前では、カリナ達によって蹴散《けち》らされた魔王信奉者達が、気絶して転がっている。

「ですが、ここまでです」

「俺達が来た以上――」

「――カリナ、キィイイイイイイイイイイイイック！」

悠長に口上を述べる魔族に、カリナの必殺技が炸裂《さくれつ》する。

「アッカが一撃で？　何者ですか、あの小娘」

近距離転移で難を逃れた鮫肌魔族が、何かにぶつかった。

「油断大敵ですよ――シールドバッシュ！」

「何ぃいいいいいいいい！」

姉妹の長女アディーンの盾攻撃《シールド・バッシュ》が炸裂し、鮫肌魔族が吹き飛ばされる。

「砕け散れ！」

次女イスナーニの戦鎚《ウォー・ハンマー》が、その脳天に振り下ろされるも、鮫肌魔族はギリギリで近距離転移を実行する。

「くぅっ、私の尻尾《しっぽ》が！」

無事逃げおおせたかに見えた魔族だったが、逃げ遅れた自慢の尻尾が地面でぺちゃんこになっていた。

「……■　刺激の霧《マスタード・ミスト》」

「ぐあっ」

四女フィーアの凶悪な水魔法が、近距離転移で逃れてきた魔族を包む。

「なんだ、これは――」

咽《のど》と肺を焼かれた魔族が、苦しみながら霧の外に転がり出る。

「旋回斬《ウィンドミル・ブレード》！」

その首を落とさんと、五女フュンフの長柄斧《ポール・アックス》が空を切って迫る。

「そんな大振りが当たるものか――」

「百突華《ハンドレッド・ピアッサー》！」

「――ぐぉおおお」

避《よ》けた先にいた六女シスが短槍《たんそう》のラッシュで、魔族を押し返す。

そして、その先にはフュンフの長柄斧が待っていた。

重い斬撃《ざんげき》が魔族の身体を両断する。

「この程度で倒されるものか！」

「そうは問屋が卸さないと告げます――伏せカードオープン！　そこは地雷原！」

上半身だけで逃げ出した魔族だったが、待ち構えていたトリアの連鎖トラップに填《は》まって爆散した。

こっそり逃げだそうとしていた魔族の下半身は――。

「ネズミ地獄だと告げます」

ユィットの操るネズミ型の魔物達に集《たか》られ、骨まで齧《かじ》られて黒い靄《もや》となって消えた。

◆

「人間ごときに敗れるとは不甲斐《ふがい》ない部下どもだ」

地上を見下ろす翼魔族の目に、仲間を倒された怒りはない。

「所詮《しょせん》は即席の下級魔族。私のような中級魔族に限りなく近い存在とは比べものにならん」

翼魔族を雷光が焼いた。

「な、何が起こった。どこからの攻撃だ」

周囲を見回す翼魔族の目に、稲光を纏《まと》ったゼナの姿があった。

――雷纏《いかずちまとい》。

ゼナは雷獣を宿した雷鳴環の力を纏って、落下を防いだのだ。

「雷魔法の使い手か、なかなかの不意打ちだったが、所詮は人間。詠唱の時間を与えねば、貴様らに打つ手は――」

最後まで言い切る事もできずに、ゼナの蹴《け》りが翼魔族の腹に突き刺さる。

インパクトの瞬間に、莫大《ばくだい》な電流が翼魔族を焼く。

「む、無詠唱だと？　こうなれば、巫女《みこ》を人質に取ってやる」

翼魔族が氷柱の雨を周囲に撒《ま》き散らしてゼナと距離を取り、翼を翻らせる。

「ぬぅ――」

最上階の窓に向かう翼魔族の先で、巫女がこちらを見ていた。

杖を持った織手が翼魔族に向く。

「なぜ、拘束が解けている?!」

「……■　愛神聖槍」

セーラが放った緑色に輝く槍《やり》が翼魔族を穿《うが》つ。

「忌まわしき愚神の槍ごときで」

「レイジング・カリナ・キィイイイイイイイイイイイイイック」

塔を駆け上がってきたカリナの蹴りが、瀕死《ひんし》の翼魔族を粉砕する。

「雷獣一閃《いっせん》！」

ゼナの雷鳴環から放たれた雷獣の化身が、バラバラになった翼魔族を焼却した。

◆

小さな女の子《ミーチ》を抱えたユィットが塔の内側から監禁部屋に入ってきた。

「幼生体は救出したと報告します！」

「セーラ様、一緒に掠《さら》われた子供はどこに――」

「はい、大丈夫です。ゼナ、カリナ様、救助を感謝いたします」

「セーラ、お怪我《けが》はありませんか？」

――ちゅい。

そんなユィットに、ネズミ従魔が飛びついた。

「チュー吉もよくやったと称賛します」

――ちゅいいい。

「チュー吉ちゃんっていうのね。さっきは拘束を解いてくれてありがとう」

――ちゅいいい。

セーラに礼を言われたネズミ従魔が誇らしげに胸を張った。

そのまま後ろに転びそうになったところを、ユィットが拾い上げて胸ポケットに入れる。

「あちらに怪しげな魔法陣を発見しました」

長女アディーンが塔内の残敵を掃討中に発見したと報告する。

最優先で破壊するべきと意見が一致し、皆《みんな》で魔法陣のあった部屋へと向かう。

「あれですね」

「悪趣味だと告げます」

「イエス・シス。同意すると告げます」

「さっそく浄化しましょう」

セーラが神聖魔法で、魔王信奉集団の作った悪《あ》しき魔法陣を浄化する。

「これで魔王が復活する事はありません」

浄化を終え、カリナや姉妹達が物理的に魔法陣を破壊した。

「さあ、帰りましょう」

◆

四日が過ぎ、飛空艇の出航の日――。

「ゼナ達の修行が大過なく過ごせるようにお祈りしておきますね」

「ありがとうございます、セーラ」

「セーラ様、一緒に――」

カリナは一緒に行こうと誘おうとしたが、セーラに無言で首を横に振られて続きを口にできなかった。

そのセーラの背中を押したのは意外な人物だった。

「行ってきなさい、セーラ」

「神殿長様？」

――聖域を出られない私に代わって、世界の今を見てきなさい。

「それが巫女長様からの伝言です。セーラが迷っていたら伝えてくれと頼まれました」

「……巫女長様」

自分の背中を押す言葉に、セーラが涙ぐむ。

「ゼナ、カリナ様、そして皆さん。どうぞ、よろしくお願いします」

「「「はい」」」

「「「イエス・セーラ！」」」

こうして、一人増えた一行を乗せた飛空艇は王都へと出航した。

あとがき

こんにちは、愛七《あいなな》ひろです。

お待たせしました！　「デスマーチからはじまる異世界狂想曲」二九巻、刊行です！

前巻から少し間が空いてしまいましたが、こうして「デスマーチからはじまる異世界狂想曲」二九巻をお手に取っていただき、誠にありがとうございます！

こうして巻数を重ねる事ができているのも、応援してくださる読者の皆様のお陰です。

これからもマンネリ打破を心がけ、初心を忘れずに今まで以上の面白さを追求して参りますので、今後とも変わらぬご支持をお願いいたします。


さて、それではあとがきを読んでから買うか決める方のために、本巻の見どころに移りましょう。

前巻では激闘に次ぐ激闘で、なんとか勝利をもぎ取ったサトゥー達。

「こんな戦いを繰り返していては、そのうち取り返しの付かない事になる」と危機感を覚えたサトゥーは、不滅《イモータル》な存在に対抗できる対神兵装を求めて、東方小国群の南にあるスィルガ王国とマキワ王国、そして名前だけは何度も出てきていた繁魔迷宮へと旅立ちます。

前巻同様にＷＥＢ版一四章のお話をベースにしていますが、スィルガ王国編の導入部分や印象的な二、三のエピソードを除いて全て書き下ろしとなっています。特に書籍版はサトゥーが詠唱スキルを使えないためギミックが色々と変わっているので、違いを比べてみるのも面白いかもしれません。

スィルガ王国の前半ではリザとデートをしたり、無双したり、求婚されたりと、リザ推しの方の為のセレクションの流れから、書籍オリジナル展開でサトゥー達がスィルガ王国の国難の解決に向けて行動します。そこで出会った人物が、実は……。

あまりネタバレを書くと怒られるので、デスマ二九巻の内容についてはこのあたりで締めましょう。


謝辞の前に一つ告知を。

今巻からイラストレーターの長浜めぐみさんが挿絵担当として、新たに参加してくださる事になりました！　とても素敵なイラストを描いてくださる方なので、ぜひご期待ください！

ｓｈｒｉさんファンの方はご安心を、イラストレーター交代ではなく、増員という形になるので、表紙は今までと同様にｓｈｒｉさんに担当いただきます。


では恒例の謝辞を！

担当編集のI氏とAさんのお二人にはいくら感謝してもしきれません。作品の質が維持できているのも、的確な指摘や改稿アドバイスのお陰です。これからも末永くご指導ご鞭撻《べんたつ》の程よろしくお願いいたします。

また、素敵なイラストでデスマ世界に色鮮やかな彩りを与えて盛り上げてくださるｓｈｒｉさんにはいくらお礼を言っても言い足りません。表紙のメイコの表情が絶妙で素敵です。今回から参加の長浜めぐみさんには急なお話にもかかわらず素晴らしい挿絵をありがとうございます。

そして、カドカワＢＯＯＫＳ編集部の皆様を始めとして、この本の出版や流通、販売、宣伝、メディアミックスに関わる全ての方にお礼を申し上げます。

最後に、読者の皆様には最大級の感謝を！！

本作品を最後まで読んでくださって、ありがとうございます！

では次巻、デスマ三〇巻「デジマ島編」でお会いしましょう！

愛七ひろ

カドカワBOOKS

デスマーチからはじまる異《い》世《せ》界《かい》狂《きょう》想《そう》曲《きょく》　29

2024年２月10日　初版発行

著者／愛七《あいなな》ひろ

発行者／山下直久

発行／株式会社KADOKAWA

〒102-8177
東京都千代田区富士見2-13-3
電話／0570-002-301（ナビダイヤル）

編集／カドカワBOOKS編集部

印刷所／大日本印刷

製本所／大日本印刷

Printed in Japan
ISBN 978-4-04-075155-9 C0093

新文芸宣言

かつて「知」と「美」は特権階級の所有物でした。

15世紀、グーテンベルクが発明した活版印刷技術は、特権階級から「知」と「美」を解放し、ルネサンスや宗教改革を導きました。市民革命や産業革命も、大衆に「知」と「美」が広まらなければ起こりえませんでした。人間は、本を読むことにより、自由と平等を獲得していったのです。

21世紀、インターネット技術により、第二の「知」と「美」の解放が起こりました。一部の選ばれた才能を持つ者だけが文章や絵、映像を発表できる時代は終わり、誰もがネット上で自己表現を出来る時代がやってきました。

UGC（ユーザージェネレイテッドコンテンツ）の波は、今世界を席巻しています。UGCから生まれた小説は、一般大衆からの批評を取り込みながら内容を充実させて行きます。受け手と送り手の情報の交換によって、UGCは量的な評価を獲得し、爆発的にその数を増やしているのです。

こうしたUGCから生まれた小説群を、私たちは「新文芸」と名付けました。

新文芸は、インターネットによる新しい「知」と「美」の形です。

2015年10月10日

井上伸一郎

※「小説家になろう」は株式会社ヒナプロジェクトの登録商標です。
「小説家になろう」で
7000万PV突破の人気作！
前世リーマンのフリーダム問題児、
エリート校に殴り込み!?
電撃コミックレグルスほかにて
コミカライズ好評連載中！
漫画：田辺狭介
剣と魔法と学歴社会
～前世はガリ勉だった俺が、今世は風任せで自由に生きたい～

魔王《ラスボス》よりも強いけど、
平穏に暮らしたいんです。
TVアニメ
2024年1月
より放送開始!!!
カドカワBOOKS